国学经典

李贺诗集

[唐]李贺 著
张立敏 注评

中州古籍出版社
·郑州·

图书在版编目(CIP)数据

李贺诗集 /（唐）李贺著 ；张立敏注评 . —郑州：中州古籍出版社，2011. 10（2024. 8 重印）
（国学经典）
ISBN 978-7-5348-3601-5

Ⅰ . ①李… Ⅱ . ①李… ②张… Ⅲ . ①唐诗 – 选集 Ⅳ . I222.742

中国版本图书馆 CIP 数据核字（2011）第 147016 号

LIHE SHIJI

李贺诗集

责任编辑	李晓丽
责任校对	李接力
装帧设计	张　胜
美术编辑	曾晶晶

出版社	中州古籍出版社（地址：郑州市郑东新区祥盛街 27 号 6 层 邮编：450016　电话：0371-65723280）
发行单位	河南省新华书店发行集团有限公司
承印单位	河南新华印刷集团有限公司
开　本	640 mm×960 mm　1/16
印　张	15.25
字　数	150 千字
印　数	25 001—28 000 册
版　次	2011 年 10 月第 1 版
印　次	2024 年 8 月第 7 次印刷
定　价	22.00 元

本书如有印装质量问题，请联系出版社调换。

前 言

在群星璀璨的唐诗天空中,李贺是卓异的一颗。虽然上天只赐予他二十七年的短暂生命,但是千百年来这位伟大的诗人却像恒星那样一直闪耀着熠熠光芒。

一

李贺(790~816),字长吉,郡望陇西,河南府福昌县(今河南宜阳)人,家居福昌昌谷,后世因称李昌谷。李贺为唐高祖李渊叔父郑王李亮的后裔,虽然出身皇室,但至李贺时,家道已经没落。父亲晋肃大历年间做边疆小吏,又做过陕县县令。早年与杜甫有交往,大历三年(768)杜甫有《公安送李二十九弟晋肃入蜀余下沔鄂》相赠。父亲在世时,家境尚可。16岁,父亲去世(钱仲联《李贺年谱会笺》),家里只有母亲郑氏与一姊一弟相依为命,生计窘迫,依靠几亩薄田度日。诗句"我在山上舍,一亩蒿硗田。夜雨叫租吏,春声暗交关"(《送韦仁实兄弟入关》)便是这种境遇的真实写照。

诗人"细瘦通眉,长指爪"。早慧,童年即能词章,尤其喜欢骑驴在野外游赏,每有慧心,就记下零散诗句,傍晚回家后补足诗意，苦吟成章。据李商隐《李贺小传》(《李义山文集》卷四)记载：

> 恒从小奚奴，骑距驴，背一古破锦囊，遇有所得，即书投囊中。及暮归，太夫人使婢受囊出之，见所书多，辄曰："是儿要当呕出心始已耳！"上灯，与食。长吉从婢取书，研墨叠纸足成之，投他囊中。非大醉及吊丧日，率如此。

由于勤于作诗，十五六岁时，李贺就以乐府闻名，所以后来有李益"贞元末，名与宗人贺相埒"（《新唐书·李益传》）的记载。其实，贞元二十一年（805），李贺16岁，李益58岁，这个传闻的可信度不免让人怀疑，不过它至少反映了诗人乐府诗创作早有盛名这个事实。"日夕著书罢，惊霜落素丝"（《咏怀二首》之二），苦吟给诗人带来名望的同时，也使他过早地染上白发。

唐朝举子在科考之前，往往以诗文著作投赠社会名流，以期获取眷顾，当时称为温卷。元和三年（808），诗人19岁，便以《雁门太守行》等诗作拜访韩愈，备受激赏，随即又结识名士皇甫湜、权璩，真可谓"少年心事当拏云"（《致酒行》），意气风发。这一年十月府试中式后，他就踌躇满志地准备进士科考。谁料有嫉妒贤能的人拿诗人父亲的名字做文章，说他应避父讳不能举进士。韩愈写了一篇雄辩的《讳辨》来为他开脱，但是诗人最终没有中第。科举是文人入仕的一个主要途径，而进士科在唐代尤其受人重视，有"位极人臣，不由进士者，终不为美"（王定保《唐摭言·散叙进士》）的舆论。由进士而入仕，是诗人实现远大理想抱负的即使不是唯一的也是至关重要的途径，这条道路的彻底行不通无疑是一个沉重的打击，成为诗人生命的一个分水岭。他不由得发出"我当二十不得意，一心愁谢如枯兰"（《开愁歌》）的哀叹。

元和五年至八年，诗人因举荐和荫封等因素做了三年奉礼郎。奉礼郎是太常寺属官，主要执掌君臣版位，以奉朝会祭祀之礼，从九品上。其间，居长安崇义里，与王参元、杨敬之、权璩、崔植等为密友，常偕同出游。为官期间，冗杂的事务与繁琐的礼节难以让诗人一展抱负，而社会的黑暗也让他郁郁难平。关于这段时期，诗人写道："臣妾气态间，唯欲承箕帚。天眼何时开？古剑庸一吼。"（《赠陈商》）不过，长安三年的生活开阔了诗人的眼界，增强了对社会的认识，成为诗人创作的一个高峰。

元和八年春，诗人辞官返回昌谷。次年，客游潞州幕府，幻想着以投笔从戎的方式改变命运，报效国家。可是边塞的生活又一次给诗人以无情打击。元和九年闰八月，彰义军节度使吴元济叛变。此后两年间，朝廷征讨不力。甚至连朝中主战的裴度也遭刺杀，宰相武元衡遇难，唐朝似乎已经是病入膏肓。诗人也染疴在身，危在旦夕。十一年，返回家乡不久的诗人饮恨而终。

二

虽然李贺的一生短暂而平淡，只做过三年的九品官员奉礼郎，不足三年的幕府生活，不满一年的东南之游（约在元和二年东游吴越），大部分时间在家乡昌谷度过，然而天才的诗人却创作了大量瑰丽诗篇，"其命辞、命意、命题，皆深刺当世之弊，切中当世之隐"（姚文燮《昌谷诗注自序》），具有鲜明的针对性和强烈的批判精神，是中唐黑暗社会现实的反映。

第一，揭露、讽刺藩镇割据和宦官专权弊端。安史之乱后，藩镇割据、宦官专权成为社会的两大痼疾，吞噬着唐王朝的肌肤。实力强大的藩镇节度使子孙世袭，自立旗号，公然对抗朝廷，残害百姓。在《公无出门》中，诗人将藩镇比喻为凶兽，描绘出藩镇割据造成的凄惨阴暗景象："天迷迷，地密密。熊虺食人魂，雪霜断人骨。"在《猛虎行》诗中，诗人写道：

> 长戈莫春，长弩莫拄。
> 乳孙哺子，教得生狞。
> 举头为城，掉尾为旌。
> 东海黄公，愁见夜行。
> 道逢驺虞，牛哀不平。
> 何用尺刀？壁上雷鸣。
> 泰山之下，妇人哭声。
> 官家有程，吏不敢听。

运用比拟手法，不仅形象地揭露了藩镇节度使的狰狞面目和残害人民的行径，而且讽刺了朝廷的无能为力，表现了诗人渴望统一的愿望。《古邺城童子谣效王粲刺曹操》借古喻今，用对比手法，写少年无赖横行不法，以杀人为乐，而对曹操却曲意奉承，活画出"藩镇跋扈，招纳叛亡，私养外宅"（陈元礼《协律钩玄》本《李长吉歌诗笺注》引董伯音评语），造成中央政府尾大不掉的局面。

站在国家民族的立场上，诗人强烈反对藩镇割据。在《吕将军歌》中，诗人用"北方逆气污青天"表达对河朔诸镇叛逆的强烈不满。"男儿何不带吴钩？收取关山五十州"（《南园十三首》之五），表达了他早日消除藩镇割据局面、实现国家统一的期盼。

充任监军是宦官专权的一个突出表现，这在诗篇中也有反映。"妇人携汉卒，箭箙囊巾帼。不惭金印重，踉锵腰鞬力"（《感讽六首》之三），像一幅漫画，无情地嘲讽孱弱无能的鼠辈竟然来做军事统领；"中军留醉河阳城，娇嘶紫燕踏花行"（《贵主征行乐》），写宦官监军以征战为儿戏；"走马遣书勋，谁能分粉墨"（《感讽六首》之三），点明他们混淆是非，冒领军功。宦官专权的一个严重后果是真正的将领被闲置，"剑龙夜叫将军闲"（《吕将军歌》）。

第二，揭露达官贵人的纵欲无度，生活糜烂。在《难忘曲》、《贾公闾贵婿曲》、《夜饮朝眠曲》、《牡丹种曲》、《秦宫诗》、《感讽六首》、《夜来乐》、《梁台古意》等一系列诗篇中，诗人从燕饮、器物、游赏、垣屋等诸多方面予以揭露讽刺。在《荣华乐》中，诗人写道："丹穴取凤充行庖，玃玃如拳那足食？"真是穷奢极欲，骇人视听。"马如飞，人如水，九卿六官皆望履。将回日月先反掌，欲作江河惟画地"，活画出他们不可一世的嚣张气焰，揭示文武百官无不仰其鼻息的困顿局面。

第三，反映苛捐杂税和民生凋敝。《感讽五首》之一写道："合浦无明珠，龙洲无木奴。足知造化力，不给使君须。"揭露官府横征暴敛、贪得无厌。"县官骑马来，狞色虬紫须"，描绘出官吏的狰狞面目。《老夫采玉歌》通过描写一个孤苦老汉采玉的艰苦劳动和痛苦心情，流露出对统治者骄奢淫逸、横征暴敛的不满和对采玉人的同情，"蓝溪之水厌生人，身死千年恨溪水"，真是阴森恐怖。

第四，诗人甚至将批判的矛头指向最高统治者——封建帝王。"一夕信竖儿，文明永沦歇"（《感讽五首》之二），讽刺汉文帝宠信奸邪，导致文化沦丧。他在诗歌中称本朝先帝为蜀王（《过华清宫》），这在传统社会里实属少见。历代帝王多迷信方术，妄求长生不老，唐宪宗也是如此。诗人写了大量诗篇，予以揭露讽刺。《马诗二十三首》之二三中，借汉武帝讽刺唐宪宗烧金炼丹的虚妄："武帝爱神仙，烧金得紫烟。厩中皆肉马，不解上青天。"他在《苦昼短》中写道:"刘彻茂陵多滞骨,嬴政梓棺费鲍鱼。"指出生死是自然规律,即使是雄才大略如秦皇汉武也无法长生,甚至是神仙也难逃此劫:"几回天上葬神仙"(《官街鼓》),"彭祖巫咸几回死"(《浩歌》)。此外,诗人还通过宫怨题材,描写遭冷遇的宫女(如《堂堂》),讽谕帝王,他甚至还发出"愿君光明如太阳,放妾骑鱼撇波去"(《宫娃歌》)的呼声,期盼君王遣返宫女,还她们以自由。

第五,李贺诗歌是诗人个体生命的反映和写照,是诗人哀乐情感的宣泄和表达。他少有大志而才华过人,虽然生活在一个衰败的时代里却期盼着振兴文教,高呼着"少年心事当拏云"(《致酒行》),"吾将嗓礼乐,声调摩清新。欲使十千岁,帝道如飞神"(《出城别张又新酬李汉》)。在《昌谷北园新笋四首》之一中写道:"箨落长竿削玉开,君看母笋是龙材。更容一夜抽千尺,别却池园数寸泥。"流露出少年的自信,充溢着昂扬的青春色彩。然而科场失意、薄宦无聊,严酷的现实粉碎了他的梦想。于是怀才不遇、壮志难酬的苦闷喷薄而出:"我当二十不得意,一生愁谢如枯兰"(《开愁歌》);"韩鸟处缯缴,湘鲦在笼罩。狭行无廓路,壮士徒轻躁"(《春归昌谷》)。当然,诗人的情感生活是丰富多彩而不断变化着的,比如对青春的咏叹,对自然风光的喜爱,亲情、友情、乡思,沉迷中的自我宽慰,投笔从戎的豪情等,在诗歌中都有不同程度的反映。

第六,表现对超现实生活的幻想。在诗的世界里,李贺梦游天宫,探寻幽境,与神仙为伍,共亡魂呼吸。举凡神话传说中的西王母、东王公、王子乔、任公子、李少君、嫦娥、湘妃、弄玉、贝宫夫人、兰香神女,甚至幽灵亡魂、阴风磷火,无一不呈现于笔端,可谓光怪陆离,神秘诡异,因而李贺的诗歌被称为

"鬼仙之词"（严羽《沧浪诗话》），诗人也就有"鬼仙"（胡震亨《唐音癸签》）、"诗鬼"的称号。

三

李贺是唐代最有创造力的诗人，只有少量平易浅切的作品，大多数诗歌瑰丽诡谲，色彩斑斓，独具特色，被称为"长吉体"（严羽《沧浪诗话》）。"云烟绵联，不足为其态也；水之迢迢，不足为其情也；春之盎盎，不足为其和也；秋之明洁，不足为其格也；风樯阵马，不足为其勇也；瓦棺篆鼎，不足为其古也；时花美女，不足为其色也；荒国陊殿，梗莽丘陇，不足为其恨怨悲愁也；鲸呿鳌掷，牛鬼蛇神，不足为其虚荒诞幻也。"（杜牧《李贺集序》）

诗人常采用"变形"的手法，一方面用比喻、通感的修辞来描摹物象，突出质地，使它们具有坚硬锐利的特征，而整体上却又急速流转，形成凝重险急的独特印记。钱锺书先生在《谈艺录》中指出：

> 长吉化流易为凝重，何以又能险急。曰斯正长吉生面别开处也。其每分子之性质，皆凝重坚固；而群体之运动，又迅疾流转。故分而视之，词藻凝重；合而咏之，气体飘动。此非昌黎之长江秋注，千里一道也；亦非东坡之万斛泉源，随地涌出也。此如冰山之忽塌，沙漠之疾移，势挟碎块细石而直前，虽固体而具流性也。

另一方面，又喜用代字，尽量避免对事物概念性的知性把握，还原直觉，从而呈现物象局部的感官特征。如"新香几粒洪崖饭"（《五粒小松歌》），用味觉指代松子；"秋白鲜红死，水香莲子齐"（《月漉漉篇》），用色彩置换荷花。

李贺诗歌的创造性还表现在构思奇妙，出人意表；章法上跌宕起伏，不循常规。如《梦天》写从天上俯视人间的景象："黄尘清水三山下，更变千年如走马。遥望齐州九点烟，一泓海水杯中泻。"《将进酒》前八句写宴饮的热闹欢快场面，第十、十一两句却陡转直下："况是青春日将暮，桃花乱落如红雨。"从欢乐到忧伤，从繁华到凄冷，大开大合。即使是在一个句子中，诗人也往往将事物相反相对的不同方面糅合在一起，如"芙蓉泣露香兰笑"（《李凭箜篌引》），形成一种急剧陡转的张力，达到一种奇异的效果。

此外，色彩的创造性运用也彰显了诗人刻意创新的艺术追求。如绿色有"新绿"、"浓绿"、"细绿"、"寒绿"、"凝绿"、"颓绿"、"闲绿"、"小绿"，不一而足。

李贺生前已久负盛名，受到韩愈的赏识。唐代就已出现"后学争效贺，相与缀裁其字句，以媚取价"（沈亚之《送李胶秀才诗序》）的局面。后世推崇、学习李贺诗歌的代不乏人。谭嗣同说："尝观古今集部，求其完善无疵，渊明之外，厥惟昌谷。"（《石菊影庐笔识·学篇六十八》）甚至，现代诗人也引为同调。当代著名诗人余光中说："真的，十一个世纪以前的李贺，在好几个方面，都可以说是一位生得太早的现代诗人。如果他生活在二十世纪的中国，则他必然也写现代诗。他的难懂，他的超现实主义和意象主义风格，和现代诗是呼吸于同一种气候的。"（《从象牙塔到白玉楼》）

四

李贺生前曾将诗作223首编为四卷，授与友人沈述师（字子明，沈既济之子），这是李贺诗集的最早版本，后来杜牧写了篇序。宋代又出现了五卷本。北宋至南宋初，李贺诗歌主要有蜀本、姚氏会稽本、京师本、鲍钦止本、宣城本五种。大体上看，前三种均为四卷本，收录作品219首。后二种除有四卷本的219首之外，还有外集一卷诗作23首。另有多种笺注本、评点本，如吴正子《李长吉诗笺注》，徐渭、董懋策《唐李长吉诗集》，曾益《昌谷集》，姚文燮《昌谷集注》，王琦《李长吉歌诗汇解》，吴汝纶《李长吉诗评注》，方世举《李长吉诗集批注》等，其中以王琦《李长吉歌诗汇解》成就最高，广为流行。

1949年以来，出现了一些校注本，主要有叶葱奇《李贺诗集》，刘衍《李贺诗校笺证异》，王友胜、李德辉《李贺集》及王步高、刘林《李贺全集》；还有大量的选本，诸如刘斯翰《李贺诗选》，吴企明、尤振中《李贺诗选析》，流沙《李贺诗歌选注》。这充分说明在中国社会发生巨大变化的时期，在中华民族生活方式急剧转变的今天，李贺的瑰丽作品依然有着巨大的魅力，丰富着人们的精神生活。无论是古典诗歌爱好者，还是现代诗歌的弄潮儿，都被这位天才诗人所吸引。

这次注释以王琦《李长吉歌诗汇解》为底本，参校他本，文字相异者一般不出校注，全本注释。注释除说明诗题，对疑难字词以及个别句子进行注解而外，尽可能地交代写作时间，力求简明扼要。注释而外，简要地阐明诗意。注释、赏析尽可能地汲取今人最新成果；对于不同主张，尽可能采取审慎态度。诗无达诂，李贺诗歌号为难解，更兼学历、精力、时间诸多因素，疏漏之处在所难免，祈方家不吝赐教。

张立敏
2010年11月于翠微

目 录

卷 一

李凭箜篌引	1
残丝曲	4
还自会稽歌 并序	5
出城寄权璩、杨敬之	6
示弟	7
竹	8
同沈驸马赋得御沟水	9
始为奉礼忆昌谷山居	10
七夕	11
过华清宫	12
送沈亚之歌 并序	13
咏怀二首	15
追和柳恽	17
春坊正字剑子歌	18
贵公子夜阑曲	19
雁门太守行	20

大堤曲	21
蜀国弦	22
苏小小墓	23
梦天	24
唐儿歌 杜豳公之子	25
绿章封事 为吴道士夜醮作	26
河南府试十二月乐词 并闰月	28
天上谣	36
浩歌	37
秋来	39
帝子歌	40
秦王饮酒	40
洛姝真珠	42
李夫人	43
走马引	44
湘妃	45
南园十三首	46

卷 二

金铜仙人辞汉歌 并序	54
古悠悠行	55
黄头郎	56
马诗二十三首	57
申胡子觱篥歌 并序	68
老夫采玉歌	70
伤心行	71
湖中曲	71

黄家洞	72
屏风曲	73
南山田中行	74
贵主征行乐	75
酒罢,张大彻索赠诗,时张初效潞幕	76
罗浮山人与葛篇	77
仁和里杂叙皇甫湜	78
宫娃歌	80
堂堂	81
勉爱行二首送小季之庐山	82
致酒行	83
长歌续短歌	84
公莫舞歌并序	85
昌谷北园新笋四首	86
恼公	88
感讽五首	93
三月过行宫	97

卷 三

追和何谢铜雀妓	98
送秦光禄北征	99
酬答二首	101
画角东城	102
谢秀才有姜缟练,改从于人,秀才引留之不得,后生感忆,座人制诗嘲诮,贺复继四首	103
昌谷读书示巴童	105
巴童答	106

代崔家送客	106
出城	107
莫种树	107
将发	108
追赋画江潭苑 四首	108
潞州张大宅病酒,遇江使寄上十四兄	111
难忘曲	113
贾公闾贵婿曲	114
夜饮朝眠曲	115
王濬墓下作	115
客游	116
崇义里滞雨	117
冯小怜	118
赠陈商	118
钓鱼诗	120
奉和二兄罢使遣马归延州	121
答赠	122
题赵生壁	123
感春	123
仙人	124
河阳歌	125
花游曲 并序	126
春昼	126
安乐宫	127
蝴蝶舞	128
梁公子	129
牡丹种曲	129

后园凿井歌 130

开愁歌 131

秦宫诗 并序 132

古邺城童子谣效王粲刺曹操 134

杨生青花紫石砚歌 134

房中思 135

石城晓 136

苦昼短 136

章和二年中 138

春归昌谷 139

昌谷诗 141

铜驼悲 144

自昌谷到洛后门 145

七月一日晓入太行山 146

秋凉诗寄正字十二兄 147

卷 四

艾如张 148

上云乐 149

摩多楼子 150

猛虎行 150

日出行 151

苦篁调啸引 152

拂舞歌辞 153

夜坐吟 154

箜篌引 155

巫山高 156

篇目	页码
平城下	157
江南弄	157
荣华乐	158
相劝酒	161
瑶华乐	162
北中寒	163
梁台古意	164
公无出门	165
神弦曲	166
神弦	167
神弦别曲	168
绿水词	169
沙路曲	170
上之回	170
高轩过	171
贝宫夫人	172
兰香神女庙	173
送韦仁实兄弟入关	174
洛阳城外别皇甫湜	175
溪晚凉	176
官不来题皇甫湜先辈厅	177
长平箭头歌	177
江楼曲	178
塞下曲	179
染丝上春机	180
五粒小松歌 并序	181
塘上行	182

吕将军歌	183
休洗红	184
野歌	185
将进酒	186
美人梳头歌	187
月漉漉篇	188
京城	189
官街鼓	190
许公子郑姬歌 郑园中请贺作	191
新夏歌	192
题归梦	193
经沙苑	194
出城别张又新酬李汉	194

外 集

南园	197
假龙吟歌	198
感讽六首	199
莫愁曲	203
夜来乐	204
嘲雪	205
春怀引	206
白虎行	207
有所思	208
嘲少年	209
高平县东私路	211
神仙曲	211

龙夜吟	212
昆仑使者	213
汉唐姬饮酒歌	214
听颖师琴歌	215
谣俗	216

补 遗

静女春曙曲	217
少年乐	218
杪秋登江楼	218
残句三则	219

卷 一

李凭箜篌引①

吴丝蜀桐张高秋②,空山凝云颓不流③。江娥啼竹素女愁④,李凭中国弹箜篌⑤。昆山玉碎凤凰叫⑥,芙蓉泣露香兰笑⑦。十二门前融冷光⑧,二十三丝动紫皇⑨。女娲炼石补天处⑩,石破天惊逗秋雨⑪。梦入神山教神妪⑫,老鱼跳波瘦蛟舞⑬。吴质不眠倚桂树⑭,露脚斜飞湿寒兔⑮。

[注释]

①诗歌作于元和五年至八年(810~813),李贺在长安奉礼郎任上。李凭:唐代著名宫廷乐师,善于弹奏箜(kōng)篌(hóu)。箜篌引:又名《公无渡河》,汉代乐府曲名,是相和六引之一。崔豹《古今注》载:"《箜篌引》,朝鲜津卒霍里子高妻丽玉所作也。高晨起刺船而濯,有一白首狂夫,被发提壶,乱河流而渡,其妻随而止之,不及,遂堕河水死。于是援箜篌而鼓之,作《公无渡河》之曲。声甚凄怆,曲终,自投河而死。霍里子高还,以其声语其妻丽玉。玉伤之,乃引箜篌而写其声,闻者莫不堕泪饮泣焉。丽玉以其曲传邻女丽容,名之曰《箜篌引》。"箜篌,古代拨弦乐器名,有竖式和卧式两种。

《旧唐书·音乐志》："（卧箜篌）形似瑟而小，七弦，用拨弹之，如琵琶。竖箜篌，胡乐也。汉灵帝好之。体曲而长，二十有二（一作二十三）弦，竖抱于怀，用两手齐奏，俗谓之擘箜篌。"②吴丝蜀桐：李凭弹奏的箜篌弦是用吴地所产的蚕丝做的，主体材料是蜀地梧桐，这里用材质指代乐器，借指精美的箜篌。王琦《李长吉歌诗汇解》注："丝之精好者出自吴地，故曰吴丝；蜀中桐木宜为乐器，故曰蜀桐。"张：弹奏。高秋：深秋。韩鄂《岁华纪丽》卷三载："九月曰高秋，亦曰暮秋。"③该句用《列子》典故，形容乐声美妙，响遏行云。凝：凝结，聚集。颓：聚集、堆积，也可解释作凝重低垂的样子。《列子·汤问》载："抚节悲歌，声振林木，响遏行云。"④江娥：又称湘娥，传说中尧的女儿娥皇、女英，后成为舜的两个妃子。张华《博物志》载："舜之二妃曰湘夫人。舜崩，二妃泪挥竹，竹尽斑。"素女：传说中掌管秋霜的女神，擅长鼓瑟，司马迁《史记·封禅书》载："太帝使素女鼓五十弦瑟，悲，帝禁不止，故破其瑟为二十五弦。"这句说乐声使江娥、素女都感动了。⑤中国：国之中央，即京城长安。⑥昆山：昆仑山，以产玉闻名。桓宽《盐铁论·力耕》载："美玉珊瑚出于昆山，珠玑犀象出于桂林。"玉碎：形容乐音清脆。凤凰叫：形容乐声和缓。王琦《李长吉歌诗汇解》注："玉碎，状其声之清脆，凤叫状其声之和缓，蓉泣状其声之惨淡，兰笑状其声之冶丽。"一说凤凰指凤首箜篌，该乐器原型为印度弓形竖琴维纳，东晋初传入中原，今缅甸一带仍有，当地称为桑高。⑦芙蓉：荷花。泣露：刘勰《新论》："春葩含日似笑，秋叶泫露如泣。"⑧十二门：长安城东西南北每一面各三门，计十二门。融：融化。冷光：月光。这句话是说乐声使全城气候变得温暖起来。⑨二十三丝：箜篌有二十三弦，此借指箜篌，由此可见李凭所弹奏的是竖箜篌。紫皇：玉皇大帝，此指皇帝。《太平御览》卷六五九引《秘要经》："太清九宫，皆有僚属，其最高者，称太皇、紫皇、玉皇。"⑩女娲：中华民族神话传说中人类的始祖。传说她与伏羲由兄妹而结为夫妇，产生人类。又传说她曾用黄土造人，炼五色石补天，断鳌足支撑四极，平治洪水，驱杀猛兽，使人民得以安居，后继伏羲为帝。⑪逗：引来。该句用师旷鼓琴的典故。《韩非子·十过》载："（师旷鼓琴）一奏，而有玄云从西北方起；再奏之，大风至，大雨随之，裂帷幕，破俎豆，隳廊瓦，坐者散走。"⑫神妪（yù）：神女，善弹箜篌。干宝《搜神记》卷四："永嘉中，有神见兖州，自称樊道基。有姬，号成夫人，夫人好音乐，能弹箜篌，闻人弦歌，辄便起舞。"⑬该句暗用《列子》典故。《列子》载："瓠巴鼓瑟，而鸟舞鱼跃。"⑭吴质：月中斫桂人。一说就是月中的吴刚；一说吴质是吴刚的误写。段成式《酉阳杂俎》卷一："旧言月中有桂有蟾蜍，故异书言月桂高五百丈，下有一人常斫之，树创随合。人姓吴名刚，西河人，学仙有过，谪令伐树。"故一般以为伐树人为吴刚。姚文燮《昌谷集注》引何孟春《余冬序录》："吴刚字质，谪月中斫桂。"北京大学图书馆藏明姜道生本《李长吉诗集》"吴质"作"吴刚"。不过宋人诗句也有吴质的印记，如苏泂《花月二首》其一："吴质不须仍倚树，老来无奈许多香。"陈宗远《梦游月宫》："兔停玉杵取玄霜，吴质无端强猜妒。"⑮露脚：即露滴。寒兔：秋月，因月中有玉兔故称。

[评析]

这首诗是李贺诗作中的名篇，集中体现了李贺诗歌的艺术特色，同时也是诗歌史上描绘音乐的名篇之一。李贺诗歌以想象奇特瑰丽著称，这首诗中，诗人用大胆的想象和极度的夸张手法，多层次而形象地写出李凭高超的箜篌技艺。作者用骇人耳目的宝玉、凤凰、荷花、香兰的种种情态描摹美妙动听的乐声，而且情感变化多端，愁闷时湘妃哭泣，欢乐时兰花微笑；音色多样，清脆如玉碎，和缓如凤鸣，冶丽如兰笑，温暖时消融了寒气；接着出神入化地运用典故展示音乐的动人效果：无论是云石鱼蛟，还是湘妃玉帝全都为之动容折服，甚至连神仙也来拜师学艺，月中的吴质忘记了休息，忘记了寒冷……密集的意象转换令人目不暇给，给人的视听以莫大的震撼。方扶南在《李长吉诗集批注》卷一中说："白香山'江上琵琶'（《琵琶行》），韩退之'颖师琴'（《听颖师弹琴》），李长吉'李凭箜篌'，皆摹写声音至文。韩足以惊天，李足以泣鬼，白足以移人。"的确，这是一篇惊天地动鬼神的作品。

残丝曲

垂杨叶老莺哺儿①,残丝欲断黄蜂归。绿鬓年少金钗客②,缥粉壶中沈琥珀③。花台欲暮春辞去④,落花起作回风舞。榆荚相催不知数⑤,沈郎青钱夹城路⑥。

[注释]

①垂杨:垂柳,古诗文中杨和柳常通用。南朝谢朓《隋王鼓吹曲·入朝曲》:"飞甍夹驰道,垂杨荫御沟。"②绿鬓:乌黑光亮的鬓发。绿鬓年少指青年男子。金钗:金制的女性首饰,由两股合成。金钗客指青年女子。此句写青年男女游冶。③缥(piǎo):淡青色,青白色,今所谓月白。缥粉壶,指月白色的酒壶。琥珀:松柏等的树脂化石,色蜡黄或红褐,一般透明,此处指酒。④花台:四周砌以砖石的种花的土台子。南朝江总《摄山栖霞寺碑》:"昔宝海梵志,睡睹花台。"唐宋之问《奉和九日登慈恩寺浮图应制》:"萸房陈宝席,菊蕊散花台。"⑤榆荚:榆树长叶前所生之荚,色白,成串,有如古币,通称榆钱。《春秋元命苞》:"三月榆荚落。"⑥沈郎钱:晋沈充曾铸小钱,称沈郎钱,后指榆荚。唐王建《故梁园公主池亭》:"素李花开西子面,绿榆枝散沈郎钱。"

[评析]

该诗通过对衰残景象的描绘抒发了年华易逝的感慨和留春不住的惜春情怀。暮春时节,柳叶已老,残丝欲断,黄鹂已经哺育新生命。百花凋零,再也不见了嗡嗡寻芳的蜜蜂。可叹黄昏无奈飘落的花儿,徒然在风中挣扎着,不忍离开花枝。榆钱纷纷坠落,铺满大地,似乎在催促着花儿离开她的枝叶!青春少年,面对如此景象,纵然有清樽美酒,谅也难以开怀!"花台欲暮春辞去,落花起作回风舞"两句,体物细致,融情于景,伤春、惜春之情见乎言表。

还自会稽歌①并序

庾肩吾于梁时，尝作宫体谣引，以应和皇子②。及国势沦败，肩吾先潜难会稽，后始还家。仆意其必有遗文，今无得焉，故作《还自会稽歌》，以补其悲。

野粉椒壁黄③，湿萤满梁殿④。台城应教人⑤，秋衾梦铜辇⑥。吴霜点归鬓⑦，身与塘蒲晚⑧。脉脉辞金鱼⑨，羁臣守迍贱⑩。

[注释]

①诗作于贞元二十一年（805），为王叔文、刘禹锡、凌准被贬南方而作。会稽：郡名，秦置，今浙江绍兴一带。②庾肩吾（487~约552）：庾信父，南朝梁代文学家，字子慎。原籍南阳新野（今属河南）人。萧纲初封晋安王时，庾肩吾为晋安王国常侍。萧纲迁镇，庾肩吾随同迁转，历任云麾参军，并兼记室参军。与徐摛、刘孝威等为萧纲赏接，号为"高斋学士"。萧纲继位后，以庾肩吾为度支尚书。后侯景至建康，矫诏遣庾肩吾使江州招降萧大心，他乘机逃至会稽，转赴江陵，投奔萧绎，封武康县侯。宫体谣引：宫体诗之一种。应和：应对唱和。皇子：指萧纲。③椒壁：以椒和泥所涂的墙壁，取温、香、多子之意，多指后妃的居室。南朝梁元帝《县名诗》："蒲洲涵水色，椒壁杂风吹。"这一句写宫墙遭雨水浇淋剥落发黄，沾满灰尘。④湿萤：古人认为萤火虫由腐草变化而来，生长活动于低矮潮湿处，故称。湿萤群飞，暗示皇宫已倾颓，写出梁国沦败之状。⑤台城：六朝时的禁城。宋洪迈《容斋续笔·台城少城》载："晋宋间谓朝廷禁省为台，故称禁城为台城。"晋皇宫在今南京市鸡鸣山南干河沿北，其地本为三国吴后苑城，东晋成帝时改建作新宫，遂为宫城。宋、齐、梁、陈皆为台省（中央政府）和宫殿所在地。应教人：指庾肩吾。应教，魏晋以来称应诸王之命而和的诗文。南朝宋湛茂之有《历山草堂应教》诗。⑥铜辇：太子车乘，此指皇太子萧纲。⑦吴霜：会稽属

吴地。这句话意思是说诗人避难会稽，身已老迈，鬓发斑白。⑧塘蒲：池塘里的蒲草。晚：衰老。⑨金鱼：鱼形锁，代指宫门、皇宫。⑩羁：羁留作客。迍（zhūn）：困顿。南朝刘勰《灭惑论》："运迍则竭国，世平则蠹民。"

[评析]

诗以庾肩吾为题材，设想他由会稽返回故都重游皇宫的情形，在抒发庾肩吾对国家衰败的悲痛、对皇室思念的同时，也写出了庾肩吾迟暮困顿的境遇。这种复杂沉痛的情感表达，通过细致的景物描写得以体现：野粉沾壁、宫墙泛黄、流萤乱飞显示出昔日皇宫已经是一派荒凉衰败、渺无人迹的景象，这如何叫一个经历了宫廷繁华生活的文人承受得起？诗人又以秋霜比喻斑白头发写出他的年迈，以池塘蒲草比况，写出他的衰残与不幸，以及战乱造成的痛苦；而离开乱后的皇宫的脉脉注视与自甘落寞的自我表达，更是显示出抒情主体对于皇室的忠贞不贰，这种对落寞人生方式的自觉选择体现了一个传统文人对于国家的深挚感情。

出城寄权璩、杨敬之①

草暖云昏万里春，宫花拂面送行人②。自言汉剑当飞去③，何事还车载病身④？

[注释]

①作于元和八年（813）春，李贺辞去奉礼郎，决定归隐昌谷。出城：指诗人辞官离开京城。权璩（qú）：字大圭，元和初进士，做过监察御史、中书舍人、阆州刺史等官。杨敬之：字茂孝，元和初进士，做过屯田户部郎中、连州刺史等官。二人皆李贺故交。②宫花：宫苑中飘出的花朵。行人：诗人。③汉剑：汉高祖斩白蛇的剑。这里以剑自喻，表明自己志向远大资质不凡。南朝宋刘敬叔《异苑》卷二载："晋惠帝元康五年，武库火，烧汉高祖斩白蛇剑、孔子履、王莽头等三物。中书监张茂先惧难作，列兵陈卫，咸见此剑穿屋

飞去，莫知所向。"④何事：为什么。还车：回家的车。

[评析]

李贺出身皇室，加之少年聪颖，才华过人，故而自视甚高。然而他仕途不顺，进士受挫。任奉礼郎期间，也是官小职微，加之贫病交织，故而颇有失意落魄之感。这首诗是诗人辞去奉礼郎官职，离京时写给朋友的，写出了自己壮志难酬的苦闷、落魄与回家前的尴尬。一、二两句写景叙事，点明离别的时令和气氛，以明媚的春景来衬托别情，"乐景写哀情"，使人倍感愁绪盈怀。三、四两句直抒胸臆，以刘邦斩蛇剑自喻，抒发了壮志未酬、抱病还乡的惆怅。

示 弟①

别弟三年后，还家一日余。醁醽今日酒②，缃帙去时书③。病骨犹能在④，人间底事无⑤？何须问牛马⑥，抛掷任枭卢⑦！

[注释]

①这首诗作于元和八年（813）李贺辞官归隐昌谷时，明代曾益《李贺诗解》标题作《示弟犹》，李贺弟叫李犹。②醁（lù）醽（líng）：酒名。葛洪《抱朴子·知止》："密宴继集，醽醁不撤。"盛弘之《荆州记》："渌水出豫章郡康乐县，其间乌程乡有井，官取水为酒，酒极甘美，与湘东酃湖酒年常献之，世称醽醁酒。"③缃（xiāng）帙（zhì）：包在书卷外的浅黄色书套，借指书卷。缃，浅黄色。帙，包书的布。④病骨：病体。⑤底事：何事。⑥牛马：古代赌具中"五木"的名色，两头尖，中间平，背面涂黑，画牛马，正面画雉以相区别，故以牛马指代之。⑦枭卢：古代博戏樗蒲的两种胜彩名。幺为枭，最胜；六为卢，次之。杜甫《今夕行》："冯陵大叫呼五白，袒跣不肯成枭卢。"

[评析]

李贺诗以奇特、绮丽闻名，这首诗却造语平淡。诗以率直凝练的语言写出诗人回归昌谷兄弟相聚时的百感交集：亲人相聚的喜悦，仕途失意的落寞，对社会黑暗的愤懑，衰病的哀叹与尚能还家的庆幸，充斥着苦闷、压抑。一任赌博来预测、判断事件，并说自己完全听任"色子"，虽然是故作达观，却掩饰不了内心难以驱除的苦闷与痛苦。

竹

入水文光动①，抽空绿影春②。露华生笋径③，苔色拂霜根④。织可承香汗⑤，裁堪钓锦鳞⑥。三梁曾入用⑦，一节奉王孙⑧。

[注释]

①入水：指竹倒映水中。文光：波纹泛起的光影。②抽空：谓竹节当空抽拔生长。左思《吴都赋》："苞笋抽节，往往萦结。"③笋径：长着竹子嫩芽的小径。④霜根：竹根白色，竹又耐寒，故称。杜甫《苦竹》："幸近幽人屋，霜根结在兹。"⑤香汗：代指美人。⑥锦鳞：鱼的美称。鲍照《芙蓉赋》："戏锦鳞而夕映，曜绣羽以晨过。"⑦三梁：冠名，为公侯所服。古冠以竹为衬里，有一梁至五梁之分。蔡邕《独断》："进贤冠，文官服之。前高七寸，后三寸，长八寸。公侯三梁，卿大夫、尚书、博士两梁，千石、六百石以下一梁。"⑧王孙：泛指贵族子弟。

[评析]

这是首拟物诗，借竹自况，以拟人的手法表达了诗人对人生的自信和渴望成就一番事业的期望。前两联写景，咏春竹，突出它的苍翠挺拔、生意盎然，这实际上是写自己的气质与修养。后两联赞美竹子的用途广泛，小到做席子、渔具，大到晋贤冠。末句含蓄地表明自己的怀抱与希望。全诗色调鲜明，形象生动。

同沈驸马赋得御沟水①

入苑白泱泱②,宫人正靥黄③。绕堤龙骨冷④,拂岸鸭头香⑤。别馆惊残梦⑥,停杯泛小觞⑦。幸因流浪处,暂得见何郎⑧。

[注释]

①作于元和五年至八年（810~813）在长安官任奉礼郎时。沈驸马：一说是唐顺宗之女西河公主的丈夫沈翚，一说是唐宪宗之女南康公主的丈夫沈汾，一说是唐宪宗之女宣城公主的丈夫沈䖇。赋得：凡摘取古人成句为诗题，题首多冠以"赋得"二字。如南朝梁元帝有《赋得兰泽多芳草》一诗。科举时代的试帖诗，因试题多取成句，故题前均有"赋得"二字。亦用于应制之作及诗人集会分题，后遂将"赋得"视为一种诗体，即景赋诗者也往往以"赋得"为题。②苑：内苑，皇宫内花园。入苑：《三辅黄图》载："关中入水皆通上林苑。"泱泱：水深广貌。③靥（yè）黄：古代妇女的一种妆饰，面颊上涂一层黄色粉末。④龙骨：石砌堤岸。《史记·河渠书》："穿渠得龙骨，故名曰龙首渠。"⑤鸭头：指绿色水波。李白《襄阳歌》："遥看汉水鸭头绿，恰似葡萄初酦醅。"⑥别馆：招待宾客的地方。⑦泛小觞：即曲水流觞，古代一种游戏，斟酒于杯，置盘中，让它顺流而下，流到谁面前停下，谁就喝酒。⑧何郎：曹魏时期的何晏，字平叔，南阳人，奇才美貌，尚金乡公主（曹操的女儿），此借指沈驸马。

[评析]

这是首唱和诗，也是即景抒情之作。首句实景，写流入皇城内的河流深广，次句是虚景，想象宫人正在梳妆打扮，点明时间是清晨；三、四句实写，三句"龙骨"点明河流的性质，"冷"一方面是说时间早，有清晨的寒气，另一方面也暗示河水深而清凉，四句写河流散发着一股香味，照应次句。前两联虚实结合，侧重于写清晨的河流清澈深广，清香宜人，"宫人"、"龙骨"给予这条河流庄严神圣的感觉。后两联写诗人参与驸马的曲水流觞，恰如其分地表达了对于参与这次活动的荣幸：自己身处别馆，又当流浪无依寂寥无赖之时，却在御河幸会驸马，足可快慰人心。

始为奉礼忆昌谷山居①

扫断马蹄痕②，衙回自闭门③。长鎗江米熟④，小树枣花春。向壁悬如意⑤，当帘阅角巾⑥。犬书曾去洛⑦，鹤病悔游秦⑧。土甑封茶叶⑨，山杯锁竹根⑩。不知船上月，谁棹满溪云？⑪

[注释]

① 作于元和五年（810）李贺初任奉礼郎时。奉礼：奉礼郎，官名，太常寺属官，掌管皇帝家庙的闲散小官。《新唐书·百官志》："太常寺……奉礼郎二人，从九品上。"昌谷：李贺故乡，在河南福昌（今宜阳）县三乡镇东。②扫断：扫净，扫尽。③衙：官署。④鎗（chēng）：即铛，平底锅，有三足。江米：北方人称糯米为江米。⑤如意：器物名，梵语"阿那律"的意译，古代爪杖，用骨、角、竹、木、玉、石、铜、铁等制成，长三尺许，前端做手指形。脊背有痒，手所不到，用以搔抓，可如人意，因而得名。或做指划和防身用。又，和尚宣讲佛经时，也持如意，记经文于上，以备遗忘。⑥角巾：方巾，有棱角的头巾，为古代隐士冠饰。《晋书·王导传》："则如君言，元规若来，吾便角巾还第，复何惧哉！"⑦犬书：《晋书·陆机传》："初机有骏犬，名曰黄耳，甚爱之。既而羁寓京师，久无家问，笑语犬曰：'我家绝无书信，汝能赍书取消息不？'犬摇尾作声。机乃为书以竹筒盛之而系其颈，犬寻路南走，遂至其家，得报还洛。其后因以为常。"后因称家信为"犬书"。⑧鹤病：妻子卧病。古诗："飞来双白鹤，乃从西北方，十十五五，罗列成行。妻卒被病，行不能相随。"⑨土甑（zèng）：陶罐，炊器。⑩山杯：以竹节、葫芦等制作的粗陋饮器。庾信《奉报越王惠酒》："野炉然树叶，山杯捧竹根。"杜甫

《送惠二归故居》："崖蜜松花熟，山杯竹叶春。"竹根：用竹根做的酒器。
⑪棹（zhào）：船桨，这里用作动词，摇船。

[评析]

诗人将出任奉礼郎后的落寞生活、浓郁的思乡情以及对家眷的思念、出仕的懊悔和对隐逸生活的向往，通过质朴的语言、寻常的物象表达出来，显示出李贺诗风朴素自然的一面。土罐尘封，似乎等着主人回来品茶，酒杯深锁，期盼主人来享用美酒，将思念写得具体生动。尤其是末两句，月下溪云的惦念将深切的思念写得真挚空灵，含蓄有味。

七夕①

别浦今朝暗②，罗帷午夜愁③。鹊辞穿线月④，花入曝衣楼⑤。天上分金镜⑥，人间望玉钩⑦。钱塘苏小小⑧，更值一年秋⑨。

[注释]

① 七夕：农历七月初七之夕。民间传说，牛郎织女每年此夜在天河相会。旧俗，妇女于夜间在庭院中向织女星乞求智巧，称为"乞巧"，故又名乞巧节。宗懔《荆楚岁时记》载："七月七日为牵牛织女聚会之夜。是夕，人家妇女结彩缕，穿七孔针，或以金银鍮石为针，陈瓜果于庭中以乞巧，有喜子网于瓜上则以为符应。"唐朝林杰《乞巧》："家家乞巧望秋月，穿尽红丝几万条。"② 别浦：分别之地，此指天河。牵牛、织女二星，分隔在天河两边，所以叫别浦。今朝暗：俗传七月七日天河隐，所以叫暗。③ 罗帷：罗帐。午夜：半夜。④ 鹊辞：《风俗通》："织女七夕当渡河，使鹊为桥。"权德舆《七夕》："今日云骈渡鹊桥。"穿线：指女子乞巧活动。⑤ 曝衣：崔实《四民月令》："七月七日曝经书及衣裳。"⑥ 分金镜：指七夕为弯月，如半镜。分，即不能长圆之意。分金镜比喻天上牛郎、织女相聚而重又分离。⑦ 玉钩：七夕月。

⑧苏小小：钱塘名妓，南朝齐人，此指所思念的人。⑨更：又。值：逢，遇，度过。

[评析]

　　这首节令诗运用神话传说、典故与衬托对比的手法，将具有普遍性的离人愁思巧妙地融入节令活动中，展示了古人七夕生活的一个方面。传说中七夕是牛郎织女一年一度相会的时间，久别相逢虽说是有些短暂，但毕竟是一件乐事，所以有"金风玉露一相逢，便胜却人间无数"（秦观《鹊桥仙》）的题咏。李贺则出笔不凡，虽然也写相会，定格却在离别：起笔写一派阴暗惨淡景象，见不出一丝愉悦；作为七夕夜半高潮的牛郎织女相会，诗人却下一个"愁"字，相会一刻固然欣喜若狂、喜不自胜，然而结局却是必然的离别，这又怎能不让人黯然神伤呢？仙界如此，人间又何尝不是这样呢？更有甚者，人世间相亲相爱的人们甚至一年也见不了一面，所以即便是残月如钩，人们也是满怀希冀地期盼张望着。

过华清宫①

　　春月夜啼鸦，宫帘隔御花②。云生朱络暗③，石断紫钱斜④。玉碗盛残露⑤，银灯点旧纱⑥。蜀王无近信⑦，泉上有芹芽⑧。

[注释]

　　①据朱自清《李贺年谱》，元和八年（813），李贺辞官归家，途经华清宫，作此诗。一说为诗人长安居官期间（810～813）所作。华清宫：唐代著名行宫，位于长安东郊，在京兆府昭应县骊山上，贞观中建，初名温泉宫，玄宗天宝六载（747）改名为华清宫，安史之乱中毁于战火。唐玄宗常携妃子杨玉环来此玩赏。②御花：宫苑内的花。③朱络（luò）：红漆窗格。《方言》："络，谓之格。"④紫钱：形如铜钱的紫色苔藓。⑤露：露水。通常以为"盛

残露"是诗人引用汉武帝造仙人承露盘以求仙露事,借以泛指宫廷宴会所用酒浆,似不确。"玉碗盛残露"、"银灯点旧纱"当是实景,可见华清宫的荒凉。⑥点:点缀。纱:细纱灯罩。⑦蜀王:即玄宗李隆基,安禄山作乱,玄宗逃入蜀中(今四川省),故云。⑧泉:温泉。芹芽:水芹嫩芽。

[评析]

　　繁华消歇、胜景不再是中华诗歌史上一个沉痛而永恒的主题。诗人聚焦于华清宫这个破败了的皇帝行宫,用对比、衬托与工笔细描的手法,营造出一种凄楚荒凉的气氛。春天的月夜,本应是景色优美,赏心悦目,然而听到的却是凄厉的鸦啼,见到的却是寂寞开放的花儿,以及断石上紫色的苔藓。君王游赏的温泉,如今已是长满了水草。如果不是残破的官帘、荒草中零落的"玉碗"、断垣里的"银灯",谁能想到这里曾是赫赫有名的华清宫呢?末句漫不经意地点明华清宫的衰败与唐玄宗有关,表明诗人对历史兴亡的反思和对玄宗含蓄的历史评价,直接称本朝帝王为"蜀王",更是显示出自己的讽刺、批判态度。对于李贺时代的君王来说,这首诗无疑有着警示作用:如果不实行修明政治,任何美好的事物都会毁坏、衰败!

送沈亚之歌①并序

　　文人沈亚之,元和七年,以书不中第,返归于吴江。吾悲其行,无钱酒以劳。又感沈之勤请,乃歌一解以送之。②

　　吴兴才人怨春风③,桃花满陌千里红。紫丝竹断骢马小④,家住钱塘东复东⑤。白藤交穿织书笈⑥,短策齐裁如梵夹⑦。雄光宝矿献春卿⑧,烟底蓦波乘一叶⑨。春卿拾材白日下⑩,掷置黄金解龙马⑪。携笈归江重入门,劳劳谁是怜君者⑫。吾闻壮夫重心骨⑬，古人三走无摧捽⑭。请君待旦事长鞭⑮，他日还辕及秋律⑯。

[注释]

①作于元和七年（812）春天，李贺为奉礼郎，沈亚之应试书学落第。沈亚之：字下贤，吴兴（今浙江湖州）人。元和十年进士，累迁殿中侍御史内供奉，终郢州掾。以文辞得名，曾游韩愈门。与李贺、杜牧、李商隐为友。有《沈下贤集》。②书：唐代科举考试科目之一，即明书，《新唐书·选举志》："凡书学，先口试。通，乃墨试《说文》、《字林》二十条，通十八为第。"不中第：即落选。吴江：吴淞江，在江苏省南部，滨太湖，此指吴兴。悲：同情。劳：慰劳。勤请：殷勤请求，再三请求。一解：诗歌一章，《乐府诗集》："凡诸调歌词，并以一章为一解。"③吴兴：郡名，治今浙江湖州市。吴兴才人指沈亚之。怨春风：科举考试春天发榜，这里指沈亚之因为落第而发牢骚。④紫丝竹：指马鞭。骢（cōng）马：青白色的马。马鞭断，马儿小，写出沈亚之落魄寒酸的情形。这里化用古乐府《青骢白马》"青骢白马紫丝缰"诗句。⑤钱塘：地名。明、清皆为浙江省治。杭州府亦治此。民国废府，改钱塘及仁和为杭县，仍为省治。今属杭州市。⑥书笈（jí）：书箱。⑦短策：古代以竹简、木片记事著述，称为策。后改用纸，仍沿旧称。梵（fàn）夹：佛教书籍贝叶经本，于贝叶上书写梵语经文，贝叶重叠，为避免散乱，遂用与树叶同形稍大之两片木板相夹，并以绳缚结，称为梵夹，模仿这种形式的经典也叫梵夹。⑧雄光宝矿：指闪耀光芒的金银矿藏，这里比喻沈亚之诗文。春卿：《周礼》称礼官为春官，后世借指礼部，唐时考试由礼部主持。《白帖》："礼部亦曰春卿。"⑨暮（mò）：越过。一叶：指小船。⑩拾材：选拔人才。⑪掷置：抛弃。解：放走。龙马：骏马。《周礼·夏官·庾人》载："马八尺以上为龙。"黄金、龙马比喻人才。⑫劳劳：惆怅忧伤的样子。⑬壮夫：大丈夫。心骨：志向、骨气。⑭三走：春秋时期齐国宰相管仲曾经三次战败。《史记·管晏列传》："管仲曰：'……吾尝三战三走，鲍叔不以我为怯，知我有老母也。'"摧捽（zuó）：摧折。⑮待旦：等到天明。事长鞭：策马归去。⑯还辕：指重返京师。秋律：古人以四季与十二律相配，因称秋季为秋律，这里指秋季考试。古代科考通常是秋初上路，春末还家。

[评析]

科考实行之后,出现了赠人下第诗,内容上或表示同情,或言选拔不公,或勉励以后成功以作宽心。此诗三者兼备,既写出了友人怀才不遇、寒酸落魄,遥想他回归故乡后无人谅解的孤独苦闷,又写出选拔不公。诗中一再用比喻称道他的才华,结尾处巧妙地运用管仲的事迹劝慰他不要心灰意冷,期盼他下次中式。同情、关切、愤懑、劝慰、赞赏、期盼诸多情感交织在一起,情深意切,真挚感人。

咏怀二首[①]

一

长卿怀茂陵[②],绿草垂石井。弹琴看文君[③],春风吹鬓影。梁王与武帝[④],弃之如断梗[⑤]。惟留一简书[⑥],金泥泰山顶[⑦]。

[注释]

①作于元和四年(809)李贺进士落第,返回昌谷后。②长卿:司马相如(前179~前118)的字。司马相如是蜀郡成都人,事汉景帝(刘启),任武骑常侍,不得志。后投梁孝王(景帝同母弟刘武)。梁孝王死后,他回到故乡,家贫无以为业,乃往临邛(qióng)。临邛富人卓王孙举行宴会,司马相如弹琴挑逗他的女儿文君,文君夜奔相如。汉武帝(刘彻)时,再度到朝廷,上赋得官。后因病免,家居茂陵。病重,汉武帝派人去取他的著作,到时,相如已死,只有遗札书说"封禅"(筑土为坛以祭天叫"封",扫池为坛以祭地叫"禅")的事情。数年后,汉武帝按照他的意见到嵩山、泰山等处行封禅之礼。事见《史记·司马相如列传》。怀:来,至。茂陵:汉武帝刘彻陵园,在今陕西兴平东南,为西汉五陵之一。③文君:四川临邛富人卓王孙之女,新寡,好音乐。司马相如以琴相挑逗,卓文君随其私奔,结为夫妇。④梁王:即

西汉梁孝王刘武,为汉景帝同母弟。相如游梁时,令与随从文士邹阳、枚乘等同舍。⑤梗:草木的根、枝、茎。⑥一简:一卷。⑦金泥:用水银和金为泥,涂封玉牒。

[评析]

这首诗借咏史抒发情怀,通过司马相如的境遇感慨自己的失意。前两句叙司马相如居所的幽静,三、四两句写夫妻关系的融洽,表面似乎悠闲自得,其实却是感慨失意闲置、才不获聘。五、六句直接点明相如遭遇遗弃,用对比的手法发出无限感慨。司马相如生前,帝王视如草芥。死后,却重视他的遗书,照着行起祭天地的典礼来了。通过生前死后两种情况的对比,讽刺梁王与武帝不能重视人才。钱钟书说:"'梁王与武帝,弃之如断梗',谓长卿弃梁王与武帝,观首句'怀茂陵'可见。"(《谈艺录》)据此,这首诗也可理解为歌咏司马相如厌弃仕宦,醉心于舒适的闲居生活。

二

日夕著书罢①,惊霜落素丝②。镜中聊自笑,讵是南山期③。头上无幅巾④,苦檗已染衣⑤。不见清溪鱼,饮水得相宜⑥。

[注释]

①"日夕"句:据李商隐《李长吉小传》,李贺每日骑距驴出游觅诗,有所感想,就写在纸上投入锦囊中,晚上回家后完成全篇。②霜、素丝:白发,这里说李贺苦吟早衰,头发迅速变白。③讵(jù):岂。南山:比喻长寿。《诗经·小雅·天保》:"如南山之寿,不骞不崩。"④幅巾:古代男子以全幅细绢裹头的头巾。⑤苦檗(bò):又名黄檗,落叶乔木,味苦,可制作黄色染料,古时农人常用来染衣。⑥相宜:相得、舒适的样子。

[评析]

这首诗通过细节展示诗人的家居生活,表现了诗人的苦闷与强自解愁的情状。前四句慨叹作诗的辛苦、人生的早衰,五、六两句写出自己粗布衣装,用双关的手法点出生活的苦闷。的确,作为皇室后裔,落第的苦闷与远离士人生活的种种艰辛,无处不在,这种境况通过衣服已经沾染苦味表现出来。最后以水中鱼儿闲适自乐宽解,这是无奈之中的唯一解闷之法。

追和柳恽①

汀洲白苹草②,柳恽乘马归。江头楂树香③,岸上蝴蝶飞。酒杯箬叶露④,玉轸蜀桐虚⑤。朱楼通水陌,沙暖一双鱼⑥。

[注释]

①追和:后人和前人的诗。苏轼《和陶〈归去来兮辞〉》诗序:"子瞻谪居昌化,追和渊明《归去来兮辞》。"柳恽(yùn):字文畅,河东解(今山西运城)人,字文畅,工诗文,宋、齐、梁三朝,历仕太子洗马、广州刺史、吴兴太守。李贺所和为柳恽《江南曲》:"汀洲采白苹,日落江南春。洞庭有归客,潇湘逢故人。故人何不返,春华复应晚。不道新相知,只言行路远。"②白苹:水草名,一名田字草。浙江湖州东南二百步处有溪连汀洲,又名白苹洲,因柳恽于此赋诗"汀洲采白苹"得名。③楂(zhā)树:山楂,高五六尺,果实圆而酸。④箬(ruò)叶露:箬下酒。湖州有箬溪,夹溪生箭箬,溪北岸为下箬村,当时人取下箬水酿酒,味醇美,俗称箬下酒。⑤玉轸(zhěn):琴下系弦丝的柱子,以玉为饰,见其华贵。蜀桐:蜀中盛产桐,可做琴身。虚:琴身中空,故说虚。⑥沙暖:喻居处安适。双鱼:喻夫妻团聚。

[评析]

这是一首温馨的诗歌,写得自然流畅、清新可人。诗人追和柳恽诗作,原作《江南曲》写远客思归,诗人却想象柳恽回家后与妻子团聚的琴瑟和谐、安逸自然的幸福生活,表现诗人对理想家居生活的向往。全诗只有一句写人物行踪,其余都是通过景物描绘、饰物衬托,营造出一种和谐美好的氛围。这种情调的诗歌,李贺诗中实属罕见。

春坊正字剑子歌①

先辈匣中三尺水②,曾入吴潭斩龙子③。隙月斜明刮露寒④,练带平铺吹不起⑤。蛟胎皮老蒺藜刺⑥,鹏鹈淬花白鹇尾⑦。直是荆轲一片心⑧,莫教照见春坊字⑨。挼丝团金悬麗簌⑩,神光欲截蓝田玉⑪。提出西方白帝惊⑫,嗷嗷鬼母秋郊哭⑬。

[注释]

①诗作于长安官奉礼郎时(810~813)。春坊:太子东宫官署有左春坊、右春坊。正字:典校书籍的文官。《新唐书·百官志》:"司经局……正字二人,从九品上。"②先辈:唐朝举人对已经及第者的尊称。三尺水:三尺比喻宝剑,形容宝剑寒光如水。③吴潭斩龙子:据《世说新语》记载,晋周处于义兴水中斩蛟除害。义兴即今江苏宜兴,三国时属吴。④隙月:云隙中透过来的月光,狭长似剑形。⑤练带:白色绢带,喻宝剑。⑥蛟胎:蛟通"鲛",鲨鱼。《山海经注》:"鲛鱼皮有珠文而坚……可饰刀剑。"蒺藜(lí):药草,结实,其实大三分许,有刺,此处用以形容蛟皮做的剑鞘上的纹理。⑦鹏(pì)鹈(tí):一种水鸟。据《本草》记载:"其膏涂刀剑不锈。"淬(cuì):染。白鹇(xián):《本草》:"白鹇似山鸡而色白,有黑文如涟漪,尾长三尺,体备冠距、红颊、赤嘴、丹爪。"⑧荆轲:战国时卫人,为报答燕太子姬丹知遇之恩,谋杀秦王,事败被杀。事见《史记·刺客列传》。⑨"莫教"句:说宝剑用途大,不要让它埋没在文人之手,因为春坊正字是文官。这里借宝剑抒发怀才不遇的感慨。⑩挼丝团金:用金丝裹扎成的团形穗子。麗(lù)簌(sù):下垂貌。⑪神光:指剑光。蓝田玉:产于蓝田县的美玉。⑫西方白帝:古代神话中的西方之神。⑬嗷嗷:哀鸣声。鬼母哭:《史记·高祖本纪》载,刘邦夜行,遇一条蛇当道,便把它杀了。有人经过斩蛇地点,见一位老太太哭泣,便问何故。老太太回答说:"吾子白帝子也,化为蛇当道,今为赤帝子斩之。"

[评析]

这是一首咏物诗,用奇特的想象、大胆的比喻、怪异的传说、绮丽的语言,从多方面刻画了一把名剑,写得惊心动魄,让人目乱神迷,瞠目结舌。同时又借宝剑落在文人手中,含蓄地抒发了怀才不遇的感慨。前两句写剑的来历不凡,起到先声夺人的效果。三、四句写它寒光逼人,用云缝里透出的月光比喻宝剑本来就出人意表,诗人却写出月光的形态、动态及给人的感觉,尤其是一丝明月斜斜地"刮露寒",更是奇特醒目。形容宝剑光洁轻薄像一条风吹不起的平铺白练,生动有趣。五、六两句写装饰华美珍贵,衬托宝剑不同凡响。最后又自然地联想到荆轲、刘邦和白帝母亲的哭泣,让人遐想联翩。

贵公子夜阑曲①

袅袅沉水烟②,乌啼夜阑景。曲沼芙蓉波③,腰围白玉冷④。

[注释]

①作于李贺官奉礼郎时(810~813)。夜阑:夜尽,深夜。②袅(niǎo)袅:烟雾缭绕的样子。沉水:即沉香,用沉香木制作的香。沉香树产于亚热带,木质坚硬而重,黄色,有香味,为著名熏香原料。③曲沼:曲江池沼,在长安东南,是唐朝长安名胜。④白玉:这里指镶嵌在腰带上的白玉。

[评析]

如同一幅印象派画家的画,这首诗中,李贺只写出一种场景,一种情状,将自己的情感态度深深地隐藏起来,让人难以捉摸诗歌的意旨。诗中一贵介公子彻夜未眠,只见夜阑时分香炉中轻烟袅袅,不时有几声凄厉的乌啼,荷花池里微波泛起,贵公子腰带上的白玉带着一丝寒意。凄冷画面中贵公子为何一夜未眠?他在期待什么?感伤什么?一切都是个谜语。所以才有人怀疑这首诗是篇未完的作品。方扶南说:"此似不止于此,当大有脱文,此但一起。不然,于公子夜阑之旨安在?既为此曲,必形容贵公子买醉征歌,狎邪纵意，乃与题称。"

雁门太守行①

黑云压城城欲摧②，甲光向日金鳞开③。角声满天秋色里④，塞上燕脂凝夜紫⑤。半卷红旗临易水⑥，霜重鼓寒声不起。报君黄金台上意⑦，提携玉龙为君死⑧。

[注释]

①作于元和二年（807）。据张闲《幽闲鼓吹》记载："李贺以歌诗谒韩吏部。时为国子博士分司，送客归，极困。门人呈卷，解带。旋读之，首篇《雁门太守行》，曰：'黑云压城城欲摧，甲光向日金鳞开。'却援带，命邀之。"雁门：郡名，在今山西省西北部。太守：官名。秦置郡守，汉景帝时改名太守，为一郡最高的行政长官。隋初以州刺史为郡长官。宋以后改郡为府或州，太守已非正式官名，只用作知府、知州的别称。明清时专指知府。雁门太守行：乐府旧题，《相和歌·瑟调》三十八曲之一，原来歌咏洛阳令王焕之德政，梁简文帝开始用来歌咏边疆战争。②黑云：浓云。《晋书·天文志》："凡坚城之上，有黑云如屋，名曰军精。"此处指战争双方对峙，气氛紧张，天容惨淡。一说黑云比喻敌军。③甲：铠甲。日：曾益、姚佺、姚文燮注均作"日"，王琦注作"月"。金鳞：比喻日光映照下的铠甲，状如鱼鳞，闪亮如金。④角：军中号角。⑤塞上：边境，长城内外。燕脂：即胭脂，一种紫红色颜料，这里形容土地的颜色。凝夜紫：《古今注》："秦筑长城，土色皆紫，故曰紫塞。"一说战士鲜血凝结为紫色。⑥易水：河名，在河北易县。战国时燕太子为荆轲饯行，荆轲作歌："风萧萧兮易水寒，壮士一去兮不复还。"激越凄楚。⑦黄金台：在河北易县附近。据葛立方《韵语阳秋》卷六记载，此台为战国时燕昭王（姬平）所建，置千金于台上，以招天下贤士。⑧玉龙：宝剑。据《晋书·张华传》记载，晋人雷焕在丰城县得到一个玉匣，里面装两柄剑，后变为龙。

[评析]

　　这首诗以浓烈的色彩描绘了鏖战的情景,歌颂了在敌我力量悬殊情况下奋勇杀敌的将士,寄托诗人的爱国热忱,语气悲壮,意境苍凉。首句写乌云密布,兵临城下,既是写景,又是叙事,形象地渲染了战前的紧张气氛。"压"、"摧"两字把敌军声势浩荡、来势凶猛,以及敌我双方兵力悬殊、守军的艰难处境淋漓尽致地揭示出来。次句写一缕日光从云缝里透射下来,映照在守城将士的甲衣上,金光闪闪,耀人眼目,表现守军的阵营和士气,虽然敌强我弱,仍然严阵以待。三、四句从听觉和视觉方面写战争的惨烈悲壮。五、六句写深夜霜寒,战鼓消歇,暗示战士死亡大半。最后点明阵亡战士报效国家、舍生忘死,显得慷慨激昂,感奋人心。宋代李纲有《胡笳十八拍》(其二):"黑云压城城欲摧,赤日照耀从西来。房箭如沙射金甲,甲光向日金鳞开。昏昏闾阎闭氛祲,六龙寒急光徘徊。黄昏胡骑尘满城,百年兴废吁可哀。"其化用李贺诗意,并直接引用前两句诗,足见对此诗的喜爱。

大堤曲[①]

　　妾家住横塘[②],红纱满桂香[③]。青云教绾头上髻[④],明月与作耳边珰[⑤]。莲风起,江畔春;大堤上,留北人。郎食鲤鱼尾,妾食猩猩唇[⑥]。莫指襄阳道[⑦],绿浦归帆少。今日菖蒲花[⑧],明朝枫树老[⑨]。

[注释]

　　①据刘衍《〈李贺年谱〉新笺》,作于元和九年(814)李贺东游吴越路经襄阳时。大堤曲:乐府清商曲辞,起于梁简文帝,是所谓的"雍州十曲"之一。一说宋随王刘诞有《襄阳曲》:"朝发襄阳来,暮至大堤宿。大堤诸女

儿,花艳惊郎目。"《大堤曲》出于此。大堤,在襄阳府城外。襄阳在唐代是长安与荆湘岭南的交通要冲,《大堤曲》、《襄阳曲》之类的诗歌十分盛行。②妾:古代女子的谦称。横塘:在襄阳大堤附近。③红纱:红纱衣,女子夏装。④青云:黑发。绾(wǎn):编结。髻(jì):束发于头顶。⑤明月:珠宝。珰(dāng):耳环。刘熙《释名》:"穿耳施珠曰珰。"⑥鲤鱼尾、猩猩唇:珍贵食物。《吕氏春秋·本味》:"肉之美者,猩猩之唇。"这两句用隐喻暗示性爱行为。⑦襄阳:郡名,即今湖北襄阳市。当时为商业文化中心和交通要冲。⑧菖蒲花:相传菖蒲不易开花,开则以为吉祥。此处喻正当红颜美貌。⑨枫树老:老枫树枝干枯瘿暴突,此处喻人衰老的样子。

[评析]

这是一首拟古乐府诗,歌颂纯真甜蜜的恋情,形象生动地描绘出大堤女子的绰约风姿和妩媚情态,表达了诗人对美好青春时光的热爱和对容颜易老、岁月易逝的感叹。全诗对比鲜明,色彩秾丽,音调铿锵,声情并茂,意境优美,是咏怀名篇。

蜀国弦①

枫香晚花静②,锦水南山影③。惊石坠猿哀④,竹云愁半岭⑤。凉月生秋浦⑥,玉沙粼粼光⑦。谁家红泪客⑧,不忍过瞿塘⑨。

[注释]

①蜀国弦:写蜀道艰辛的古乐府,吴兢《乐府古题要解》:"《蜀道难》,备言铜梁、玉垒之险,又有《蜀国弦》,与此颇同。"②枫香:枫树有脂,散发香味,又叫枫香树。③锦水:锦江,又名濯锦江,一名流江、汶江,俗称府河或走马河。岷江支流,发源于郫县,流经四川成都,乐史《太平寰宇记》:"濯锦江即蜀江。水至此,濯锦,锦彩鲜润于他水,故曰濯锦江。"④惊石:险怪的石头。坠猿:猿猴悬挂于树,好像要掉下来。哀:哀鸣。《水经注·江

水》载:"每至晴初霜旦,林寒涧肃,常有高猿长啸,属引凄异,空谷传响,哀转久绝。故渔者歌曰:'巴东三峡巫峡长,猿鸣三声泪沾裳。'"⑤竹云愁半岭:"半岭竹云愁"的倒装,山岭之间烟云缭绕,让人望而生愁,可见山的高大。⑥浦:水边。⑦玉沙:沙石色白如玉。粼粼:水清澈的样子。⑧红泪客:传说中的少女薛灵芸,离别家乡而泪下如雨,这里比喻伤心流泪的少女。王嘉《拾遗记》卷七载:"(薛)灵芸闻别父母,歔欷累日,泪下沾衣。至升车就路之时,以玉唾壶承泪,壶则红色;既发常山,及至京师,壶中泪凝如血。"⑨瞿塘:峡名,为长江三峡之首,也称夔峡。西起重庆市奉节县白帝城,东至巫山大溪。两岸悬崖壁立,江流湍急,山势险峻,古时号称西蜀门户。峡口有夔门和滟滪堆。刘禹锡《竹枝词》:"瞿唐嘈嘈十二滩,此中道路古来难。"李白《荆州歌》:"白帝城边足风波,瞿塘五月谁敢过?"

[评析]

这也是首拟古乐府诗。古人写蜀道难多是写进入蜀川的道路险阻,诗人却别出心裁,写别离蜀川的艰难,足见诗人匠心独运,勇于创新。前六句写景,描绘蜀川山水幽静深邃,突出山高路险,用猿啼、云愁营就哀愁氛围。后两句写人,化用典故,描写女子对故乡的难舍难分。女子决定走此险境,其情诚挚深切可知;既别故里,又依依不舍,故清代黎简评论此诗说:"既抱别愁,又经畏途,出语隐约可风。"

苏小小墓①

幽兰露②,如啼眼③。无物结同心④,烟花不堪剪⑤。草如茵⑥,松如盖⑦。风为裳,水为珮⑧。油壁车⑨,夕相待。冷翠烛⑩,劳光彩⑪。西陵下⑫,风吹雨。

[注释]

①苏小小:南朝齐人,钱塘名妓,墓在今嘉兴南。李绅《真娘墓诗序》:

"嘉兴县前，有吴妓人苏小小墓。风雨之夕，或闻其上有歌吹之音。"古乐府《钱塘苏小歌》："我乘油壁车，郎乘青骢马。何处结同心？西陵松柏下。"歌颂苏小小忠贞不渝的爱情。李贺此诗继承了这一传统主题。②幽兰露：墓地兰花上的露珠。③啼眼：泪眼。④同心：即同心结，旧时用锦带编成的连环回文样式的结子，以象征坚贞的爱情。南朝梁武帝《有所思》："腰中双绮带，梦为同心结。"⑤烟花：此指墓地上的花。⑥茵：垫子。⑦盖：伞。⑧珮：身上佩戴的玉饰。⑨油壁车：以青油涂壁的华丽车子。⑩冷翠烛：磷火，幽冷的绿色磷光，俗称"鬼火"。⑪劳：费，不辞劳苦。⑫西陵：今杭州市孤山西泠桥一带。

[评析]

这首诗把《九歌·山鬼》的意境和南朝齐苏小小的传说结合起来，由景起兴，虚实相生，想象瑰丽，通过凄迷的景象和丰富的联想，刻画出一个飘忽莫定、若隐若现、美丽动人的女鬼形象。她渴慕纯洁的爱情，执着深沉，为爱而苦恼、忧伤。全诗笔调哀婉凄冷，意境幽邃，用景物描写渲染哀婉气氛，烘托出人物孤寂幽冷的心境。

梦 天①

老兔寒蟾泣天色②，云楼半开壁斜白③。玉轮轧露湿团光④，鸾珮相逢桂香陌⑤。黄尘清水三山下⑥，更变千年如走马⑦。遥望齐州九点烟⑧，一泓海水杯中泻⑨。

[注释]

①梦天：梦游太空。这是一首游仙诗。②老兔寒蟾（chán）：古代神话传说中说月宫中有兔子和蟾蜍。因为月亮古老，所以说兔子是老兔；高处寒冷，所以说寒蟾。泣天色：指兔、蟾蜍为天色阴沉而哭泣。③云楼：想象中的月中楼阁。壁斜白：月光斜照，楼阁墙壁露出白色。④玉轮：月亮。轧：碾压。湿团光：月亮被碾压的露珠沾湿，闪耀着晶莹的水光。团光，月晕。⑤鸾

珮：鸾鸟形状的饰物，借指月中仙女。桂香陌：飘满桂花香的道路，传说月中有桂树。⑥黄尘：陆地。清水：海洋。诗人想象自己于月中俯视下界，陆地如一片黄尘，海洋如一泓清水。葛洪《神仙传·王远》载："麻姑自说云：'接待以来，已见东海三为桑田。向到蓬莱，水又浅于往昔会时略半也，岂将复还为陵陆乎？'方平笑曰：'圣人皆言海中行复扬尘也。'"三山：古代神话传说中的蓬莱、方丈、瀛洲三座神山。⑦走马：跑马，形容变化迅速。⑧齐州：中国。九点烟：古代中国分为九州，天上俯视九州，如同九点烟尘。⑨泓（hóng）：深水，这里用作量词。泻：流淌。

[评析]

这是首游仙诗，通过梦游月官，描写天上仙境，以排遣个人苦闷。天上神仙在清幽的环境中过着宁静的生活。俯视人间，时光短暂，空间狭小，寄寓了诗人对人世沧桑的深沉感慨，表现出冷眼看待现实的态度。诗歌想象大胆奇特，新颖巧妙，体现了李贺诗歌诡异绮丽的艺术特色。前四句叙述梦入月官，与月官仙子相逢。后四句叙述俯视人间的见闻，五、六两句展示沧桑巨变，七、八两句表明尘世渺小，蕴含着深刻哲理及人生感慨。

唐儿歌 杜幽公之子①

头玉硗硗眉刷翠②，杜郎生得真男子③。骨重神寒天庙器④，一双瞳人剪秋水⑤。竹马梢梢摇绿尾⑥，银鸾睒光踏半臂⑦。东家娇娘求对值⑧，浓笑书空作唐字⑨。眼大心雄知所以⑩，莫忘作歌人姓李⑪。

[注释]

①作于元和五年至八年（810～813）官奉礼郎时期。杜豳（bīn）公：宪宗朝宰相杜黄裳，字遵素，京兆杜陵（今陕西省西安市长安区东南）人，封豳国公。这首诗写他的儿子杜胜，因为杜黄裳夫人是唐朝公主，故称杜胜为

唐儿。②头玉硗（qiāo）硗：形容杜胜额部丰隆。头玉，头骨如玉。硗硗，坚硬的样子。刷翠：形容杜胜眉毛青翠如涂抹上了颜料。③杜郎：杜胜。真男子：骨相好、能建功立业的好男儿。④骨重：古人相面讲究骨法，骨重的人命相好。神寒：神气沉静清朗。天庙器：皇家祭祀祖宗时用的贵重器物，这里指不凡人才。⑤秋水：比喻目光清澈。⑥竹马：儿童用竹竿作马骑。梢梢：竹叶摇动的样子。⑦银鸾：背心上画的银色鸾鸟，一说项圈下鸾鸟状的坠子。晱（shǎn）：光闪烁的样子。踏：形容银鸾随着孩子跳跃不断摆动的样子。半臂：背心。⑧娇娘：妩媚的小女孩。对值：匹配，即求婚的意思。⑨书空：手指在空中写字。《世说新语·黜免》："殷中军被废，在信安，终日恒书空作字。"⑩眼大心雄：眼界开阔，具有雄心壮志。⑪作歌人：写诗的人，指自己。

[评析]

这首诗浓墨重彩，多角度、多侧面赞誉一位儿童头角峥嵘、卓尔不群、抱负远大。首两句从面相上着笔，写唐儿额头丰隆，眉如苍翠，天生是位大丈夫。三、四句写骨相重，神气娴雅，双目清澈有光。前四句是静态描绘。五、六句通过骑竹马表现他的活泼可爱。动静结合，形神兼备。后四句是侧面描写：妩媚的小女孩竟然想和他成亲，然而不同凡响的是他在空中画"唐"字，足见其抱负。所以诗人预言他将来一定会有大作为，开玩笑地说：到时候别忘了我这个写赞歌的人也姓李。

绿章封事 为吴道士夜醮作①

青霓扣额呼宫神②，鸿龙玉狗开天门③。石榴花发满溪津，溪女洗花染白云④。绿章封事咨元父⑤，六街马蹄浩无主⑥。虚空风气不清泠⑦，短衣小冠作尘土⑧。金家香衖千轮鸣⑨，扬雄秋室无俗声⑩。愿携汉戟招书鬼⑪，休令恨骨填蒿里⑫。

[注释]

①作于元和五年至八年（810~813）在长安官奉礼郎时。绿章：即青词，旧时道士向天帝奏事，用青藤纸写红字，叫做青词。封事：密封的奏章。古时臣下上书奏事，防有泄漏，用皂囊封缄。这里指道士奏给天帝的奏章。夜醮（jiào）：道士夜间于星辰之下陈设酒脯、饼饵、币物，祭告天皇泰一、五星列宿，并写青词奏事。②青霓（ní）：绣着云霓的青色道袍，这里指代道士。扣额：叩头。宫神：守卫天宫的神。③鸿龙玉狗：神话中把守天门的神兽。④溪女：天上的仙女。溪指银河。⑤咨：祷告。元父：天帝。⑥六街：唐代长安城中的六条主要街道，以金吾街使负责，昼夜巡防。马蹄浩无主：大街上马任意横行，街道上一派混乱。主，凭据。⑦风气不清冷：瘟疫流行，空气不爽。一说天气酷热。⑧短衣小冠：普通百姓和寒士。作尘土：化为灰烬，指死亡。⑨金家：汉武帝宠臣金日（mì）䃅（dī），自武帝至平帝七世为内侍，为当时金、张、许、史四大豪门之首，后世借指豪门权贵。香衖（lòng）：华贵的小巷。衖，通"弄"。千轮鸣：众多车辆奔驰。⑩扬雄：西汉文学家，字子云，曾任执戟郎，一生不得志，自甘寂寞，辛勤著述。这里以扬雄借代贫寒书生。秋室：简陋的房子。俗声：庸俗繁杂的应酬声。⑪汉戟：古人认为为死人招魂，必须用生前之物，扬雄曾为执戟郎，故而用汉戟。书鬼：扬雄亡灵。⑫恨骨：含恨地下者。蒿（hāo）里：坟墓。乐府《蒿里歌》："蒿里谁家地，聚敛魂魄无贤愚。"

[评析]

这是一首即兴诗作，因吴姓道士夜醮而写。前四句想象道士祈祷天帝，感通上天，描绘出一幅美丽的仙界景象。接着四句点明设醮的原因：世间疫情深重，人们死亡无数，道士祈求上苍给个主意。最后四句用对比手法，写富贵之家日日宾客盈门，穷苦的读书人自甘寂寞，诗人期望吴道士为书生招魂。诗运用多重对比，天界与人间、权贵与书生，既称颂了道士的法术高明，又刻画出人世间的不平等，表达出自己的坚定立场，而不经意间将自己落寞不得志的情形隐含在诗中。

河南府试十二月乐词①并闰月

正 月

上楼迎春新春归,暗黄着柳宫漏迟②。薄薄淡霭弄野姿③,寒绿幽风生短丝④。锦床晓卧玉肌冷⑤,露睑未开对朝暝⑥。官街柳带不堪折⑦,早晚菖蒲胜绾结。

[注释]

①作于元和三年(808),李贺赴洛阳参加河南府试,这是应试之作。②暗黄着柳:刚入新春,柳条就染上了淡黄色。宫漏:宫中计时的漏壶。迟:指天时渐长。③淡霭:淡淡的云气。④幽风:习习寒风。短丝:刚出土的细草。⑤锦床:锦绣的床。这句诗写清晨锦绣床上的美人,依然感觉有些寒意。⑥睑(jiǎn):眼皮。朝暝:曙色朦胧。⑦官街:京城大街。

[评析]

诗人用细致的笔触描绘出正月新春甫到的盎然生机。首句开宗明义,点明春天来临,总括全篇。迎春有各种方法,一般是到郊野探访消息,诗人却是层楼远眺,因为登高可以望远,进而表达了诗人对春天的期盼以及对春天到来的兴奋。后七句具体描绘初春景象:白天变长了,柳叶染上淡黄色;云霭笼罩,原野春意盎然;草已经露芽,但是春风里还带着一丝寒意;柳条还嫩,不堪绾结。写景之外,诗人又通过描写一位贪睡美人的情态表现春寒。诗人写景紧扣早春特征,用词贴切。如描写柳色用"暗黄着柳",传神生动。在"绿"前用"寒"修饰,既写出春天生机勃勃的景象,又点明春寒料峭,增强了语言的表现力。

二 月

饮酒采桑津①，宜男草生兰笑人②，蒲如交剑风如薰③。劳劳胡燕怨酣春④，薇帐逗烟生绿尘⑤。金翘峨髻愁暮云⑥，沓飒起舞真珠裙⑦。津头送别唱流水⑧，酒客背寒南山死⑨。

[注释]

①首句《全唐诗》作"二月饮酒采桑津"。采桑津：渡口名，在北屈县西南，这里泛指采桑的渡口。②宜男：即萱草，高六七尺，花如莲。古人认为孕妇佩带萱草生男孩。《太平御览》卷九九六引《本草经》："萱草名忘忧，一名宜男。"③蒲：蒲草，植物名，茎可编织席。薰：暖风中散发的香气。这句诗说蒲叶长长，交叉如剑，风送暖气。④胡燕：燕的一种，斑黑而声大。怨：燕语呢喃，絮絮不休，如怨诉。酣春：春气舒畅。⑤薇帐：郊游用的帐幔。逗烟生绿尘：香帐外草木葱茏，暖气升腾，仿佛一片绿尘。⑥金翘：女子发髻上的金钗。峨髻：高高的发髻。金翘峨髻：指代春游的美人。⑦沓飒：舞姿翩翩，衣带飘动之状。⑧津头：渡头。流水：曲名，《高山》、《流水》为古代名曲。⑨酒客背寒：黄昏时分酒客撇却郊野春寒而去。南山死：群山归于寂静。南山是长寿的象征，这里反用其意。死，寂静。

[评析]

这首诗描写暖春郊游宴饮情形，花草含笑，风光冶丽，婀娜美女舞姿翩翩，一派热闹欢畅景象。如此美好场景的描绘中，诗人却用了"怨"、"愁"，表现了对美好时光的珍惜；最后两句写出热闹景象过后的死寂，对比鲜明，给人以极大的审美冲击力。

三 月

东方风来满眼春，花城柳暗愁杀人①。复宫深殿竹风起②，新翠舞衿净如水③。光风转蕙百余里④，暖雾驱云扑天地。军装宫妓扫蛾浅⑤，摇摇锦旗夹城暖⑥。曲水漂香去不归⑦，梨花落尽成秋苑⑧。

[注释]

①花城：花开满城。柳暗：柳树成荫。愁杀人：因春天将逝去而惆怅。②复宫：深宫。深殿：院落重重的宫殿。③新翠：翠绿色的竹子。舞衿(jīn)：舞衫，这里比喻嫩竹。④光风转蕙(huì)：《楚辞·招魂》："光风转蕙，泛崇兰些。"指阳光下和风摇动着蕙草。⑤军装宫妓：穿军装的宫女。蛾：指妇女的眉毛。蛾的触须细长而曲，用以形容妇女弯弯的长眉。⑥夹城：从宫中通往曲江的夹道。程大昌《雍录》卷二载："开元二十年（732），筑夹城，通芙蓉园。自大明宫夹东罗城复道，由通化门、安兴门，次经春明门、延喜门，又可以达曲江芙蓉园，而外人不知也。"⑦曲水：即曲江，在陕西西安市长安区东南。汉武帝所凿。周七里，南有紫云楼、芙蓉苑，西为杏园慈恩寺，北为乐游原。⑧苑：养禽兽、植林木的地方，后通指花园。

[评析]

应试诗歌以歌颂为多，这首诗中诗人描写三月宫廷游乐生活，将春日游乐胜景、伤春情怀、繁华的消逝、对中唐宫廷淫乐生活的讽刺融合在一起，这种写法在应试诗中实为罕见。"曲水漂香去不归，梨花落尽成秋苑"，大好春光竟然萧索如秋，写尽繁华过后的萧条，点明全篇主旨。而开篇"东方风来满眼春，花城柳暗愁杀人"即已经奠定情感基调。前句写春光无限，次句陡然一转，写盛极必衰，春就要离开人间，表达了无限的伤春、惜春之情。

四 月

晓凉暮凉树如盖，千山浓绿生云外。依微香雨青氛氲①，腻叶蟠花照曲门②。金塘闲水摇碧漪③，老景沉重无惊飞④，堕红残萼暗参差⑤。

[注释]

①依微：隐约。香雨：雨水自花丛中落下，带有香味。氛氲：雾气繁盛的样子。②腻叶：肥大的叶子。蟠花：重叠的花瓣，一说是石榴花。曲门：深

曲门户。③金塘：谓坚固的石塘。《文选·刘桢〈公䜩诗〉》："芙蓉散其华，菡萏溢金塘。"④老景：晚春景致。惊飞：花朵飘舞。⑤堕红：脱落的花朵。残萼：花落后的花蒂。参（cēn）差（cī）：不齐的样子。

[评析]

诗紧扣"绿肥红瘦"写初夏景致：树木已经亭亭如盖，远山也是一片浓绿；花已残败，只有依稀可闻的雨水散发一些香味。"老景沉重无惊飞"用拟人的手法形象地写出已经不再有春日花朵的轻盈飘舞，连光景都变得沉重起来。

五 月

雕玉押帘额①，轻縠笼虚门②。井汲铅华水③，扇织鸳鸯纹④。回雪舞凉殿⑤，甘露洗空绿⑥。罗袖从徊翔，香汗沾宝粟⑦。

[注释]

①雕玉：以雕刻有花纹的玉挂在帘子上作镇押。旧题班固《汉武故事》："以白珠为帘，玳瑁押之。"帘额：帘帏上端横幅。②轻縠（hú）：轻薄绉纱。虚门：门框上挂竹帘与纱幔，纱幔轻薄、半透明，看上去虚无一物，故称为虚门。③铅华水：古时掘井，以黑铅为底，使水清洁，人饮而无疾。一说是井水深碧，看上去有如铅色。④扇织：古代女子纨扇以丝织成。⑤回雪：形容舞袖飘动。张衡《舞赋》："裾似飞燕，袖如回雪。"⑥甘露洗空绿：露水从天而降，夜空更加澄澈。空绿，碧空。⑦宝粟：古人金玉饰物上雕刻的细粒状花饰，像粟一样。

[评析]

这首诗描绘五月豪贵门第避暑的情形，展示了古人生活的一个场景。描写景物由外至内，层层写入：虚门重掩，门挂重帘，以避免日光照入；汲取铅华水，手执纨扇，以消解夏暑；室内自早至晚歌舞升平，舞女香汗淋漓。如此避暑让人企慕，真是人间仙境。

六 月

裁生罗①,伐湘竹②,帔拂疏霜簟秋玉③。炎炎红镜东方开④,晕如车轮上徘徊⑤,啾啾赤帝骑龙来⑥。

[注释]

①生罗:生丝织成的丝织品。②湘竹:即湘妃竹。传说舜帝死后,娥皇、女英二妃哭泣不止,滴泪染竹成斑。二妃死后成为湘水女神,故有湘妃竹之称。③帔(pèi):裙子。簟(diàn):竹席。④红镜:红日。⑤车轮:太阳初升,状如车轮。⑥啾啾:龙鸣叫声。赤帝:火神祝融,骑火龙,主炎热。《山海经·海外南经》称他"兽面人身,骑两龙"。

[评析]

这首诗用比喻、夸张、拟声的手法,通过想象中赤帝清晨降临的形象,将六月的酷热生动传神地表达出来。

七 月

星依云渚冷①,露滴盘中圆②。好花生木末③,衰蕙愁空园④。夜天如玉砌⑤,池叶极青钱⑥。仅厌舞衫薄,稍知花簟寒⑦。晓风何拂拂,北斗光阑干⑧。

[注释]

①云渚:银河。②盘:即承露盘,汉武帝好神仙,在建章宫筑神明台,立铜仙人舒掌捧铜盘承接甘露,希望饮露延年益寿。后来三国魏明帝也在芳林园建承露盘。③好花:木芙蓉,落叶乔木,高五六尺。傅玄《朝时篇》:"春荣随露落,芙蓉生木末。"④衰蕙:蕙兰夏日最盛,秋季凋谢。⑤玉砌:秋季云层薄碎,月光映照,如同玉色台砌。⑥池叶:池塘中的荷叶。⑦花簟:织着花纹的竹席。⑧北斗:北斗星。阑干:横斜貌。

[评析]

这首诗通过细微的感触,描写新秋带来的些微凉意。如"仅厌舞衫薄,稍知花簟寒"两句,从感知衣服的薄、竹席的凉这一角度出发，写出气候变化。韩偓《已凉》中的"八尺龙须方锦褥，已凉天气未寒时"，与此立意相同。

八 月

孀妾怨长夜①，独客梦归家。傍檐虫缉丝②，向壁灯垂花③。帘外月光吐，帘内树影斜。悠悠飞露姿，点缀池中荷。

[注释]

①孀妾：原指寡妇，此处指独处女子，与独客相对。②虫缉丝：虫指蟋蟀、莎鸡（即络纬），鸣声似纺纱缉丝。一说是蜘蛛。③灯垂花：灯蕊结成花状，古人以为是吉祥的征兆。

[评析]

这首诗从独守空房的女子、客居他乡的游子的独特视角写凄凉秋景，造就一个冷清、孤寂、幽暗的氛围，表现了离人的苦闷、愁绪与寂寞无聊中的希冀。视角独特，感情细腻诚挚。

九 月

离宫散萤天似水①，竹黄池冷芙蓉死。月缀金铺光脉脉②，凉苑虚庭空澹白。露花飞飞风草草，翠锦斓斑满层道③。鸡人罢唱晓珑璁④，鸦啼金井下疏桐⑤。

[注释]

①离宫：帝王出行时修建的别宫。②金铺：门上铜制兽形饰品，衔门环。③翠锦：树木经秋，叶现红、黄色，与绿色相杂，远望如翠锦。斓斑：犹斑斓。层道：道路高低不一，有层次。④鸡人：宫中报晓人。宫中不养鸡，有专司传唱鸡鸣的人以报时。珑璁（cōng）：明洁貌。⑤金井：即石井，古人形容坚固之物曰"金"。李白《赠别舍人弟台卿之江南》："梧桐落金井，一叶飞银床。"

[评析]

这首诗用斓斑的色彩，描绘出一幅真切生动的晚秋景象。前四句写萤火虫稀疏地飞着，竹子枯黄，芙蓉枯寂，月光斜斜地照在大门上，寂静的院落呈现出淡白色。后四句写露水降落，凉风萧瑟，树叶纷飞，乌鸦悲啼，鸡人在桐叶飘落的道上行走。"天似水"的比喻新奇别致，既写出秋空的澄澈如洗，又点明天已有些寒意；形容树叶斑驳，用"翠锦斓斑"，写得贴切。

十月

玉壶银箭稍难倾[1]，缸花夜笑凝幽明[2]。碎霜斜舞上罗幕，烛笼两行照飞阁[3]。珠帷怨卧不成眠[4]，金凤刺衣着体寒[5]，长眉对月斗弯环[6]。

[注释]

[1]玉壶银箭：古代用漏壶计时，壶中贮水，中置有刻度的箭，随水漏滴而见刻度。稍难倾：天寒水冻，漏壶水流不畅。[2]缸花：灯花。笑：灯花绽开似笑。凝幽明：灯光半明半暗。[3]烛笼：灯笼。飞阁：高阁，因阁檐如翅飞翘而得名。张籍《楚宫行》："千门万户开相当，烛笼左右列成行。"[4]珠帷：缀有珠宝的帷幕。[5]金凤：衣上用金线绣的凤凰图案。[6]长眉：崔豹《古今注》卷下载："魏宫人好画长眉。"斗弯环：眉毛与月亮都是弯曲形状，这里是说女子久卧不眠，抬头望月。

[评析]

这首诗借满怀幽怨、夜不能寐的宫女来描写冬夜漫长。前四句写景，观察细致，体物入微。漏壶水流不畅，灯花散发着幽光，罗幕带霜，一幅阴冷落寞景象，这也衬托出宫中女子的惆怅无聊。后三句写人寂寞不寐，空对明月。

十一月

宫城团回凛严光[1]，白天碎碎堕琼芳[2]。挏钟高饮千日酒[3]，战却凝寒作君寿。御沟泉合如环素[4]，火井温泉在何处[5]。

[注释]

①严光：寒光。②琼芳：雪花。③挝钟：击钟。千日酒：酒名，又名"千日醉"。据张华《博物志·杂说》记载，人要是饮用这种酒就会一醉千日。④御沟：绕宫墙的河。⑤火井：产天然气的洞穴，古代多用于煮盐。谢惠连《雪赋》："火井灭，温泉冰。"

[评析]

这首诗写冬日的严寒，描绘出人们驱除严寒的风俗习惯，表达了对温暖的渴望。前四句写官城放射着寒光，大雪纷飞，人们把钟敲打得响亮，饮着烈酒，驱除严寒，为君王祝寿。后两句写放眼望去，御河冻结，一片洁白，"火井""温泉"不见踪迹，夸张写出雪大严寒。

十二月

日脚淡光红洒洒①，薄霜不销桂枝下②。依稀和气排冬严③，已就长日辞长夜④。

[注释]

①日脚：太阳穿过云隙射下来的光线。岑参《送李司谏归京》："雨过风头黑，云开日脚黄。"洒洒：寒栗的样子。《黄帝内经·素问·诊要经终论》记载："秋刺冬分病不已，令人洒洒时寒。"②薄霜不销桂枝下："不销薄霜桂枝下"的倒装，阳光弱，连桂树枝下的薄霜也融化不了。销，融化。③和气：暖空气。排：驱散。④就：靠近。长日：长至日，冬至。辞：辞别。

[评析]

李贺在这首小诗里描绘冬景。冬日严寒，阳光微弱，即便如此，也透露出春天的消息，富于哲理意味，同时抒写了对风和日暖的希冀。诗歌想象丰富，立意新奇，观察细致。英国著名诗人雪莱有诗句："冬天到了，春天还会远吗？"二者同一机杼，而手法各异。雪莱诗句直接奔放，李贺诗则含蓄委婉。

闰 月

帝重光,年重时①,七十二候回环推②,天官玉琯灰剩飞③,今岁何长来岁迟。王母移桃献天子④,羲氏和氏迁龙辔⑤。

[注释]

①重光:日月重明,比喻后王能继前王功德。古人认为尧与舜、文王与武王为重光之帝。年重时:闰月。②七十二候:一年有二十四个节气,每个节气分三候,共七十二候。③天官:主管天文气象的官。玉琯(guǎn):玉制的律管。古代以葭莩灰置于律管内,以观测天气。节气至,则相应律管内之灰飞去,见《后汉书·律历志》。闰月无律管,无灰可飞,故云"灰剩飞"。④王母:传说七月七日,西王母来汉宫,以仙桃四枚赠与武帝。事见《汉武外传》。⑤羲氏、和氏:即羲仲、羲叔、和仲、和叔,古代掌管天地四时的官。迁龙辔:神话中羲和为太阳御车,驾六龙。李贺将两个典故合二为一。迁,慢些。

[评析]

诗人巧妙地将对帝王功德的颂扬融入闰月的赞歌之中,同时用律管灰不飞、对岁月漫长的惊讶和神话传说将闰月的特点表现无遗。既自然贴切,又含蓄有味。清人黎简尤其称道"今岁何长来岁迟"句,说:"今岁长,故来岁迟。其迟与长,皆以闰月故,情理深婉,而能以七字括尽,长吉正不愧哭吟。"

天上谣①

天河夜转漂回星②,银浦流云学水声③。玉宫桂树花未落④,仙妾采香垂珮缨⑤。秦妃卷帘北窗晓⑥,窗前植桐青凤小⑦。王子吹笙鹅管长⑧,呼龙耕烟种瑶草⑨。粉霞红绶藕丝裙⑩,青洲步拾兰苕春⑪。东指羲和能走马⑫,海尘新生石山下⑬。

[注释]

①此诗作于李贺在长安任奉礼郎时期（810~813）。②回星：转动的星。③银浦：银河。学水声：云飘拂望去像流水，似乎有声。④玉宫：月宫。⑤仙妾：仙女。珮缨：香袋。⑥秦妃：据传秦穆公女弄玉，喜吹箫，后嫁仙人萧史，跨凤飞升，事见刘向《列仙传》卷上，古人多用来指天上仙女。⑦青凤：一种鸟。《禽经》："青凤谓之鹖（hé）。"⑧王子：王子乔，传说中的仙人。刘向《列仙传》卷上记载："王子乔者，周灵王太子晋也。好吹笙作凤凰鸣。"鹅管：笙管，状如鹅翅。⑨瑶草：仙家所植玉芝之类。《十洲记》载："方丈洲在东海中心，群仙不欲升天者，皆往来此洲。仙家数十万，耕田种芝草，课计顷亩，如种稻状。"⑩粉霞：粉红色。藕丝：纯白色。⑪青洲：即青丘，芳草茂密的洲渚，神仙游玩的地方。《十洲记》载："长洲一名青丘。"⑫羲和：神话中驾日车之神，通常泛指太阳。《离骚》："吾令羲和弭节兮，望崦嵫而勿迫。"⑬海尘：沧海中新生陆地，扬出尘土。

[评析]

这首游仙诗运用比喻、对比手法，创设出一个瑰丽的仙境，虚构了一个闲适美好的时空，寄托了自己的梦想，曲折地表达出对人间社会生活的不满。全诗由三个部分组成，开头两句写天河转动，流星回荡，星云似水，潺潺有声，将银河写得有声有色，形象传神。中间八句具体描述天庭的景象：月宫摘桂，秦妃眺望晓色，王子乔耕牧，突出天上闲适的生活和优美的环境。最后两句通过仙女的指点，形象地写出人世间沧海变桑田。

浩 歌①

南风吹山作平地，帝遣天吴移海水②。王母桃花千遍红③，彭祖巫咸几回死④？青毛骢马参差钱⑤，娇春杨柳含细烟⑥。筝人劝我金屈卮⑦，神血未凝身问谁⑧？不需浪饮丁都护⑨，世上英雄本无主⑩。买丝绣作平原君⑪，有酒惟浇赵州土⑫。漏催水咽玉蟾蜍⑬，卫娘发薄不胜梳⑭。看见秋眉换新绿⑮，二十男儿那刺促⑯。

[注释]

①此诗作于元和四年（809），李贺进士落第，东归昌谷。浩歌：放声高歌。屈原《九歌·少司命》："望美人兮未来，临风怳兮浩歌。"②帝：天帝。天吴：神话中的水神，八首八足。《山海经·海外东经》："朝阳之谷，神曰天吴，是为水伯。"③王母桃花：《汉武内传》："王母仙桃，三千年一开花，三千年一生实。"④彭祖：传说中上古时期长寿者，八百多岁。刘向《列仙传》卷上："彭祖，殷大夫也。姓钱，名铿，帝颛顼之孙，陆终氏之子。历夏至殷末，八百余岁，常食桂枝，善导引行气，后升仙而去。"巫咸：传说是上古时期著名神巫。⑤骢马：青白杂色浅深斑驳的马，花纹如同铜钱相连，又叫连钱骢。⑥娇春：早春。⑦筝人：弹筝者。屈卮（zhī）：弯柄酒器。⑧神血未凝：精神气血尚未凝固，尚年轻。问：馈赠，归属。"身问谁"即前途如何。这句诗是筝人劝慰诗人的：你尚且年轻，前途还未知，当自重自爱。⑨浪饮：纵饮。丁都护：晋、宋间乐府曲名，声音凄婉。李白有《丁都护歌》。一说丁都户是当时与李贺同饮之丁姓都护。⑩世上英雄本无主：王琦解释为"世上英雄难遇其主"；一说用典，出自《史记·陈涉世家》："王侯将相，宁有种乎？"意思是每个人都能够成就一番事业；一说英雄自古多无依托。⑪平原君：战国时赵武灵王子，惠文王弟，名胜，封于平原。喜宾客，食客达数千人。唐代民间盛行用丝线绣观音菩萨、佛祖像供奉，这里是说绣平原君像以供奉。⑫赵州土：唐朝时期的赵州在战国时期属于赵国。⑬玉蟾蜍：滴漏器上的蟾蜍。⑭卫娘：汉武帝皇后卫子夫，头发美丽浓密。旧题班固《汉武故事》载："子夫得幸，头解，上见其美发，悦之。"发薄：头发稀少。⑮秋眉：衰眉，即眉毛脱落。新绿：古人形容发眉乌黑，多用绿字，指年少。⑯刺促：局促不安，指受役于人，不得自主。《晋书·潘岳传》："阁道东，有大牛。王济鞅，裴楷鞯，和峤刺促不得休。"

[评析]

这是一首写在春游宴饮之间自我宽解和勉励的诗歌。运用夸张、对比等手法，并援引神话传说、历史典故，从时间和空间两个方面充分表现了沧海桑田这个深刻的主题，抒发了人生易逝、壮志难酬的感叹,对爱惜人才的伯乐的渴慕,以及自己抛却忧愁转而奋发有为、珍惜时光的志向。全诗悲壮而不低迷,愤激而不消沉,写得惊心动魄,雄奇诡谲,格调高昂,振奋人心。

秋 来①

桐风惊心壮士苦②,衰灯络纬啼寒素③。谁看青简一编书④,不遣花虫粉空蠹⑤?思牵今夜肠应直,雨冷香魂吊书客⑥。秋坟鬼唱鲍家诗⑦,恨血千年土中碧⑧。

[注释]

①作于元和八年(813)秋,时李贺于昌谷家居。②桐风:吹过梧桐树的风,借指秋风。壮士:有志之士,这里是诗人自称。③衰灯:昏暗的灯光。络纬:秋虫,鸣声如纺织,俗称络丝娘或纺纱婆,又叫促织、莎鸡。寒素:一说指秋天,因秋来寒生、天色白而得名。一说寒素指门第寒微,地位卑下。《晋书·李重传》:"寒素者,当谓门寒身素,无世祚之资。"一说寒素为寒衣。④青简:竹简,古人以青竹片写书,用绳串编成册。⑤不遣:不让,不使。花虫:蠹(dù)鱼,一种蛀书的虫。粉空蠹:把竹片蛀成粉末。⑥香魂:女子的灵魂,这里指古代诗人的灵魂。书客:诗人自己。⑦鲍家诗:梁鲍照有《代蒿里行》,咏丛葬之地,表达对生命的眷恋和死亡的哀怨。⑧土中碧:含恨地下,不能消解。《庄子·外物》:"苌弘死于蜀,藏其血,三年而化为碧。"

[评析]

诗人秋夜苦吟作诗之际,忽然感慨自己呕心苦吟的作品不知后世是否有人赏识;而眼前秋虫啼叫,冷雨淅沥,似乎只有古代诗人的魂灵前来安慰自己,大有万古同悲的感慨。才不获用,世乏知音,是诗人对自身际遇的感知,表现了诗人抑郁苦闷的情怀。全诗运思凄苦,意境沉郁,调子低沉,因而有人以为是绝命诗。

帝子歌①

洞庭帝子一千里②,凉风雁啼天在水。九节菖蒲石上死③,湘神弹琴迎帝子④。山头老桂吹古香⑤,雌龙怨吟寒水光⑥。沙浦走鱼白石郎⑦,闲取真珠掷龙堂⑧。

[注释]

①作于元和五年至八年(810~813)间。帝子:传说中天帝之女。《山海经·中山经》载:"洞庭之山……帝之二女居之。"一说是尧之二女娥皇、女英,死后为湘水女神。②洞庭:湖名,在今湖南省境内。帝子:一作明月。一千里:称帝子治所广大。③菖蒲:草名,生于水边,有香气,根可入药。汉代《古诗》:"石上生菖蒲,一寸八九节。仙人劝我餐,令我好颜色。"④湘神:湘水之神,即娥皇、女英;一说是湘水中侍奉帝子的神仙。⑤古香:桂树古老,香味浓郁。⑥"雌龙"句:因帝子不至而雌龙怨吟。⑦白石郎:水神。古乐府《白石郎曲》:"白石郎,临江居,前导江伯后从鱼。"⑧龙堂:传说中河伯居所。屈原《九歌·河伯》:"鱼鳞屋兮龙堂,紫贝阙兮朱宫。"

[评析]

由于独特的经历,诗人醉心于《楚辞》,自述平时"楞伽堆案前,楚辞系肘后"(《赠陈商》),因而《楚辞》就成了诗人创作的一个源头。这首诗继承发扬《楚辞·九歌》的传统,想象洞庭湖众神迎接帝子的不同情形,表现了对帝子的期盼,盼而不至的幽怨,曲折地反映了诗人对美好生活的追求与向往。

秦王饮酒①

秦王骑虎游八极②,剑光照空天自碧。羲和敲日玻璃声③,

劫灰飞尽古今平④。龙头泻酒邀酒星⑤,金槽琵琶夜枨枨⑥。洞庭雨脚来吹笙⑦,酒酣喝月使倒行。银云栉栉瑶殿明⑧,宫门掌事报一更⑨。花楼玉凤声娇狞⑩,海绡红文香浅清⑪,黄娥跌舞千年觥⑫。仙人烛树蜡烟轻⑬,青琴醉眼泪泓泓⑭。

[注释]

①作于元和五年至八年(810~813)。古乐府有《秦王卷衣》曲,这首诗是李贺仿乐府而自创的新题。秦王:其说不一,一说是秦始皇,一说是李世民,一说是唐德宗。②骑虎游八极:古代称帝王乘坐六龙御天,这里说秦王以武力治天下。游,巡游。八极,八方极远之地。《淮南子·墬形训》:"八纮之外,乃有八极。"③羲和:日神。玻璃:阳光晶莹如玻璃。④劫灰:佛教术语,经过一次大水、大火、大风,毁掉一切后,世界又重建,叫做一劫。劫灰即前次劫火的余烬。《高僧传·竺法兰传》:"昔汉武穿昆明池底得黑灰,问东方朔。朔曰:'可问西域梵人。'后竺法兰至,众人追问之,兰云:'世界终尽,劫火洞烧,此灰是也。'"古今平:永久性的天下太平。⑤龙头:一说指刻有龙头形状的酒勺。一说唐代太极殿前铜龙,长二丈,铜尊,容纳四十斛。大宴群臣时将酒装入铜龙,由龙口泻入铜尊。酒星:即酒旗星,借指善饮者。《晋书·天文志》:"轩辕右角南三星曰酒旗。酒官之旗也,主乡宴饮食。"裴说《怀素台歌》:"杜甫李白与怀素,文星酒星草书星。"⑥金槽:琵琶上端架弦索的嵌金的槽。枨(chéng)枨:弦声。⑦雨脚:雨点,比喻笙声。此句形容笙声如雨点落于洞庭湖上。⑧栉(zhì)栉:梳和篦的总称,此处形容云片层层排列。⑨宫门掌事:掌管宫门的官。《旧唐书·职官志》:"宫门郎,掌内外宫门锁钥之事。"⑩玉凤:乐妓。娇狞(níng):娇美婉转。⑪海绡:海中鲛人所织之绡。《述异记》:"南海出鲛绡纱,泉室潜织,一名龙纱。其价百余金,以为服,入水不濡。"⑫黄娥:劝酒姬人。跌舞:即踏舞。千年觥(gōng):献寿酒,祝千秋。觥,酒杯。⑬仙人烛树:烛台作仙人形,插烛如树。⑭青琴:古神女,这里指宫女。

[评析]

诗歌咏一个毁誉参半的君王。他以武力平定叛乱,实现天下太平，功高盖世。然而社会安定之后又贪图享受，荒淫无度。语言夸张诡异，豪纵奇崛。如"羲和敲日玻璃声"，由太阳和玻璃颜色的相同，进而联想到太阳也有声音，并用神话传说，使有声音的太阳更加传奇、神秘，是亘古未有的想象。"酒酣喝月使倒行"，写秦王宴饮兴头来了，竟然命令日月倒行，时光倒退，写出秦王的狂妄、骄奢、享乐无度，所以才会有报更人故意谎报时间，明明天快亮了，却说是一更天。

洛姝真珠①

真珠小娘下青廊②，洛苑香风飞绰绰③。寒鬓斜钗玉燕光④，高楼唱月敲悬珰⑤。兰风桂露洒幽翠⑥，红弦袅云咽深思⑦。花袍白马不归来⑧，浓蛾叠柳香唇醉⑨。金鹅屏风蜀山梦⑩，鸾裾凤带行烟重⑪。八骢笼晃脸差移⑫，日丝繁散曛罗洞⑬。市南曲陌无秋凉⑭，楚腰卫鬓四时芳⑮。玉喉窱窱排空光⑯，牵云曳雪留陆郎⑰。

[注释]

①大概作于元和五年至八年（810~813）李贺在长安官奉礼郎时。洛姝（shū）：洛阳美女，名真珠。姝，美女。②青廊：青天。天色深蓝廖廓，故名。下青廊：比喻真珠美若天仙，由天而降。③绰绰：姿态柔美娴静的样子。④玉燕钗：燕形玉钗。《述异记》载，汉武帝时有神女留一玉钗与帝，帝赐赵婕妤，这里比喻贵重首饰。⑤唱月：对月而唱。敲悬珰：敲击玉佩，以应歌唱之节。⑥幽翠：形容词用作名词，指兰桂叶。⑦红弦：筝弦，染成红色，反映元和时期上流社会风尚。袅云咽深思：筝声拂云，抑扬吞吐，饱含怨思。⑧花袍白马：代指女子所恋的俊美少年。《古歌行》："绿衣白马不归来，双成倚槛春心醉。"⑨浓蛾叠柳：浓眉紧蹙，像重叠的柳叶不舒展。香唇醉：愁闷不

言,好像沉醉。⑩金鹅屏风:绣有金鹅之形的屏风。蜀山梦:梦回巫山,用宋玉《高唐赋》巫山神女故事,说睡梦中像巫山神女那样追寻所爱。⑪鸾裾凤带:洛妹的装束。行烟重:比喻行走缓慢。⑫八骢:王琦注:"当作八窗。"笼晃脸差移:帘笼上日光晃动,女子睡梦初醒,转脸朝窗外眺望。⑬日丝繁散:繁密的太阳光线。曛(xūn)罗洞:穿过丝罗编织的窗帘小洞照射进来。⑭市南曲陌:唐代妓女居住区。无秋凉:整天热闹,没有冷清的时候。⑮楚腰:楚地细腰美女。《墨子·兼爱中》"昔者楚灵王好士细要,故灵王之臣皆以一饭为节。胁息然后带,扶墙然后起。"卫鬓:汉武帝时,卫子夫发鬓极美,以此得幸。楚腰卫鬓代指来自南北各地的妓女。四时芳:四季都走红,门庭若市。⑯窱(tiǎo)窱:歌声宛转美妙。排空光:形容歌声美妙高亢。⑰牵云曳雪:众妓女曳着自己鲜艳漂亮的衣裳来挽留客人。陆郎:泛指游冶男子,古乐府《明下童曲》:"陈孔骄赭白,陆郎乘班骓。"

[评析]

这首诗前十二句写洛阳少女真珠貌如天仙却独守空房,无人赏识,落得终日弹琴解闷、愁眉不展;后四句写普通市南歌姬却日日作欢,门庭若市,反衬真珠贞静专一。通过这组鲜明的对比,诗人也抒发了自己怀才不遇的感慨,表达了自己坚贞自守的信念。

李夫人①

紫皇宫殿重重开②,夫人飞入琼瑶台。绿香绣帐何时歇?青云无光宫水咽。翩联桂花坠秋月③,孤鸾惊啼商丝发④。红壁阑珊悬佩珰⑤,歌台小妓遥相望⑥。玉蟾滴水鸡人唱⑦,露华兰叶参差光⑧。

[注释]

①作于元和五年至八年(810~813)李贺在长安官奉礼郎时。李夫人:汉武帝嫔妃,天生丽质,善舞,早卒,武帝思念不已。②紫皇宫殿:天宫。

③翩联：形容夫人风姿绰约。桂花坠秋月：李夫人秋季卒，武帝作赋伤悼："秋气潜以凄泪兮，桂枝落而销亡。"④孤鸾：喻失去李夫人之武帝。商丝：丝弦上发出的商声，是五音中最悲哀音。⑤红壁：椒壁色红。佩珰：李夫人所佩玉珰。⑥小妓：李夫人的侍女。歌台小妓借用铜雀台事，写侍女的思念。据《邺都故事》载，曹操遗命诸子于铜雀台置伎人，每月初一、十五令伎人望坟墓奏乐歌唱。⑦玉蟾滴水：时光流逝。⑧露华：晶莹的露珠。参差：纷纭杂乱的样子。

[评析]

这首诗抒写李夫人仙逝后汉武帝的悲切思念，清人王琦以为是当时帝王宠妃亡殁，帝王思念不已，李贺借李夫人咏其事。诗前两句写夫人亡故；三、四句写之后天昏地暗，愁云惨淡；五、六句写帝王悲痛思念；七、八句写侍从睹物思人；最后两句写拂晓时分，墓前只有露滴兰花而已。分层铺写，层次井然。

走马引①

我有辞乡剑②，玉锋堪截云③。襄阳走马客，意气自生春。朝嫌剑花净，暮嫌剑光冷④。能持剑向人，不解持照身⑤。

[注释]

①走马引：古乐府琴曲名，此篇是长吉自铸新辞，与旧题无关。晋崔豹《古今注》卷中："《走马引》，樗里牧恭所作也。为父报怨，杀人而亡，匿于山之下。有天马夜降，围其室而鸣。夜觉，闻其声，以为吏追，乃奔而亡去。明旦视之，乃天马迹也，因惕然而悟曰：'吾所处之地将危乎？'遂荷粮而去，入于沂泽中，援琴而鼓之，而为天马声，曰《走马引》也。"②辞乡剑：豪侠子弟辞乡远游佩带的宝剑。③玉锋：寒光四射的宝剑。截云：用《庄子·说剑》"上决浮云，下绝地纪"意，形容宝剑锋利无比。④"朝嫌"两句：这两句写宝剑闲置不用，暗含不能施展抱负之意；旧注以为写剑客嫌弃宝剑杀人

少,沾血迹少。⑤"能持"两句:这两句旧注多作只知道用剑杀人,却想不到反观自身。一说写剑客只知道为人排忧解难,而不知道保护自己。

[评析]

这首诗以辞乡剑客自喻,表达了自己被弃置不用的悲哀。前两句写宝剑锋利无比,次二句写意气风发,五、六句感慨宝剑无用武之地,最后两句写其奋不顾身的豪侠气节。以往注家多解释作讽刺剑客意气豪纵、骄奢狂妄,对自己宽对别人严,只知道用剑杀人,却想不到反观自身。

湘 妃①

筠竹千年老不死②,长伴秦娥盖湘水③。蛮娘吟弄满寒空④,九山静绿泪花红⑤。离鸾别凤烟梧中⑥,巫云蜀雨遥相通⑦。幽愁秋气上青枫,凉夜波间吟古龙⑧。

[注释]

①作于元和元年(806)之后。②筠(yún)竹:斑竹。筠,竹子的青皮,引申为竹子。《礼记·礼器》:"其在人也,如竹箭之有筠也。"③秦娥:秦地美女,此指湘妃。④蛮娘:湘中村女。吟弄:吟唱,歌咏。⑤九山:九疑山,又名九嶷山、苍梧山,在湖南宁远县南,相传虞舜葬此。《水经注·湘水》:"营水……西流径九疑山下,蟠基苍梧之野,峰秀数郡之间,罗岩九举,各导一溪,岫壑负阻,异岭同势,游者疑焉,故曰九疑山。"泪花红:红花如湘妃的血泪。⑥离鸾别凤:指舜与湘神二妃,因舜崩于苍梧,而二妃溺于湘水,所以称离鸾别凤。⑦巫云蜀雨:用宋玉《高唐赋》巫山神女行云雨事,比喻舜之神灵与湘妃遥遥相通。⑧吟:古称龙鸣为吟。古龙:老龙。

[评析]

这首诗构思上来自《楚辞》,描写舜与二妃的灵魂在湘水和苍梧山一带飘荡,湘中山水人物均因此而悲悼愁吟的情形,抒发了诗人悲愤忧愁的情怀。"蛮娘吟弄满寒空"运用通感手法,将听觉写得立体而富于空间感,又用一"弄"字,动感十足。全诗意境凄清幽冷,情思缠绵悱恻。清人姚文燮以为此诗是写唐德宗郜国大长公主事。公主淫乱,被流放岭南,"贺追丑主之萦情寄怨于东南也,遂假湘妃以写其哀思尔"(《昌谷集注》卷一)。钱仲联以为是写唐顺宗死后,贬谪沅湘流域的刘禹锡、柳宗元心系顺宗。(《李贺年谱会笺》)

南园十三首①

一

花枝草蔓眼中开,小白长红越女腮②。可怜日暮嫣香落③,嫁与春风不用媒④。

[注释]

①这组诗作于元和八年(813)李贺回昌谷后,一说这组诗并非同一时期所写。南园:李贺家附近园子,大致在今宜阳县三乡镇上庄村一带。②越女:西施,此处泛指娇艳女郎。萧纲《十二月启》:"莲花泛水,艳如越女之腮。"③嫣:娇艳。④嫁与春风:比喻花朵随春风而去。

[评析]

这是一首描写南园暮春花落景色的小诗,将鲜花与美女并置,娇艳可人。诗人用对比、比喻手法,表达了惜春、伤春情怀,以及红颜难久、青春易逝的感慨。诗格调优美,语言晓畅,对后世很有影响。韩偓《寄恨》"莲花不肯嫁春风",贺铸《踏莎行》"当年不肯嫁春风,无端却被秋风误",张先《一丛花》"不如桃李,犹解嫁东风"都是化用李贺诗意,足见人们的喜爱。

二

宫北田塍晓气酣①，黄桑饮露窣宫帘②。长腰健妇偷攀折，将喂吴王八茧蚕③。

[注释]

①宫：指福昌宫，隋炀帝所建，故址在河南宜阳昌谷东。塍（chéng）：田间小路。酣：浓。②黄桑：初生的淡黄色桑叶。窣（sū）：拂引、触及的意思。③八茧蚕：南方一年可以收八次蚕茧的蚕。这里以吴王借指吴越等东南地区。

[评析]

这是一首即景咏怀之作。清晨，福昌宫北墙内桑叶初长；雾气朦胧中，农妇偷折桑叶。诗人只是将眼中所见的景象平静地展示出来，自己的情感——浅淡的甚或是浓郁的情思，隐藏在画面之后，因而读者很难从诗中揣摩到诗人的情感趋向，所以说这是一首特殊的农事诗。不过，宫殿这个特殊的地点总是让人产生丰富的想象，诗中农妇的行为无疑给敏感的文人一种强烈的震撼。清人姚文燮说它是讽刺当时蚕赋沉重，悲叹蚕农的艰辛生活。

三

竹里缫丝挑网车①，青蝉独噪日光斜②。桃胶迎夏香琥珀③，自课越佣能种瓜④。

[注释]

①缫（sāo）丝：将蚕茧浸泡在沸水中，抽出蚕丝。网车：纺车。②青蝉：一种青色、体小的蝉。③桃胶：桃树树脂，凝成块，色如琥珀，略有香气。④课：督率。越佣：来自越地的佣工。

[评析]

这首诗撷取农事活动一角，描写诗人在昌谷老家的农耕生活。

晨光熹微中在竹林里抽丝，仆人种瓜，单纯的农业劳作给诗人带来一种发自内心的充实和快乐。语言朴素，节奏欢畅。

四

三十未有二十余，白日长饥小甲蔬①。桥头长老相哀念②，因遗戎韬一卷书③。

[注释]

①小甲蔬：嫩菜。蔬菜初生时外层的皮叫莩甲，芽渐长大，叶生后叫做坼甲。这两句说李贺正当壮年，却整天半饱，靠吃菜充饥。②长老：老人。"桥头长老"暗用圯上老人赠送张良兵书的典故，指赠送兵书的人。《史记·留侯世家》记载，张良游下邳，在圯上遇到黄石公，黄石公授予他《太公兵法》。之后张良精通兵法，协助刘邦打天下。③戎韬：兵书。

[评析]

唐朝安史之乱后，藩镇割据，国家积弱不振。李贺二十多岁时，朝廷连年征讨，幕府文人也往往致身显贵，一时形成轻文尚武的风气。这首诗表达了诗人意欲投笔从戎、建功立业的愿望。前两句慨叹自己正当年轻有为时期，却寂寞无闻，以蔬菜充饥。后两句说乡间老父哀怜他，因而以兵书为赠，劝他从戎。

五

男儿何不带吴钩①？收取关山五十州②。请君暂上凌烟阁③，若个书生万户侯④？

[注释]

①吴钩：弯头刀，这里指宝刀。沈括《梦溪笔谈》："吴钩，刀名也，刃弯，今南蛮用之，谓之葛党刀。"②关山：城池及属地。五十州：安史之乱后形成藩镇割据局面，司马光《资治通鉴·唐宪宗元和七年》："李绛曰：'……今法令所不能制者，河南、北五十余州。'"③凌烟阁：原是长安宫城内一座

高阁。贞观十七年（643），唐太宗为了表彰功臣，诏令阁上绘太原举兵及秦王府功臣二十四人图像，太宗亲自作赞语，褚遂良题阁，阎立本画像。④若个：哪个。万户侯：食邑封万户的侯，比喻建大功、立大业者。

[评析]

这首诗承接上一首诗意，面对山河破碎的局面，哪个不愿意披盔戴甲、奋勇杀敌？诗中连用两个反问句，表达了诗人渴望投笔从戎，参加削藩平乱的战争，为国家统一建立功勋的迫切愿望，同时隐含着个人仕途崎岖不顺的痛苦。全诗语言明快，形象鲜明，情辞激烈，风格豪迈，是一篇清新明朗的刚健昂扬诗章。

六

寻章摘句老雕虫①，晓月当帘挂玉弓②。不见年年辽海上③，文章何处哭秋风④。

[注释]

①寻章摘句：写文章时从书籍中寻找典故、材料。《三国志·吴志·吴主传》"屈身于陛下"句裴松之引《吴书》："（孙权）志存经略，虽有余闲，博览书传历史，籍采奇异，不效书生寻章摘句而已。"老雕虫：一辈子从事写作。雕虫，琐碎小事，通常用指写诗作赋。扬雄《法言》："或问：'吾子少而好赋？'曰：'然！童子雕虫篆刻，壮夫不为也。'"②玉弓：比喻下弦月。③辽海：滨渤海的辽东半岛，指代多战事的边疆地区。④哭秋风：写文章表达悲秋情怀。

[评析]

这首诗描写文章著述的辛苦，将读书生活和边疆作战联系起来加以比较，慨叹读书无用，抒发了怀才见弃、报国无门的苦闷。这其实是失意落魄处境中的愤激之词。"寻章摘句老雕虫，晓月当帘挂玉弓"也是诗人醉心吟咏的写照，前一句借用典故，用比喻手法，形象地写出爬梳文字的艰辛，一个"老"字蕴含无限艰辛。诗人虽然年未而立，却心境苍老，诗中多用"老"字，足见作诗的呕心沥血。后一句用时间点明吟咏通宵达旦。如此严肃而艰辛的创作、卓异而醉心的投入，其创造物却无用武之地，可见当时社会价值体系的严重倾斜。

七

长卿牢落悲空舍①，曼倩诙谐取自容②。见买若耶溪水剑③，明朝归去事猿公④。

[注释]

①长卿：指汉代司马相如。牢落：落魄。班固《汉书·司马相如传》："家徒四壁立。"②曼倩：汉代东方朔的字，他口才很好，以机智幽默闻名。诙谐：幽默滑稽。取自容：取得容身之地。③见：拟，打算。若耶溪：在今浙江省绍兴南若耶山下，相传春秋时欧冶子在这里铸出名剑。见赵晔《吴越春秋》卷十一。④猿公：传说中善于击剑的人。赵晔《吴越春秋》卷九载，越王勾践曾聘请一善剑的处女到王都去，途遇一老翁，自称袁公，与处女以竹竿试剑术。后老翁飞上树梢，化为白猿。

[评析]

这首诗自悼身世，西汉著名文人司马相如、东方朔或穷困潦倒，或诙谐自容，但都不被重用，诗人借他们的遭际说明做一个文人无益，不如投笔从戎。这是诗人历经忧患后对读书与从戎两种生活道路的反思，寄寓了理想破灭后的无奈与愤激。

八

春水初生乳燕飞①，黄蜂小尾扑花归。窗含远色通书幌②，鱼拥香钩近石矶③。

[注释]

①乳燕：幼燕。②书幌：书斋门上的帷幔，借指书斋。③石矶：水边石滩。

[评析]

这首诗描写南园生意盎然的春景,语言鲜丽自然,风光恬淡清雅,展示了诗人内心对恬淡闲适的向往。"窗含远色通书幌"与杜甫"窗含西岭千秋雪"(《绝句》)构思相仿佛,都是写目接远色。杜甫突出空间辽阔之外显示了时间的维度,李贺则突出了远景与人的距离感的缩进融合,立意不同。杜甫虽然也是精心雕琢,但是显得自然蕴藉;李贺则凿痕毕现。结合上下文,"千秋雪"下句是"门泊东吴万里船",杜甫更注重的是阔大的景象,开阔的意境;"通书幌"下句是"鱼拥香钩近石矶",展示万物之间相亲相近的恬淡和谐。虽是观物,主体不同,万物呈现意趣就不同,沾染上了欣赏者的个人色彩。

九

泉沙耎卧鸳鸯暖①,曲岸回篙舴艋迟②。泻酒木兰椒叶盖③,病容扶起种菱丝④。

[注释]

①耎(ruǎn):同"软"。鸳鸯:水鸟,雌雄常伴不离。句意来源于杜甫《绝句二首》(其一):"泥融飞燕子,沙暖睡鸳鸯。"②舴(zé)艋(měng):小船。③木兰:俗称紫玉兰。另有杜兰、林兰、木莲等别名。椒叶:秦椒叶,叶可盖酒,取其辛香。④菱丝:菱初生,叶浮水面,根在水底,茎长如丝。

[评析]

诗描绘家居闲适生活。前两句写乘船游赏的闲适,后两句写酒具的雅致与农事,节奏舒缓,格调悠扬。明人曾益说:"病容初起,载酒种菱,亦一乐事。"诗人带病种菱,因而也有人以为诗人生活困顿之极,这种解释下诗人饮酒就被看做是借酒浇愁了。

十

边让今朝忆蔡邕①,无心裁曲卧春风②。舍南有竹堪书字,老去溪头作钓翁。

[注释]

①边让：东汉陈留浚仪（今河南开封）人，字文礼，善诗文，有才辩，颇受名臣蔡邕赏识，推荐给大将军何进，官九江太守，汉末战乱还家。后以直言见恶，为曹操所杀。事见《后汉书·边让传》。②裁曲：制曲，这里指写诗。

[评析]

诗人曾经得到韩愈、皇甫湜等人的赏识与推荐，所以满怀感激，但一直是郁郁不得志。这首诗反映了诗人郁闷之极，无心苦吟，只有写字度日，并且打算隐逸终老。

十一

长峦谷口倚嵇家①，白昼千峰老翠华②。自履藤鞋收石蜜③，手牵苔絮长莼花④。

[注释]

①长峦谷口：一名长峦山口，在今宜阳三乡附近。嵇家：姓嵇的邻居。②老翠华：山色苍翠。③履：穿。藤鞋：藤条编织的鞋。石蜜：即崖蜜，石缝间隙处的野蜂蜜。④苔絮：水中青苔初生如乱发，稍长，状如棉絮。莼（chún）花：即莼菜，水生植物，茎及叶背有黏液，可做汤。

[评析]

这首诗描绘昌谷附近的自然景色以及邻人山居劳作怡然自得的情形，赞颂了他超落尘外的高雅情怀，表达了诗人对闲适生活的向往。诗写得清新自然，朴实无华。

十二

松溪黑水新龙卵①，桂洞生硝旧马牙②。谁遣虞卿裁道帔③？轻绡一匹染朝霞④。

[注释]

①松溪：南园附近涧水。龙卵：水深有潜龙，故有卵。一说，俗称蜥蜴为白龙，其卵称龙卵。②桂洞：南园附近洞穴。马牙：《本草纲目》卷十一载，煎炼生硝，凝结在下粗朴者为朴硝，在上有芒者为芒硝，有牙者为马牙硝。《云笈七签》称马牙硝是阴极之精，能制伏阳精，消化火石之气。③虞卿：昌谷附近的虞姓朋友，或为道长。道帔：道家的服装。④轻绡：轻纱。朝霞：状轻纱之色。

[评析]

这首诗用神话传说、珍奇之物写出家乡山水的神奇美妙，而道人的修炼又平添了一丝神秘，流露出对故乡山水的热爱和尘外生活的遐想。

十三

小树开朝径，长茸湿夜烟①。柳花惊雪浦②，麦雨涨溪田③。古刹疏钟度④，遥岚破月悬⑤。沙头敲石火⑥，烧竹照渔船。

[注释]

①茸（róng）：草初生的样子。长茸指小草。②柳花：柳絮。③麦雨：农谚："麦收三月雨，还要去年墒。"④古刹：古寺。⑤岚：山气。破月：缺月。⑥敲石火：敲石取火。

[评析]

这首五言律诗描写了暮春时节南园优美的自然景色，语句清新，格调淡雅，酷似田园诗，在李贺诗歌中别具一格。诗四联，四对偶，在五律中也不常见。

卷 二

金铜仙人辞汉歌并序①

魏明帝青龙元年八月②,诏宫官牵车西取汉孝武捧露盘仙人,欲立置前殿。宫官既拆盘,仙人临载乃潸然泪下③。唐诸王孙李长吉遂作金铜仙人辞汉歌④。

茂陵刘郎秋风客⑤,夜闻马嘶晓无迹。画栏桂树悬秋香,三十六宫土花碧⑥。魏官牵车指千里,东关酸风射眸子⑦。空将汉月出宫门,忆君清泪如铅水⑧。衰兰送客咸阳道⑨,天若有情天亦老。携盘独出月荒凉,渭城已远波声小。

[注释]

①作于元和八年(813),诗人辞去奉礼郎回归昌谷,由京赴洛途中。金铜仙人:汉武帝刘彻信方士之言,在建章宫前造神明台,上铸金铜仙人捧承露盘,高二十丈,大十围(一说七围),以承接空中露水,和玉屑服用,企求长生。辞汉:魏明帝曹叡迁金铜仙人至洛阳,因铜人过重,留灞上。②青龙元年:此处有误,魏明帝徙铜人承露盘在景初元年(237),不是青龙元年(233)。③宫官:宦官。潸(shān)然:流泪的样子。④诸王:古代天子分封

的各地诸侯王。李贺为唐宗室郑王李亮之后，故而称诸王孙。⑤茂陵：汉武帝的陵墓，在今陕西省兴平。刘郎：指汉武帝刘彻。秋风客：秋风中的过客，刘彻曾写过《秋风辞》。⑥三十六宫：汉代长安上林苑有离宫别馆三十六所。土花：苔藓。⑦东关：指长安东门。酸风：使人眼酸的风。⑧君：指汉武帝。铅水：喻泪水。铅性重，形容泪水沉重，代指心情沉重。《三国志·魏志·明帝纪》裴注引习凿齿《汉晋春秋》："帝徙盘，盘折，声闻数十里。金狄或泣，因留于霸城。"⑨咸阳：秦国都城，在唐长安西北面，西汉时称渭城，东汉时并入长安。

[评析]

这首诗作于李贺辞去奉礼郎回家途中。国家的破败不堪、社会的黑暗、自己的惨痛经历与报国无望，使作为宗室后人的诗人百感交集，因而借金铜仙人辞汉流泪的传说，寄寓了离开京师的悲愁，对国家衰败的感慨，怀才不遇的悲凉，对人事无常、世事苍凉的慨叹，以及对武帝求仙的讽刺。前四句写茂陵荒芜，慨叹汉朝衰败；中间四句用拟人手法写金铜仙人初离汉宫时的情态；最后四句写金铜仙人出城后的情景。诗风奇诡瑰丽，造语奇丽，是李贺诗歌中的名篇。

古悠悠行①

白景归西山②，碧华上迢迢③。今古何处尽？千岁随风飘。海沙变成石，鱼沫吹秦桥④。空光远流浪⑤，铜柱从年消⑥。

[注释]

①作于元和五年至八年（810~813）。悠悠：不尽。②白景：白日。③碧华：月光映出的碧色云彩，借代月亮。一说指山色。迢迢：高远貌。④秦桥：《初学记》卷六引《三秦记》："青城山，秦始皇登此山，筑城，造石桥，入海三十里。"⑤空光：时光。⑥铜柱：有多种说法，一说是托名东方朔《神

异经》所载的昆仑铜柱,一说是汉武帝所作柏梁铜柱,此外交趾、叙州均有铜柱。

[评析]

诗歌用形象的语言、夸张的手法描写沧海桑田的变化,说明好神仙、求长生的虚妄,讽刺唐宪宗的神仙之好。"今古何处尽?千岁随风飘",写尽韶华流逝、万古苍凉,充满虚无之感。

黄头郎[1]

黄头郎,捞拢去不归[2]。南浦芙蓉影[3],愁红独自垂。水弄湘娥佩,竹啼山露月。玉瑟调青门[4],石云湿黄葛[5]。沙上蘼芜花[6],秋风已先发。好持扫罗荐[7],香出鸳鸯热[8]。

[注释]

[1]黄头郎:古代船夫通常戴黄帽子,因而得名。《汉书·佞臣传·邓通》颜师古注:"土胜水,其色黄,故刺船之郎皆著黄帽,因号黄头郎也。"[2]捞拢:摇船荡桨。[3]南浦:水南岸,泛指送别的地方,语本屈原《九歌·河伯》:"子交手兮东行,送美人兮南浦。"[4]青门:曲名。[5]石云:古人认为云气触石而生,故称。黄葛:指女子衣裙。[6]蘼(mí)芜:香草名,又名江蓠,茎高尺许,复叶,为羽毛状,夏月开碎白花。[7]罗荐:用丝罗制成的垫褥。[8]鸳鸯:鸳鸯形香炉。

[评析]

这首诗写游子思妇的离愁别恨,男子驾船远行,女子在家愁闷,等候他的归来。叶葱奇认为诗中女子思念,是客子想念而生的想象,"全从对面着笔"。

马诗二十三首①

一

龙脊贴连钱②,银蹄白踏烟③。无人织锦韂④,谁为铸金鞭?

[注释]

①这组诗写作年代不一,大致是元和元年至八年(806~813)之间。②龙脊:骏马的脊背。龙,指骏马。连钱:马毛花纹如排列的铜钱。③白踏烟:骏马飞驰,扬起尘土,如踏在白云上。④韂(chàn):也称障泥,挂在马腹两侧,用来遮挡泥土。

[评析]

这首诗借物喻人,前两句描写骏马形体不凡,三、四句用层进法,慨叹无人赏识,抒发了自己才不获聘的惆怅、愤懑。

二

腊月草根甜,天街雪似盐①。未知口硬软,先拟蒺藜衔②。

[注释]

①腊月:农历十二月。天街:京师街道。雪似盐:《世说新语·言语》载,谢安于寒天召集儿女辈论文,大雪骤至,谢安说:"白雪纷纷何所似?"兄子胡儿说:"撒盐空中差可拟。"②拟:打算。蒺藜:草名,细叶,带刺。衔:含嚼。

[评析]

这首诗通篇用比喻、拟人手法,描写寒冬腊月长安雪后骏马觅食的艰辛,表现京城贫寒士子的困苦生活。一说是李贺借以比喻自己的困顿。刘辰翁说:"赋马者多矣,此独取不经人道者。"

三

忽忆周天子①,驱车上玉山②。鸣驺辞凤苑③,赤骥最承恩④。

[注释]

①周天子:指周穆王姬满,他曾经西征犬戎,东狩徐戎。②玉山:又名群玉山,神话传说中西王母住所。《山海经·西山经》:"玉山是西王母所居也。"《穆天子传》载,周穆王曾周游天下数千里,西至昆仑山,观看黄帝宫殿,到群玉山会见西王母。③鸣驺(zhōu):车马奔驰时发出的车铃、马蹄声。驺,快走。凤苑:宫城中的苑林。④赤骥:周穆王西巡时驾车的八骏之一。

[评析]

这首诗写周穆王西行八骏中,虽然赤骥与其他马匹有同样功劳,然而赤骥最受宠爱,大概是有感而发。清人王琦说:"夫八骏之德,力本自齐等,而赤骥乃最承恩,盖以居八骏之首也。人之才德相等,其中一人承恩尤渥,亦必有故矣。以马喻人,在当时必有所指,非漫然而赋者。"(清王琦《李长吉歌诗汇解》卷二)

四

此马非凡马,房星本是星①。向前敲瘦骨②,犹自带铜声③。

[注释]

①房星:二十八星宿之一,也称天驷、天马。古人以为一切动物,天上都有与之相应的星辰,良马上应房星。孙柔之《瑞应图》:"马为房星之精。"②瘦骨:据说良马大多瘦。杜甫《房兵曹胡马》:"胡马大宛名,锋棱瘦骨成。"李诗也含有良马遭遇不幸、困苦瘦弱的意思。③铜声:良马骨劲如铜,故敲之能作铜声。汉代有铜马,也称天马。张衡《东京赋》:"天马半汉。"李善注:"天马,铜马也。"

[评析]

诗人虽然在科举与仕途上遭遇挫折,加之贫病交加,但是依然满怀壮志。他以宝马的瘦骨嶙峋象征自己的不幸遭遇,同时以它的瘦骨挺硬比喻自己的坚贞不屈精神。

五

大漠沙如雪①,燕山月似钩②。何当金络脑③,快走踏清秋④。

[注释]

①大漠:广阔无垠的沙漠地区。②燕山:指燕然山,今属于蒙古国杭爱山。汉代窦宪曾追击匈奴于此,并勒石为铭。③金络脑:饰金的马络头,比喻得到赏识、重用。④清秋:秋高气爽时节。古代西北少数民族统治者常在秋季入侵内地。

[评析]

在这首诗中,诗人以骏马自况,表达了对赏识人才的伯乐的期盼和建功立业的迫切愿望。该诗节奏明快健朗,在李贺诗歌中别具一格。

六

饥卧骨查牙①,粗毛刺破花②。鬣焦珠色落③,发断锯长麻④。

[注释]

①查牙:错乱不齐的样子,引申为瘦骨嶙峋的样子。②粗毛:马瘦则显毛粗。花:指斑驳的毛片。③鬣(liè):马颈上的毛。鬣焦:指马颈上的毛毛色发灰散乱,好像烧焦了一样。④发:马额上的毛。南朝宋颜延之《赭白马赋》:"垂梢植发。"李善注:"发,额上毛也。"

[评析]

这首诗通过描写马的衰惫困顿,表现自己的困顿受挫、才不获

聘。清人王琦说:"咏马至此,盖其困顿摧挫,极不堪言者矣。"(清王琦《李长吉歌诗汇解》卷二)

七

西母酒将阑①,东王饭已干②。君王若燕去③,谁为拽车辕④?

[注释]

①西母:神话传说中的西王母。②东王:名倪,字君明。《太平广记》卷一引《仙传拾遗》载:"金母者,西王母也;木公者,东王公也。此二元尊乃阴阳之父母,天地之本源,化生万灵,育养群品。木公为男仙之主,金母为女仙之宗。长生飞化之士,升天之初,先觐金母,后谒木公,然后升三清朝太上矣。"③燕去:前去赴宴。燕通"宴"。④拽(zhuài):拉。《穆天子传》载周穆王应邀驾八骏赴瑶池盛宴。此二句说君王无八骏驾车赴宴。

[评析]

这首诗写仙人宴饮即将结束,若欲赴宴必如穆王驾八骏方可赶上,然而如何得到宝马良驹呢?借以讽刺唐宪宗好神仙之举。苏鹗《杜阳杂编》载,元和五年(810),宦官张惟则向宪宗说,他在中州岛遇到一位神仙,自称是宪宗的朋友,并托他向宪宗问好。宪宗云:"朕前生岂非神仙乎!"清人王琦说:"此诗盖为时君求慕神仙,而为方士所欺,微言以讽之,见其徒思无益。"

八

赤兔无人用①,当须吕布骑。吾闻果下马②,羁策任蛮儿③。

[注释]

①赤兔:东汉末战将吕布所乘的骏马,当时有"人中有吕布,马中有赤兔"的说法。②果下马:产于南方,能于果树下行走的矮马,高仅三尺,常用于宫中驾车。③羁策:驾驭。蛮儿:古代对南方的少数民族的蔑称,一说是指出生于南方的宦官,此取前者。

[评析]

这首诗用对比手法,通过骏马无人用,而任人驱使的劣马广为宫中使用这一事件,揭示了才不获聘、小人得志的社会现象,以及对这种现象的不满与愤慨。

九

飂叔去匆匆①,如今不豢龙②。夜来霜压栈③,骏骨折西风。

[注释]

①飂(liù)叔:古代传说中的养龙人,这里以养龙比喻养马。《左传》:"昔有飂叔安,有裔子曰董父,实甚好龙,能求其嗜欲以饮食之,龙多归之。"飂,古国名。②豢(huàn)龙:养马。龙,骏马。③栈(zhàn):马棚。

[评析]

这首诗化用飂叔养龙的典故,描写骏马的悲惨境遇,借以斥责当政者摈弃英俊,表现了作者的愤慨不平和对英才埋没的痛惜心情。

十

催榜渡乌江①,神骓泣向风②。君王今解剑③,何处逐英雄④?

[注释]

①榜:船桨。催榜:加紧划船。乌江:在今安徽和县乌江镇。《史记·项羽本纪》载,项羽战败后,临乌江,亭长撑船于江边,催项羽东渡,项羽不肯,把马赐给亭长,自刎而死。②神骓:项羽坐骑,名乌骓。③君王:指项羽。④逐:追随。

[评析]

这首诗运用拟人手法,想象乌骓马在项羽自刎后临风哭泣,抒发了才俊痛失英主、无可凭依的感慨。这里面当然也包含诗人个人的悲愤与哀怨。

十一

内马赐宫人①,银鞯刺麒麟②。午时盐坂上③,蹭蹬溘风尘④。

[注释]

①内马:宫中马匹。宫人:宫女。②银鞯(jiān):银饰马鞍垫。麒麟:古代所谓祥瑞之兽。③盐坂:《战国策》:"骥之齿至矣,服盐车而上太行,蹄申膝折,尾湛胕溃,漉汁洒地,白汗交流,中阪迁延,负辕而不能上。伯乐遭之,下车攀而哭之,解纻衣以幂之,骥于是俯而喷,仰而鸣,声达于天,若出金石声者,何也?彼见伯乐之知己也。"《山西通志》:"虞坂在平阳府平陆县东北七十里中条山。伯乐逢骐骥困盐车,即此处,今名青石槽。"④蹭蹬:困顿失意。溘(kè):依。

[评析]

这首诗写赐宫女之马与负重之马的不同境遇,讽刺君王重女色而不重人才,即"以赐宫人者,则装饰如此;以负重致远者,则蹭蹬如此。即孟尝君所谓后宫蹈绮縠,而士不得短褐;仆妾余梁肉,而士不厌糟糠者也"(清王琦《李长吉歌诗汇解》卷二)。一说李贺的马诗均为一诗一马,各寓一意。此诗通过描写内马被用来拉盐车上太行,以至困顿不堪,进而斥责任用不当。因为帝王所赐马匹用来运盐的可能性不大,所以不采用后一种说法。

十二

批竹初攒耳①,桃花未上身②。他时须搅阵③,牵去借将军④。

[注释]

①批竹:削竹,骏马耳小而促,如批竹状。贾思勰《齐民要术》:"马耳

欲得小而促，状如斩竹筒。"②桃花：一种骏马，又名桃花马，黄白杂毛。未上身：谓马尚幼小。③搅阵：冲锋陷阵。④借：助。

[评析]

前两句写骏马虽然年幼，但已经看出资质不凡；后两句写它的前途未可限量。诗人借幼马自信可以冲锋陷阵，表明自己虽然年幼，但坚信能够成为人才，报效国家。

十三

宝玦谁家子①？长闻侠骨香②。堆金买骏骨③，将送楚襄王④。

[注释]

①玦（jué）：半环状玉石。②侠骨香：豪侠重义气，名声好。张华《博陵王宫侠曲》之二："生从命子游，死闻侠骨香。"③骏骨：骨相好的马，借指宝马。④楚襄王：怀王之子。历史上没有关于襄王好马的记载，本诗感叹骏马所投非人。

[评析]

诗写豪侠少年愤于爱马者、识马者少，不惜重金买骏马送给楚襄王，寄寓了明珠暗投的无奈与叹息，流露出人才得不到重视的感慨。

十四

香幞赭罗新①，盘龙蹙镫鳞②。回看南陌上③，谁道不逢春④？

[注释]

①幞（fú）：盖在马鞍上的帕，骑马时取掉。赭（zhě）罗：赤色丝罗。②蹙（cù）镫鳞：雕刻的龙鳞突出于马镫的表面。③南陌：南面的道路。④逢春：逢时，春风得意。

[评析]

诗歌托物喻人,描写马佩饰华美,春风得意,借以展示出人才得到重视的风采。一说诗人借庸马得到重用时气志昂扬、自命不凡讽刺小人得志。

十五

不从桓公猎①,何能伏虎威②?一朝沟陇出③,看取拂云飞④。

[注释]

①桓公:齐桓公,齐国国君,名小白,曾经九合诸侯,为春秋五霸之一。②伏虎威:《管子·小问》:"桓公乘马,虎望见之而伏。桓公问管仲曰:'今者寡人乘马,虎望见寡人而不敢行,其故何也?'管仲对曰:'意者君乘驳马而洀(古'盘'字)桓,迎日而驰乎?'公曰:'然!'管仲对曰:'此驳象也。驳食虎豹,故虎疑焉。'"③沟陇:溪涧山陇之间。④拂云:踏云,掠云。

[评析]

齐桓公的马之所以能够镇服老虎,是因为它跟从了桓公。诗人借以说明即使是才华出众的人,也必须凭借明主的重视才能施展抱负。这与韩愈《马说》中提出的"世有伯乐,然后有千里马"同一用心。

十六

唐剑斩隋公①,卷毛属太宗②。莫嫌金甲重③,且去捉飘风④。

[注释]

①唐剑:代指唐朝的武装力量。隋公:隋朝公侯。②卷(máo)毛:唐太宗李世民的六骏之一。"卷",明曾益本作"拳"。③金甲:披在马身上的铁甲。④捉飘风:追上回旋之风,形容骏马飞驰迅疾。

[评析]

这首诗描绘良马得到人主重视,不怕辛劳,借以说明人才也是如此,一旦得到器重,就会报答效力,大展宏图。

十七

白铁锉青禾①,砧间落细莎②。世人怜小颈③,金埒畏长牙④。

[注释]

①白铁:铡草刀。锉(cuò):铡碎。②砧(zhēn):砧板,铡草用的垫具。莎:细草料。③小颈:细脖子小马。④金埒(liè):富贵人家的跑马场。埒,骑马射箭场所的垣墙。刘义庆《世说新语·汰侈》载,王济买地作埒,编钱布满埒上,时人号金埒。长牙:锯牙,马有锯牙者易怒,不易驯服。《齐民要术》卷六:"(相马之法)上齿欲钩,钩则寿;下齿欲锯,锯则怒。牙欲去齿一寸则四百里,牙剑锋则千里。"

[评析]

诗歌写世人爱怜细颈小马,精心饲养,而能驰骋千里的骏马却因畏惧而不养,讽刺朝廷重用善于阿谀奉承之辈,而真正有才华的人却得不到重视。

十八

伯乐向前看①,旋毛在腹间②。只今掊白草③,何日蓦青山④?

[注释]

①伯乐:春秋时秦人孙阳,善相马。②旋毛:卷曲的毛。旋毛在腹部的马为骏马。《尔雅·释兽》郭璞注引《伯乐相马法》:"伯乐相马法:旋毛在腹下如乳者,千里马也。"③掊(póu):减少。白草:上等牧草,西域所产。④蓦:越过。

[评析]

诗人写千里马备受虐待,被任意克扣饲料,借以表达对人才不受重视的不满和渴望建功立业的强烈愿望。

十 九

萧寺驮经马①,元从竺国来②。空知有善相③,不解走章台④。

[注释]

①萧寺:泛称寺院,据传梁武帝萧衍建造佛寺,令萧子云以飞白体大书"萧寺",后称佛寺为萧寺。②元从竺国来:汉明帝派人至天竺取佛经,以白马驮至洛阳,建白马寺以藏经。元,通"原"。③空知:只知道。④章台:汉时长安有章台街,比喻官场。

[评析]

这首诗大概是诗人游览洛阳白马寺时所作,称驮经马空有善相,却不能助已入京求取功名,表达了诗人失意后的愤慨之情。一说赞美贤俊不以世俗为务。

二 十

重围如燕尾①,宝剑似鱼肠②。欲求千里脚③,先采眼中光④。

[注释]

①重围如燕尾:双重玉带围在腰间,腰带下垂如燕尾。②鱼肠:宝剑名。据赵晔《吴越春秋》卷三,鱼肠剑是越国献给吴王的三把宝剑之一。③千里脚:千里马。韩婴《韩诗外传》:"使骥不得伯乐,安得千里之足?"④采:辨别。眼中光:据贾思勰《齐民要术》记载,马目大而有光彩,一定是良马。

[评析]

壮士虽然威武,然而要建立功勋,尚需骏马襄助,这需要有能识别千里马的人。识别人才，要注重内心，万勿只看外表。诗人借以表明人才识别的重要性。

二一

暂系腾黄马①，仙人上彩楼。须鞭玉勒吏②，何事谪高州③？

[注释]

①系（jì）：拴住。腾黄：神马名，色黄，又名乘黄、飞黄，古人以为帝王能以德御天下时便出现此马。《太平御览》卷八九六引《祥瑞图》称："腾黄者，神马也。其色黄，王者德御四方则至。一名吉光，乘之寿三千岁。"②玉勒吏：驭马官员。③高州：在今广东茂名北。因地处炎荒，唐代常放逐官员于此。

[评析]

腾黄马难得而不用，诗人借以讽刺现实。宪宗上台以后，把革新派发动的永贞革新镇压下去了，对革新派人士予以排斥贬谪，诗人对此深表不满。

二二

汗血到王家①，随鸾撼玉珂②。少君骑海上，人见是青骡③。

[注释]

①汗血：汗血马，产自西域的宝马，号一日千里。班固《汉书·武帝纪》："（太初）四年春，贰师将军广利斩大宛王首，获汗血马来，作《西极天马之歌》。"②鸾：通"銮"，天子所乘之车。撼玉珂：以玉饰马勒上，振动有声。③少君：汉武帝时方士，姓李，据葛洪《神仙传》记载，他死后百余日，人见其骑青骡游于河东蒲坂上。

[评析]

同是汗血宝马在君王、方士那里际遇地位不同，诗人借以说明不同的位置对人才际遇的重大影响，彰显了合理任用人才的重要性，抒发了人事穷通的无奈。

二三

武帝爱神仙①，烧金得紫烟②。厩中皆肉马③，不解上青天。

[注释]

①武帝：即汉武帝刘彻。《汉武内传》："汉孝武皇帝，景帝子也……及即位，好神仙之道。"②烧金：指武帝使方士炼丹砂为黄金。③厩（jiù）：马棚。肉马：普通马匹。

[评析]

这首诗借古喻今，通过描写汉武帝迷信方士，寻求天马，结果所获无非是"紫烟"、"肉马"，求仙不得，升天无望，讽刺唐宪宗轻信方士以求长生不死，致使小人得宠，贤士不为所用。

申胡子觱篥歌并序①

申胡子，朔客之苍头也②。朔客李氏本亦世家子，得祀江夏王庙，当年践履失序，遂奉官北郡③。自称学长调短调④，久未知名。今年四月，吾与对舍于长安崇义里，遂将衣质酒，命予合饮。气热杯阑，因谓吾曰："李长吉，尔徒能长调，不能作五字歌诗，直强回笔端，与陶、谢诗势相远几里⑤！"吾对后⑥，请撰申胡子觱篥歌，以五字断句。歌成，左右人合噪相唱。朔客大喜，擎觞起立，命花娘出幕，徘徊拜客⑦。吾问所宜，称善平弄，于是以弊辞配声，与予为寿⑧。

颜热感君酒⑨，含嚼芦中声⑩。花娘篸绥妥⑪，休睡芙蓉屏。谁截太平管⑫？列点排空星。直贯开花风，天上驱云行。今夕岁华落⑬，令人惜平生。心事如波涛，中坐时时惊⑭。朔客骑白马，剑弨悬兰缨⑮。俊健如生猱⑯，肯拾蓬中萤⑰！

[注释]

①作于元和五年（810），李贺初为奉礼郎。申胡子：姓申而多须之人。觱（bì）篥（lì）：又名筚管，簧管乐器，以竹为管，上开八孔，前七后一，管口插有芦制哨子。汉代起源于西域龟兹（今新疆库车一带），后为隋唐燕乐及唐宋教坊音乐的重要乐器。《文献通考》卷一三八《乐考》载："大者九窍，以觱篥名之；小者六窍，以风管名之。六窍者犹不失乎中声，而九窍者其失盖与太平管同矣。"②朔客：北方人。苍头：原指青巾裹头的士兵，这里指私家奴仆。③江夏王：按《新唐书》，夏郡王名道宗，初封任城王，太宗时以战功徙封江夏。古人宗庙中宗子主祭，支属从祭。朔客为江夏王支属，从祭于庙。践履失序：行为失检。北郡：原指北匈奴居所，泛指北部边远地区。④长调短调：唐代称七字句为长调，五字句为短调。⑤陶、谢：陶潜与谢灵运并称，均工五言诗。相远几里：犹相差几许。⑥对：回答。⑦擎觞：举杯。花娘：朔客家伎。⑧所宜：所擅，所长。平弄：即平声曼唱。弄，歌吟。弊辞：对自己作品的谦称。⑨颜热：酒酣耳热。⑩含嚼：唇含管齿啮芦哨而吹。⑪篸（zān）：通"簪"。绥：下垂貌。妥：平妥。⑫太平管：管乐器之一。《文献通考》卷一三八《乐考》载："太平管形如跛膝而九窍，是黄钟一均，所异者，头如觱篥尔。"⑬岁华落：年终岁暮，指明时间。⑭中坐：即座中。⑮剑玸（bà）：剑柄。⑯猱：猕猴。⑰蓬中萤：用晋车胤囊萤读书典故，赞美朔客亦爱文学。《晋书·车胤传》："（车胤）家贫不常得油，夏月则练囊盛数十萤火以照书，以夜继日焉。"

[评析]

诗写听朔客家奴弹奏音乐的情形以及自己的感受，赞美其音乐技艺高超，主人雅好文学。诗分四部分：首叙与朔客饮酒场面，酒酣耳热之际，朔客家奴又吹起了觱篥。夜阑人静，原本已经倦卧的花娘侧耳倾听。次写乐器之形和乐声之悠扬、高亢。再叙自己听乐后心潮澎湃，惊叹光阴虚度。末尾赞美朔客英姿飒爽而又酷爱文学。虽然是应酬之作，却写得情真意切，不落俗套。

老夫采玉歌①

采玉采玉须水碧②,琢作步摇徒好色③。老夫饥寒龙为愁,蓝溪水气无清白④。夜雨冈头食蓁子⑤,杜鹃口血老夫泪⑥。蓝溪之水厌生人⑦,身死千年恨溪水。斜杉柏风雨如啸,泉脚挂绳青袅袅⑧。村寒白屋念娇婴⑨,古台石磴悬肠草⑩。

[注释]

①作于元和五年至八年(810~813)。②采玉采玉:叠用,写采玉的艰辛。水碧:即碧玉。《山海经·东山经》载:"耿山无草木,多水碧。"③步摇:古代女性头饰。以银丝宛转屈曲作花枝,插髻后,行步则摇动。白居易《长恨歌》:"云鬓花颜金步摇。"徒:只是。好色:好看。④蓝溪:即蓝水,一名瀍水,在陕西蓝田县。乐史《太平寰宇记》卷二十六:"蓝田山……在(蓝田)县西三十里,一名玉山,一名覆车山。"⑤蓁(zhēn)子:即榛子,山中野果。⑥杜鹃:又名子规,一作杜宇,据说啼叫时口中带血。⑦厌:饱食。⑧泉脚:泉水流淌处,一说是泉水深处。挂绳:沿着峭壁悬挂绳子,系在采玉人身上,防止掉入悬崖或者被水冲走。袅袅:摇曳不定的样子。⑨白屋:百姓住的房子。⑩磴(dèng):石阶。悬肠草:一作离别草,又名思子蔓。

[评析]

这首诗以生动具体的艺术笔触反映民役之苦,描绘出老夫采玉的艰苦劳动和痛苦心情,流露出对统治者骄奢淫逸横征暴敛的不满和对采玉人的同情。"采玉采玉须水碧,琢作步摇徒好色",起篇不凡,首句像电影一样呈献给读者一个特写镜头,点明老人采玉的艰辛和对于玉石质地的高要求。次句说明这种高危险劳作却只是满足富人感官之欲。"蓝溪之水厌生人,身死千年恨溪水",写得阴森恐怖,委婉地写出采玉人对官府的仇恨。比李贺稍早的诗人韦应物也写过一首《采玉行》:"官府征白丁,言采蓝溪玉。绝岭夜无人,深榛雨中宿。独妇饷粮还，哀哀舍南哭。"相比之下，李贺诗篇立意更深，用笔也更锋利，对老夫的心理也有很细致的刻画。

伤心行①

咽咽学楚吟②，病骨伤幽素③。秋姿白发生④，木叶啼风雨⑤。灯青兰膏歇⑥，落照飞蛾舞。古壁生凝尘，羁魂梦中语⑦。

[注释]

①作于元和五年至八年（810～813）间。伤心行：乐府古辞，唐张籍、孟郊均有拟作。②咽咽：悲苦的样子。楚吟：《楚辞》的吟调，以哀怨幽咽为主。谢灵运《登池上楼》："祁祁伤豳歌，萋萋感楚吟。"③幽素：冷落幽寂。④秋姿：衰颜。⑤啼风雨：风雨吹打树叶，声音如泣如诉。⑥兰膏：灯油。《楚辞·招魂》："兰膏明烛，华容错些！"⑦羁魂：羁留之客的梦魂。

[评析]

这首诗运用细节描写和景物衬托的手法，描绘出诗人长期客居京华的仕途不顺与寂苦落寞情形，写尽诗人的羁旅困顿和内心的百无聊赖。心境衰颓，而周遭又是黄叶秋风，连墙壁也是苍老古旧，毫无生机，这怎能不伤人魂魄令人苍老！

湖中曲①

长眉越沙采兰若②，桂叶水葓春漠漠③。横船醉眠白昼闲，渡口梅风歌扇薄④。燕钗玉股照青渠⑤，越王娇郎小字书⑥。蜀纸封巾报云鬟⑦，晚漏壶中水淋尽⑧。

[注释]

①元和二年（807），李贺南游吴越。诗作于该年或者稍后。②长眉：美貌女子。崔豹《古今注》卷下："魏宫人好画长眉。"兰若：兰草与杜若两种香草。③水荭（hóng）：水草名，即荭菜，可食。漠漠：蔓延丛生貌。④梅风：梅雨后之风。按：梅雨发生于夏季，与第二句在节令上有出入，或谓梅雨乃泛指连绵雨。歌扇：歌舞时使用的扇子。⑤燕钗：燕形钗子。玉股：钗脚分支用玉制成。青渠：渠水青碧。⑥越王娇郎：贵介公子。小字书：小字书写于巾上，密约相会。⑦蜀纸：蜀中产的笺纸。李肇《唐国史补》卷下记载："纸则有蜀之麻面、屑末、滑石、金花、长麻、鱼子十色笺。"云鬟：女子如云的鬟发，借代美女。⑧漏壶：古代计时器。

[评析]

这是一首恋情诗，描绘江南风情，写妙龄少女正值闲暇之际，有贵公子密约相会。前两句写景，中间写女子小船醉眠，最后写公子写书相约。

黄家洞①

雀步蹙沙声促促②，四尺角弓青石镞③。黑幡三点铜鼓鸣④，高作猿啼摇箭箙⑤。彩巾缠跨幅半斜⑥，溪头簇队映葛花⑦。山潭晚雾吟白鼍⑧，竹蛇飞蠹射金沙⑨。闲驱竹马缓归家⑩，官军自杀容州槎⑪。

[注释]

①作于元和二年至三年（807~808）间，写唐朝官府攻黄家洞事。黄家洞：唐代居住于广东、广西的少数民族称西原蛮，其中黄姓的部分，称黄洞蛮，聚居于广西左、右江一带。黄家洞人不堪唐王朝的残酷压迫，多次起义，《资治通鉴》及《新唐书》有关于贞元十年（794）、元和十一年（816）黄洞蛮起兵的记载。②雀步：行步如麻雀跳跃，形容步伐轻捷。蹙（cù）：同

"蹴",踢,跺。促促:沙上跃走声。③角弓:兽角镶嵌的弓。青石镞:青石磨制的箭头。《后汉书·东夷传·挹娄》载:"(挹娄国)弓长四尺,力如弩矢,用楛长一尺八寸,青石为镞。"这里形容黄家洞人弓箭特殊。④铜鼓:古代南方少数民族用铜制成大鼓,聚集或征战时敲击。《隋书·地理志》记载:"诸獠……铸铜为大鼓。……俗好相杀,多构仇怨,欲相攻,则鸣此鼓,到者如云。"⑤箙(fú):箭袋。⑥蹻(qiāo):足胫。幅:彩巾之幅,即后来之绑腿,折而斜缠。⑦葛花:葛,藤本,有块根,夏季开花,蝶形花冠,紫色,总状花序。茎皮纤维,可织葛布或做造纸原料。⑧鼍(tuó):也叫鼍龙或扬子鳄,通称猪婆龙,爬行动物,体长两米多,背部、尾部有鳞甲,力大嗜睡,皮可制鼓。⑨竹蛇:一种毒蛇,俗名竹叶青。飞蠹:一种毒虫。与竹蛇同色。射金沙:传说南方有毒虫名蜮,能于水中含沙射人影,中之则病。⑩竹马:折竹枝当马骑,是一种儿童游戏。一说此为蛮中运载之具。⑪容州:唐代为容管经略使治所,即今广西容县。槎(chá):对南方百姓的一种称呼。吴正子注:"谓官军不能得真蛮,自执百姓以杀之。"

[评析]

这首诗描写了黄家洞人的奇异的服装、行动、武器、险恶的居住环境、作战的英勇等方面,讽刺了唐朝军队打败仗后杀害无辜冒充战果的可耻行径。同情少数民族,揭露政府军队的恶行,这是古代诗歌发展史上极为罕见的诗篇。

屏风曲

蝶栖石竹银交关①,水凝绿鸭琉璃钱②。团回六曲抱膏兰③,将鬟镜上掷金蝉④。沈香火暖茱萸烟⑤,酒觥绾带新承欢⑥。月风吹露屏外寒,城上乌啼楚女眠⑦。

[注释]

①交关:两扇屏风连接处的铰链,相当于今天的合页。②绿鸭:鸭头绿,

指水色。琉璃钱：屏风上镶嵌的琉璃制成的荷叶。③团回：曲折回绕。六曲：十二扇屏风叠作六曲。抱：围绕。膏兰：灯油，代指灯。④金蝉：蝉形金钗。⑤茉荑：椒类植物，燃后气味芳香。⑥酒觥（gōng）：兽角做的酒器。绾（wǎn）带：结婚时，用带子结住两只酒杯，称合卺杯。⑦楚女：泛指南方女子。

[评析]

这首诗通过描写屏风内外两种不同的生活，表达作者对挥霍豪奢生活的谴责和对贫苦妇女的深切同情。前五句极力描摹贵妇人的奢华、骄纵，第六句点明这是贵妇的新婚，结尾两句冷冷收场。一屏之隔，苦乐悬殊，作者用意于此可见。此诗逐句押韵，前人称为柏梁体，情调仿齐梁艳曲。

南山田中行①

秋野明，秋风白②，塘水漻漻虫啧啧③。云根苔藓山上石④，冷红泣露娇啼色⑤。荒畦九月稻叉牙，蛰萤低飞陇径斜⑥。石脉水流泉滴沙⑦，鬼灯如漆点松花⑧。

[注释]

①元和四年（809）李贺进士落第归昌谷后作。②秋风白：梁元帝《纂要》："秋日白藏，气白而收藏万物……风曰商风、素风。"③漻（liáo）漻：水清深的样子。啧（zé）啧：虫鸣声。④云根：云脚，深山浓云升起的地方。张协《杂诗》："云根临八极，雨足洒四溟。"⑤冷红：凄冷的红花。⑥蛰萤：萤低飞不起，有如蛰伏。⑦石脉：石隙。⑧鬼灯：磷火。漆：漆灯，古代安置在坟墓中的一种以石漆为燃料的灯。

[评析]

这首诗写诗人在南山稻田中漫步时见到的深秋景色，以秋天的旷野为背景，通过对瑟瑟秋风中凄鸣的昆虫、山石上的苔藓、低飞的萤火虫、荒坟中闪烁的磷火等景物的描写，展现出一派荒凉凄冷而略带恐怖的景象。此诗多用冷色调词语，风格幽静凄冷，这是李贺诗的突出特点。

贵主征行乐①

奚骑黄铜连锁甲②，罗旗香干金画叶③。中军留醉河阳城④，娇嘶紫燕踏花行⑤。春营骑将如红玉⑥，走马捎鞭上空绿⑦。女垣素月角呦呦⑧，牙帐未开分锦衣⑨。

[注释]

①作于元和五年（810），李贺任奉礼郎不久。贵主：中贵人做主帅，一说是公主。②奚：宦官。连锁甲：一种五环相连的铠甲，若一环受箭，诸环拱护，箭不能入。周益公《二老唐诗话》："今谓甲之精细者为锁子甲，言其相衔之密也。"③"罗旗"句：以罗为旗，香木作杆，并以金涂画，极言奢华。罗旗，丝绸做的旗子。香干，香木制作的旗杆。④中军：主将所在的军营。河阳：古县名，春秋晋邑。汉置县，治所在今河南孟州西。南临黄河，向为洛阳外围重镇。⑤紫燕：古代良马名，借指骏马。据陶宗仪《说郛》卷三一引《漂粟手牍》，相传西汉宫中一匹母马吞食一只紫燕，生下马驹，日行数百里，号称紫燕。刘劭《赵郡赋》："其良马则飞兔、奚斯、常骊、紫燕。"⑥春营：春天的营地。红玉：红色玉石，后指女子肤色，这里形容骑马将领醉后容颜。葛洪《西京杂记》卷一称赵飞燕姊妹二人"色如红玉"。⑦捎：掠，拂动。空绿：天际。⑧女垣：即女墙，城垛。素月：淡白月亮。角：军中号角。呦呦：柔细之声。⑨牙帐：主将所居营帐，因帐前建有牙旗，故名。分锦衣：把锦绣衣服赏给下属。

[评析]

元和年间王承宗反叛，四年十月，朝廷命吐突承璀统兵讨伐王承宗，但是吐突承璀为人骄纵，生活奢靡，威令不振。这首诗就是李贺针对此事而发的感慨,通过对装饰豪华的铠甲、旗帜和将士的醉态等一系列描写,暴露了吐突承璀以行军为乐、军纪涣散、滥赏无度的事实,具有讽刺意味。一说该诗讽刺公主春日模仿行军为乐的奢侈。

酒罢,张大彻索赠诗,时张初效潞幕①

长鬣张郎三十八②,天遣裁诗花作骨③。往还谁是龙头人④?公主遣秉鱼须笏⑤。水行青草上白衫⑥,匣中章奏密如蚕⑦。金门石阁知卿有⑧,豸角鸡香早晚含⑨。陇西长吉摧颓客⑩,酒阑感觉中区窄⑪。葛衣断碎赵城秋⑫,吟诗一夜东方白。

[注释]

①作于元和九年(814),时李贺初到潞州。张彻(777~821):韩愈门人及侄婿,排行第一,故称张大彻。韩愈《故幽州节度判官、赠给事中、清河张君墓志铭》:"张君名彻,字某,以进士累官至范阳府监察御史。"初效潞幕:新就职于潞州幕府。潞州,唐朝州名,在今山西长治。②长鬣(liè):形容张彻长着美髯长须。《北齐史·许惇传》载:"许惇美须,下垂至带,省中号长鬣公。"③裁诗:作诗。花作骨:即锦心绣口之意。④往还:交往的人。龙头人:最杰出的人。《三国志·魏志·华歆传》裴松之引《魏略》:"华歆与北海邴原、管宁俱游学,三人相善,时人号三人为一龙。歆为龙头,原为龙腹,宁为龙尾。"⑤秉:执。笏(hù):古时自天子至士,皆执笏。鱼须笏:由鱼须文竹做成的笏。《礼记·玉藻》:"笏,天子以球玉,诸侯以象,大夫以鱼须文竹,士竹本象可也。"⑥白衫:唐时,平民穿白衣,八品、九品官员穿青衣。青草上白衫:说他初入仕途,脱白着青。⑦密如蚕:此句是说张彻勤于政务,草拟了许多奏章;一说张彻的字密密麻麻。⑧金门石阁:原指金马门、石渠阁,后来借指文学侍从。《三辅黄图》:"金马门,宦者署,武帝得大宛马,以铜铸像,立于署门,因以为名。东方朔、主父偃、严安、徐乐,皆待诏

金马门。……石渠阁,萧何所造,其下砻石为渠以导水,若今御沟,因为阁名。以藏入关所得秦之图籍。至于成帝(刘骜),又于此藏秘书焉。"⑨豸(zhì):传说中的异兽,一角,能辨别是非,见人争斗就去顶坏人。杜佑《通典》卷五十七:"法冠一名獬豸冠,一角,为獬豸之形。御史台监察以上服之。"鸡香:鸡舌香。《汉官仪》:"尚书郎郎含鸡舌香伏奏事。"贾思勰《齐民要术》:"鸡舌香,治口气,所以三省故事,郎官含鸡舌香,欲其奏事对答,其气芬芳。""豸角鸡香早晚含"是说张彻早晚有一天会当上御史郎官。⑩陇西:唐代皇室出自陇西李氏,李贺为皇室后裔,所以称皇室郡望。摧颓:仕途不顺,到处碰壁。⑪中区:胸腔部位,心中。⑫葛衣:葛布衣。赵城:县名。唐时在河东道,属平阳郡。在今山西霍州南。

[评析]

这首诗是酒席过后,应友人张彻请求而写的应景诗篇。诗歌赞扬了张彻长髯俊美、富于才华、勤于政事,诗人坚信张彻将来必然会成为郎官,位居清要。这既是称许,也表达了对友人的美好祝福。"吟诗一夜东方白"点出二人的深厚情谊,同时诗中也写出了自己的郁郁落魄,心怀惆怅,而这正是长安失意后来到潞州的初衷。后来李贺在潞州三年,辅佐张彻处理政务。

罗浮山人与葛篇①

依依宜织江雨空②,雨中六月兰台风③。博罗老仙时出洞④,千岁石床啼鬼工⑤。蛇毒浓凝洞堂湿⑥,江鱼不食衔沙立⑦。欲剪湘中一尺天⑧,吴娥莫道吴刀涩⑨。

[注释]

①罗浮山:岭南名山罗山与浮山的合称,在今广东增城、博罗、河源等县市间。②依依:轻柔的样子。江雨空:空濛江雨,比喻葛布轻柔细密。③兰台风:凉爽的风。兰台,楚宫名。宋玉《风赋》说楚襄王游兰台宫,有风飒

然而至，王乃披襟当之，曰："快哉，此风！"④博罗老仙：指罗浮山人。⑤石床：山洞中之平滑大石。啼：惊叹。鬼工：鬼斧神工，指技艺高超。⑥蛇毒浓凝：洞内闷热潮湿，蛇毒气凝而不散。⑦江鱼不食：形容水热。⑧湘中一尺天：形容葛布晶莹洁白。杜甫《题王宰书山水图歌》："焉得并州快剪刀，剪取吴松半江水。"⑨吴娥：吴地女子。吴刀：吴地剪刀。

[评析]

罗浮山人赠送诗人一块葛布，引起诗人遐思无际。诗的前四句描写葛布织工的精妙，后四句描写暑日炎热正需这块布料裁制衣服。诗想象丰富，构思奇特，比喻新奇，诡异绮丽。用"江雨空"、湘中水来比喻葛布的细密、晶莹，用蛇、鱼的活动来形容酷暑，给人耳目一新之感。诗人虽然没有直接表达对山人的感激，而一种浓郁真切的感激之情已经溢于笔端，感人至深。

仁和里杂叙皇甫湜①

大人乞马瘦乃寒②，宗人贷宅荒厥垣③。横庭鼠径空土涩④，出篱大枣垂珠残。安定美人截黄绶⑤，脱落缨裾暝朝酒⑥。还家白笔未上头⑦，使我清声落人后。枉辱称知犯君眼⑧，排引才升强絚断⑨。洛风送马入长关，阊扇未开逢猰犬⑩。那知坚都相草草⑪，客枕幽单看春老。归来骨薄面无膏，疫气冲头鬓茎少⑫。欲雕小说干天官⑬，宗孙不调为谁怜⑭？明朝下元复西道⑮，崆峒叙别长如天⑯。

[注释]

①元和三年（808）十月作于洛阳，时皇甫湜（shí）新任陆浑尉，途经洛阳。仁和里：唐代洛阳街坊名。《河南志》引韦述《两京记》："此坊北侧数坊，去朝市远，居止稀少，唯园林滋茂耳。"皇甫湜：字持正，睦州新安人，

擢进士及第，仕至工部郎中，诗文颇有名气，很赏识李贺。②大人：父辈尊长之称。癯（qú）：瘦弱。乃：而且。③宗人：族人。贷：租借，租赁。厥（jué）：其，第三人称代词。④鼠径：老鼠出没之地。涩：不光滑，不平整。⑤安定美人：指皇甫湜。后汉以来，安定（今甘肃泾川县北）就是皇甫氏的郡望，古时贤者又称美人。《诗经·邶风·简兮》："云谁之思？西方美人。"黄绶：《汉书注》："丞尉职卑，皆黄绶。"因湜为尉，故借用之。唐代五品以上始有绶，县尉系九品，无绶。《唐六典》："凡绶，亲王纁朱绶，一品绿綟绶，二品、三品紫绶，四品青绶，五品黑绶。"⑥脱落缨裾：说皇甫湜狂放不羁，不以官职为重。缨裾，官服。暝：夜。⑦白笔：古代官员夹在朝板上记事情的笔，后来仅为仪式。《新唐书·车服志》："七品以上，以白笔代簪，八品、九品去白笔。"当时皇甫湜为九品，故而说"白笔未上头"。⑧犯君眼：蒙您赏识。犯，辱。⑨排引：援引，引荐。絙（gēng）：大粗绳。⑩阖扇：门扇。猤（jiá）犬：疯狗。⑪坚都：即刀坚与丁君都。吴汝纶注："刀坚、丁君都，古善相马者。"此处指考官。⑫疫气：疫病之气。⑬雕：雕虫篆刻之意。小说：《庄子·外物》："饰小说以干县令。"干：干谒。天官：白居易《白帖》："吏部为天官。"主选官授职事。⑭宗孙：贺为唐宗室之后，故自称宗孙。不调：没有被选中。⑮下元：古代正月十五为上元节，七月十五为中元节，十月十五日为下元节，称三元。⑯崆（kōng）峒（tóng）：乐史《太平寰宇记》："禹迹（九州）之内，山名崆峒者有三：一在临洮，一在安定，一在汝州。"汝州与陆浑近。一说是洛阳，因为古人认为北极星位居天正中，洛阳是地之中心，北斗之下是崆峒。此处应该指洛阳。

[评析]

作为长辈，皇甫湜是较早赏识和提携李贺的人。元和三年他离开长安，前往陆浑赴任，途经洛阳时，与李贺相会。李贺深感失去了一位引荐人，加之贫困缠身，感到仕途渺茫。诗人面对皇甫湜倾诉衷肠，叙述了自己人生的坎坷不平，抒发了内心的愤懑、对考官不公的怨恨，以及援引无望的失落，情辞哀苦，读来悲怆感人。

宫娃歌①

蜡光高悬照纱空，花房夜捣红守宫②。象口吹香毾㲪暖③，七星挂城闻漏板④。寒入罘罳殿影昏⑤，彩鸾帘额着霜痕。啼蛄吊月钩栏下⑥，屈膝铜铺锁阿甄⑦。梦入家门上沙渚，天河落处长洲路⑧。愿君光明如太阳，放妾骑鱼撇波去⑨。

[注释]

①元和六年（811）前后作。宫娃：宫中美女。《广雅》："吴俗谓好女为娃。"②红守宫：红色蜥蜴制成的守宫朱砂。张华《博物志·戏术》："蜥蜴或名蝘蜓，以器养之，食以丹砂，体尽赤，所食满七斤，治捣万杵，点女人肢体，终身不灭。惟房室事则灭，故又号守宫。"③象口吹香：周嘉胄《香乘》卷十："香兽以涂金为狻猊、麒麟、凫鸭之状，空中以燃香，使烟自口出，以为玩好。复有雕木埏土为之者。"这里指象形香炉。毾（tà）㲪（dēng）：毛毯。④七星：北斗星，有七颗星。漏板：随更漏敲击用以报时的铜板。⑤罘（fú）罳（sī）：阻挡鸟雀的一种网，装在屋檐下。⑥蛄（gū）：蝼蛄，一种短翅膀四足昆虫。《陕西通志》卷四十四引《本草衍义》："此虫立夏后，至夜则鸣，声如蚯蚓。"钩栏：高下曲折的栏杆。⑦屈膝：即屈戌，门上的铰链。铜铺：大门上上锁的兽面环钮。阿甄（zhēn）：魏文帝曹丕的甄后。《三国志·魏志》："甄皇后，中山无极人……文帝纳后于邺，有宠……郭后、李阴贵人并爱幸，后愈失意。"此处泛指失宠宫女。⑧长洲：地名。唐时属苏州，今属吴江市。⑨骑鱼撇波：意思是说只要君王肯施恩泽，放我们回家，纵然没有船，也要骑鱼而返。极言思乡心切。王褒《四子讲德论》："故屦䲢撇波而济水，不如乘舟之逸也。"撇波，击水。

[评析]

这是首反映宫女幽怨的诗，生动地反映了宫女凄凉悲惨的生活和对自由的渴望，揭露了封建君王的荒淫残暴。前四句描写宫中富丽冷清的景象。中间四句描写天将拂晓时的冷清,景物描写衬托出宫女的凄苦境地。最后四句写宫女的思乡之苦,迫切希望弃君王而去的愿望,这在宫怨诗中较为罕见。因为一般的宫怨诗多是描写宫女的不幸与期盼得到君王宠幸的心情,而宫女放还在历史上几乎是不可思议的事情。全诗意境深沉,用语含蓄,抨击有力。

堂 堂①

堂堂复堂堂②,红脱梅灰香③。十年粉蠹生画梁④,饥虫不食摧碎黄⑤。蕙花已老桃叶长⑥,禁院悬帘隔御光⑦。华清源中礜石汤⑧,徘徊白凤随君王⑨。

[注释]

①堂堂:乐府曲名。一指陈隋乐府,相传为陈后主所创,属于角调,唐代为法曲;一指唐高祖朝所创角调曲。②堂堂:双关语,一是按照乐府体式,重复曲名以起兴;一是形容宫殿堂室重叠,以起叹息。③红脱梅灰:泥灰脱落。④粉蠹(dù):蛀虫。⑤碎黄:蛀虫蛀出的灰屑,年久发黄。⑥蕙花:香草名,暮春开花。⑦御光:皇帝的容颜。⑧华清:即华清宫。源:温泉水源。礜(yù)石:矿石,色白,性火热,温泉中即有此石。⑨徘徊:来回走动。白凤:神仙侍从所骑神鸟,这里比喻皇帝侍从。

[评析]

这首诗通过描写离宫长久遭遗弃而呈现一片颓废衰败景象,表现宫女长期遭受冷落。虽然没有直接写宫女的哀愁,但宫女的凄凉落寞跃然纸上。结尾二句以华清宫的热闹受宠场面作对比,更反衬出失宠宫女的凄苦。诗借描写宫女愁怨,寄寓被弃置不用的哀怨。

勉爱行二首送小季之庐山①

一

洛郊无俎豆②,弊厩惭老马。小雁过炉峰③,影落楚水下④。长船倚云泊,石镜秋凉夜⑤。岂解有乡情?弄月聊呜哑⑥。

[注释]

①作于元和八年(813)李贺辞官返家后。勉爱:勉力自爱。小季:年岁最小的弟弟。②俎(zǔ)豆:俎和豆,古代祭祀时盛放牺牲和菹(zū)醢(hǎi)的两种器皿,这里指饯行的酒食。③小雁:喻小弟。炉峰:庐山香炉峰。④楚水:此指鄱阳湖。⑤石镜:庐山中山峰名,在赣州城西二十五里,为江西境内名山。郦道元《水经注·庐江水》:"山东有石镜,照水之所出。有一圆石,悬崖明净,照见人形。晨光初散,则延曜入石,毫细毕察,故名石镜焉。"⑥呜哑:孤雁鸣叫声,比喻征人思乡咏叹。

[评析]

诗人设想弟弟远行途中对家乡的思念,含蓄地表达了自己对弟弟的思念。前两句写饯别弟弟的情形,点明自己的窘迫与愧疚;后几句设想弟弟庐山远行途中的思乡之苦。写自己的感情,不直接点明,而设想对方如何,这样的表达方法,更为含蓄真挚。

二

别柳当马头①,官槐如兔目②。欲将千里别,持此易斗粟③。南云北云空脉断④,灵台经络悬春线⑤。青轩树转月满床⑥,下国饥儿梦中见⑦。维尔之昆二十余⑧,年来持镜颇有须。辞家三载今如此,索米王门一事无⑨。荒沟古水光如刀⑩,庭南拱柳生蛴蠀⑪。江干幼客真可念⑫，郊原晚吹悲号号⑬。

[注释]

①别柳：驿站多植柳，行人于此送别。马头：水陆要道。一说当马头是柳条拂马头部。②官槐：官道所植槐树。兔目：指初生槐叶。《艺文类聚》卷八十八引《庄子》："槐之生也，入季春五日而兔目，十日而鼠耳。"③易斗粟：换些生活必需品，谋生。④南云北云：比喻兄弟分别如云之在南北，两不相见。⑤灵台：心。《庄子》："不可纳于灵台。"经络：思绪。⑥青轩：犹白屋，贫寒人家的房子。⑦下国：指江西，对京师而言。⑧昆：兄长。⑨索米：指领薪俸。班固《汉书·东方朔传》："无令但索长安米。"⑩古水：积水。⑪拱柳：可以合抱的柳树。蛴（qí）蠀（cáo）：地蚕，状如蚕而大，生树根及粪土中；又有蠋蛴，生树木中，蠹木作孔，又叫蛀虫。古人于此二物多混淆。⑫江干：江边。幼客：指弟弟。⑬晚吹：傍晚的角声或风声。

[评析]

李贺家境贫寒，为了谋生，小弟远行庐山。诗人写出自己的自责、对弟弟的牵挂和对现实生活的不满与无奈。诗分四层，开篇写与小弟相别；次写兄弟、母子别后之情；再写自己愧疚之情，二十多岁而不能养家糊口，致令幼弟外出谋生；最后写家境贫困，家人分离，念弟之凄苦。全诗层次分明，情思缠绵。

致酒行①

零落栖迟一杯酒②，主人奉觞客长寿。主父西游困不归③，家人折断门前柳。吾闻马周昔作新丰客④，天荒地老无人识⑤。空将笺上两行书⑥，直犯龙颜请恩泽⑦。我有迷魂招不得⑧，雄鸡一声天下白。少年心事当挐云⑨，谁念幽寒坐呜呃⑩。

[注释]

①《文苑英华》于题下有"至日长安里中作"七字，诗作于李贺官奉礼

郎时期（810~813）。致酒：祝酒。行：古代诗歌的一种体裁。②零落：原指草木凋零，引申为困顿失意。栖迟：滞留、蹭蹬、漂泊。③主父：即主父偃，为汉武帝时期齐国人。家贫困，北游燕赵，无所遇合，于是西游长安，久困不归。后上书汉武帝，得到重用，官拜齐相。④马周：唐太宗时人，西游长安，宿于新丰旅店，遭主人冷落。后代中郎将常何向太宗上书言二十多件事情，太宗很满意，常何奏明真相，太宗即日召见，令直门下省。后马周又连续上疏奏事，受太宗称赏，先后授监察御史、给事中、中书令等官。⑤天荒地老：时间久长。⑥笺：纸，这里指奏章。⑦龙颜：指皇帝颜貌，代指皇帝。恩泽：君主给予的恩惠。⑧迷魂：迷失的魂魄，迷茫的心情。⑨心事：志向。拏（ná）云：拂云、高举的意思。"拏"通"拿"。⑩幽寒：幽寂冷清。坐：徒然。呜呃（è）：悲叹之声。

[评析]

李贺参加科举考试，因被人诬为犯家讳而受阻，困守长安。诗采用主客对答的方式，抒发了仕途遇挫的郁闷与解脱，充满奋发向上的激情。前两句写自己在落拓潦倒之中得到了友人的款待和祝福；紧接着六句是友人劝慰的话，以主父偃和马周为例，劝他不要灰心丧气，可以通过其他途径以求功名；末四句是诗人对友人的回答，表明了自己志向的坚定高远，以及对前途充满信心。

长歌续短歌①

长歌破衣襟，短歌断白发。秦王不可见②，旦夕成内热③。渴饮壶中酒，饥拔陇头粟④。凄凉四月阑⑤，千里一时绿。夜峰何离离⑥，明月落石底。徘徊沿石寻，照出高峰外。不得与之游⑦，歌成鬓先改⑧。

[注释]

①作于元和五年至八年（810~813）李贺官奉礼郎时。长歌续短歌：古

乐府有《长歌行》、《短歌行》，多写人生苦短，当及时行乐。晋傅玄《艳歌行》有"咄来长歌续短歌"句，本诗题目即取其意。②秦王：此处指宪宗。③内热：内心炽热。《孟子·万章上》："不得于君，则热中。"④陇头：田间地头。粟：谷物，泛指粮食。⑤阑：尽。⑥离离：重叠罗列。⑦之：指唐宪宗。⑧鬓先改：鬓发已经斑白。

[评析]

　　这首诗运用比兴的手法，将唐宪宗比作"秦王"、"明月"，表现了自己的落魄困苦，委婉含蓄地表述了自己渴求仕进的迫切愿望和对朝政的不满。

公莫舞歌①并序

　　《公莫舞歌》者，咏项伯翼蔽刘沛公也②。会中壮士，灼灼于人③，故无复书；且南北乐府率有歌引。贺陋诸家④，今重作公莫舞歌云。

　　方花古础排九楹⑤，刺豹淋血盛银罂⑥。华筵鼓吹无桐竹⑦，长刀直立割鸣筝⑧。横楣粗锦生红纬⑨，日炙锦嫣王未醉⑩。腰下三看宝玦光⑪，项庄掉鞘栏前起⑫。材官小尘公莫舞⑬，座上真人赤龙子⑭。芒砀云瑞抱天回⑮，咸阳王气清如水⑯。铁枢铁楗重束关⑰，大旗五丈撞双镮⑱。汉王今日须秦印⑲，绝膑刳肠臣不论⑳。

[注释]

①公莫舞：乐府古题，以鸿门宴为题材。《宋书·乐志》载："公莫舞，今之巾舞也。相传云项庄舞剑，项伯以袖隔之，使不得害汉高祖，且语庄云：'公莫。'古人相呼曰公，云莫害汉王也。"②项伯翼蔽刘沛公：项羽听从谋士范增计谋，在鸿门设宴，邀沛公刘邦赴宴，命项庄席间舞剑，伺机杀害刘邦。

项伯随之起舞,用衣袖挡住项庄,掩护刘邦,并对项庄说:"公莫。"汉人以巾象项伯衣袖,创巾舞,即公莫舞。③会:鸿门宴会。壮士:樊哙。灼灼:威武貌。④陋:嫌诸家歌行鄙陋。⑤方花古础:垫在柱子下面雕有花纹的方石。础,柱下基石。楹:柱。此处一室九柱写室大。⑥刺豹淋血:杀死豹子,将它的血注入杯中饮酒。罂(yīng):酒器。⑦鼓吹:鼓吹曲,一种军乐。桐:琴瑟等桐制乐器。竹:笙箫等竹制乐器。桐竹,泛指乐器。⑧长刀直立:兵器林立。长刀,唐代流行的一种冷兵器,双刃,长一丈,名陌刀。割鸣筝:指刀光闪烁,映照在古筝上,好像要割断筝弦似的。此处写宴会中充满杀伐之气。⑨楣:门上横木。生红纬:闪耀着红色光芒。⑩日炙:日光如烤。锦嫣:锦色艳丽。⑪宝玦(jué):环形有缺口的玉佩。范增三次举玉玦示意项羽不要犹豫,立即下手。⑫鞘(qiào):剑套。⑬材官:骑射之官,指项庄。⑭真人:原指有道之人,此处指帝王,即刘邦。赤龙子:赤帝之子。⑮芒砀(dàng):两山名,均在今河南永城东北。云瑞:相传刘邦起兵前隐居芒砀山中,头顶有祥云笼罩。⑯咸阳:秦都城。王气:帝王之气。此句是说秦将灭亡。⑰铁枢铁楗(jiàn):比喻秦关城牢固。枢,门臼。楗,门闩。重束关:紧闭关塞。⑱大旗:刘邦军旗。双镮(huán):门上双铁环。⑲须秦印:须代替秦掌管天下大印。⑳绝:挖掉。膑(bìn):膝盖骨。刳(kū):剖。臣:樊哙自称。不论:不计较。

[评析]

诗人描写鸿门宴事件,歌颂刘邦统一天下,表达了诗人反对藩镇割据、渴望英明帝王出现和向往统一、崇尚英雄的情怀。

昌谷北园新笋四首①

一

箨落长竿削玉开②,君看母笋是龙材③。更容一夜抽千尺,别却池园数寸泥④。

[注释]

①北园为李贺读书处,这组诗写作时间不一。②箨(tuò):笋壳。削玉:比喻新笋光洁如玉。③龙材:传说笋为龙孙。范晔《后汉书·费长房传》载:"长房辞归,翁与一竹杖,曰:'骑此任所之,则自至矣!既至,可以杖投葛陂中也。……'长房乘杖,须臾来归,自谓在家适经旬日,而已十余年矣。即以杖投陂,顾视,则龙也。"④别却:离开。

[评析]

这首诗称颂新笋玉貌可人、生机勃勃,暗寓自己才气过人,迥出流俗,表现了诗人奋发有为、积极向上的激情。此诗应该是诗人少年时期作品。

二

斫取青光写楚辞①,腻香春粉黑离离②。无情有恨何人见,露压烟啼千万枝③。

[注释]

①斫(zhuó):砍,此处作刮取讲。青光:竹子颜色绿而鲜亮,这里指竹皮。楚辞:原指屈原、宋玉等人的辞赋,此处李贺指自己的诗。②腻香:浓香。春粉:竹皮上的白色粉末。黑离离:一行行的墨迹,指诗句。③露压烟啼:叶上露珠和烟滴落。

[评析]

这首诗写自己于竹上题诗,放眼望去,翠竹含愁带恨,因而念及自己的诗歌无人赏识。诗人即景生情,含蓄地表达了怀才不遇的愁闷。诗人将自己的作品比作楚辞,表现了诗歌创作的审美趋尚,屈原怀才不遇,自己又何尝不是如此呢?

三

家泉石眼两三茎①,晓看阴根紫陌生②。今年水曲春沙上,笛管新篁拔玉青③。

[注释]

①家泉：住宅附近的泉水。石眼：石缝。②阴根：土中蔓延生长的竹根。紫陌：郊野道路。③新篁：新竹。拔玉青：笋拔地而起，成为碧玉般的新竹。

[评析]

这首诗与第一首立意相同。写拂晓看到竹笋，联想到竹子挺拔玉立的样子，竹子生长于泉石之间，长于道路上，显示了勃勃生机，寄寓了诗人奋发向上的激情。

四

古竹老梢惹碧云①，茂陵归卧叹清贫②。风吹千亩迎雨啸，鸟重一枝入酒樽③。

[注释]

①古竹：多年的竹子。惹：拂拭。②茂陵归卧：据司马迁《史记·司马相如列传》记载，司马相如因病免职，家居茂陵，家无长物。诗人以此自喻。③入酒樽（zūn）：风吹之下，竹影、鸟影映入酒杯。

[评析]

前几首诗写竹笋、新竹，这首诗写老竹，表现自己虽然家居贫苦却时有雅兴。也有人理解作诗人饮酒赏竹以排解愁绪。"梢惹碧云"，写出竹子"高大"；"千亩"说竹林广漠无边，风吹竹林，其声若何？飞鸟群集，竹影倒映，一临此境，俗念顿减。

恼 公①

宋玉愁空断②，娇娆粉自红③。歌声春草露，门掩杏花丛。注口樱桃小，添眉桂叶浓。晓奁妆秀靥④，夜帐减香筒⑤。钿镜飞孤鹊⑥，江图画水荇⑦。陂陀梳碧凤⑧，腰袅带金虫⑨。杜若含清露⑩，河蒲聚紫茸⑪。月分蛾黛破⑫，花合靥朱融⑬。发重疑盘雾，腰轻乍倚风。密书题豆蔻⑭，隐语笑芙蓉⑮。莫锁茱萸匣⑯，休开翡翠笼⑰。弄珠惊汉燕⑱，烧蜜引胡蜂⑲。醉缬抛红网⑳，单罗挂绿蒙㉑。数钱教姹女㉒，买药问巴賨㉓。匀脸安斜雁㉔，移灯想梦熊㉕。肠攒非束竹㉖，胘急是张弓㉗。晚树迷新蝶，残霓忆断虹㉘。古时填渤澥㉙，今日凿崆峒㉚。绣沓褰长幔㉛，罗裙结短封㉜。心摇如舞鹤㉝，骨出似飞龙㉞。井槛淋清漆，门铺缀白铜㉟。隈花开兔径㊱，向壁印狐踪㊲。玳瑁钉帘薄㊳，琉璃叠扇烘㊴。象床缘素柏㊵，瑶席卷香葱㊶。细管吟朝幌㊷，芳醪落夜枫㊸。宜男生楚巷㊹，栀子发金墉㊺。龟甲开屏涩㊻，鹅毛渗墨浓㊼。黄庭留卫瓘㊽，绿树养韩冯㊾。鸡唱星悬柳，鸦啼露滴桐。黄娥初出座㊿，宠妹始相从(51)。蜡泪垂兰烬(52)，秋芜扫绮栊(53)。吹笙翻旧引(54)，沽酒待新丰(55)。短佩愁填粟(56)，长弦怨削嵩(57)。曲池眠乳鸭，小阁睡娃僮(58)。褥缝篸双线(59)，钩绦辫五骢(60)。蜀烟飞重锦(61)，峡雨溅轻容(62)。拂镜羞温峤(63)，薰衣避贾充(64)。鱼生玉藕下，人在石莲中(65)。含水弯蛾翠(66)，登楼潠马鬉(67)。使君居曲陌(68)，园令住临邛(69)。桂火流苏暖(70)，金炉细炷通(71)。春迟王子态(72)，莺啭谢娘慵(73)。玉漏三星曙(74)，铜街五马逢(75)。犀株防胆怯(76)，银液镇心忪(77)。跳脱看年命(78)，琵琶道吉凶(79)。王时应七夕(80)，夫位在三宫(81)。无力涂云母(82)，多方带药翁(83)。符因青鸟送(84)，囊用绛纱缝(85)。汉苑寻官柳(86)，河桥阂禁钟(87)。月明中妇觉(88)，应笑画堂空。

［注释］

①恼公：解释不一，王琦说是乐府《恼怀》一类，以狭邪游戏为主要内容。②宋玉：战国时期楚国人，据传为屈原弟子，著名的辞赋家。这里比喻男子，一说是诗人自称。③娇娆：东汉宋子侯有诗《董娇娆》，杜甫《春日戏题

恼郝使君兄》:"细马时鸣金腰褭,佳人屡出董娇娆。"此处比喻女子,当为洛阳一妓女。粉自红:艳丽天然。④奁(lián):女子梳妆所用镜匣。靥(yè):古代女子的一种妆饰,以脂粉点两颊。⑤减:火将灭时香气微弱。香筒:帐中烧香器具。⑥钿镜:嵌金屑丝于镜背。孤鹊:镜背鹊形图案。《太平御览》卷七一七引《神异经》记载:昔有夫妻将别,破镜,人执半以为信。其妻与人通,其镜化鹊,飞至夫前。其夫乃知之。后人因铸镜为鹊安背上,自此始也。⑦"江图"句:画江景、水漠草于屏风上。⑧陂陀:高低不平貌。碧凤:凤形发髻。⑨腰褭:婉转摇曳的样子。金虫:钗上点缀的金质蝴蝶、蜻蜓等昆虫。宋祁《益部方物略记·金虫》:"出利州山中,蜂体,绿色,光若金,里人取以佐妇钗环之饰云。"一说金虫即指金凤凰。⑩杜若:一种香草,味辛香。⑪河蒲:水生蒲草,初生时红白色,叶柔软。⑫蛾黛:用黛色描画眉毛。破:分开。⑬靥朱:用胭脂妆饰面颊。⑭豆蔻:花名,丛生,每一蕊心有两瓣相并,这里比喻同心相爱,忠贞不渝。⑮芙蓉:莲之别名,莲谐音为"怜",隐含爱怜之意。⑯茱萸匣:表面蒙以茱萸锦的衣匣。茱萸为古代著名锦缎之一,据陆翙《邺中记》记载,名锦有大茱萸、小茱萸等。吴均《拟古四首·秦王卷衣》:"玉检茱萸匣,金泥苏合香。"⑰翡翠笼:以翡翠羽毛装点的箱笼。翡翠,一种鸟名,嘴长而直,生活在水边,吃鱼虾之类。羽毛有蓝、绿、赤、棕等色,可做装饰品。⑱汉燕:体小而多声,颔下紫,又称紫燕。⑲胡蜂:一种昆虫,体大而黑,不会酿蜜,与蜜蜂不同。⑳醉缬(xié):即醉眼缬,织物上印染网眼的花纹。庾信《夜听捣衣诗》:"花鬟醉眼缬,龙子细文红。"㉑单罗:单丝罗。绿蒙:绿色的丝罗覆盖物,如巾帔一类。㉒姹女:美女,此指婢女。㉓巴賨(cóng):巴中一带人,此处借指僮仆。㉔斜雁:插在鬓边的钗。㉕梦熊:古人以为梦熊为生男孩的吉兆。全句言夜晚思情郎。㉖攒:攒聚,收束。㉗胘(xián):胃部厚肉。以上两句形容女子思念情郎时心情之紧张、急迫。㉘霓、虹:传说雨后出现彩虹,色鲜艳者为雄,叫做虹;色暗淡者为雌,叫做霓。本诗以霓喻女子,以虹喻男子。㉙渤澥(xiè):渤海。这里暗用精卫填海的神话,故而说"填渤澥"。据《山海经·北山经》记载,传说中炎帝女儿名女娃,溺死于东海,化作精卫鸟,常常衔西山木石填海。㉚凿崆峒:凿山岩以除去阻隔。崆峒,泛指山。㉛绣沓:绣带。《西曲歌·杨叛儿》："绣杏织成带，严帐信可怜。"褰（qiān）：掀起。㉜封：密合。在罗裙上打短结，密合罗上之纹理。㉝如舞鹤：形容心神不定。㉞骨出：写女子因思念而消瘦。语出南朝宋无名氏《读曲歌》："自从别郎后，卧宿头不举。飞龙落药店，骨出则为汝。"似飞龙：言其消瘦之状。㉟门铺：门上衔门环的兽形底座，以白铜制成。㊱兔径：院中小路。㊲狐踪：小路。㊳玳（dài）瑁（mào）：一种爬行动物，似乌龟，四肢具鳍足状，背甲有褐色或淡黄色相间花纹，可作饰品。㊴琉璃：天然有光彩的宝石。扇：屏风，常以六扇、八扇、十二扇组成，故称扇屏。烘：渲染、衬托。㊵象床：象牙装饰的床。缘素柏：象床之边，缀以素柏。㊶香蒬：即水葱，水生植物，中空，可以织席。㊷细管：笙箫类管乐器。幌：帷幔。㊸芳醪（láo）：美酒。落夜枫：夜饮酣醉，面红如丹枫之夜落。㊹宜男：宜男草，又名萱草，古人认为孕妇佩戴就会生男孩。㊺栀子：一种树木，叶子对生，花朵为六瓣。古人常用来比喻同心同德。梁刘令娴《摘同心栀子赠谢娘因附此诗》："同心何处恨，栀子最关人。"金墉：城名，在洛阳故城西北角，魏明帝筑。㊻龟甲：杂色玉石制成的纹络像龟甲的屏风。《初学记》卷二五引《洞冥记》："上（汉武帝）起神明台，上有杂玉为龟甲屏风。"㊼鹅毛：即鹅毛素，帛的一种，易渗墨，适宜题字。㊽黄庭：即《黄庭经》，道经之一。卫瓘（guàn）：汉末书法家，善草书。此句写其善书。㊾韩冯（píng）：又作韩凭、韩朋，宋国大夫，妻貌美。宋康王夺韩妻，并囚凭，韩凭遂自杀。康王携其妻登高台，韩凭妻暗中自裂衣裳，跳台自杀。衣带上有遗书，写道："愿与凭合葬。"康王怒，将二人分别埋葬，令两冢相望。不久，有大梓木生于二冢上，根交于下，枝连于上，有鸟如鸳鸯，常栖于其间，朝暮悲鸣。宋人以为此鸟即韩凭夫妇之精魂，称"韩凭鸟"。事见干宝《搜神记》卷十一。㊿黄娥：妓女中年长者。(51)宠妹：妓女中年幼者。(52)兰烬：蜡烛余烬。(53)秋芜：此处指采秋草所做扫帚。绮栊：绮窗。(54)翻：演奏。旧引：旧曲。(55)新丰：县名，在今陕西西安市临潼区东北。(56)"短佩"句：写佩玉上琢满粟文，如愁之多。(57)"长弦"句：写弦声上的怨情，无法削平。嵩，高山。(58)娃僮：幼小的婢仆。(59)篸（zān）：以针缝物。(60)绦（tāo）：编丝绳。五騘：用五股丝编成。騘，通"緫（zōng）"，缝的意思。(61)"蜀烟"句：以烟飞形容重锦之轻柔。重锦，熟而细的锦。(62)"峡雨"句：

以雨之飘洒形容轻容之质感与色泽。轻容，无花薄纱。⑥温峤：字太真，东晋人，据刘义庆《世说新语·假谲》载，温峤丧妻，恰好从姑刘氏一家避乱来寓，姑女有姿色，聪慧，请峤代为觅婚。峤问道："但如峤比如何？"过了几天，峤告从姑已觅得婿家，并送上聘礼。成婚之日，才知道夫婿是温峤。⑭贾充：字公闾，西晋人，刘义庆《世说新语·惑溺》载，韩寿美姿容，贾充辟以为司空掾。贾女见而悦之，使婢女潜通音问，寿因逾墙与女相会。女赠以西域奇香，香染衣，被贾充僚属发现，告充，乃拷问女婢，具知详情。充密其事，以女妻韩寿。⑥"鱼生"二句：采用谐音双关的手法，表达相思情苦。"鱼"谐音"娱"，"藕"谐音"偶"，"石莲"谐音"实怜"。⑯含水：含泪。弯蛾：弯曲的眉毛。⑰潠（sùn）：喷。鬉（zōng）：通"鬃"。唐传奇《柳毅传》载，龙子以银瓶水注马鬉，天即雨。这两句言女子登楼远眺，泪如雨下。⑱使君：用汉乐府《陌上桑》使君调戏罗敷诗意，喻指女子所思念的男子。⑲园令：指司马相如，曾任孝文园令。相如未达时，曾以琴声挑动临邛富豪卓王孙之女文君，文君夜奔相如，二人结为夫妻。⑳桂火：指燃烧桂枝一类香木或香料。流苏：流苏帐，帐沿有用彩色羽毛或丝线等制成的穗状垂饰物。㉑金炉：即燃桂火之烧香器。炷（zhù）：灯柱形状的燃烧物。㉒春迟：春天白昼漫长。王子：指女子所眷念的人。㉓谢娘：唐人多用萧娘、谢娘指称美女，此指诗中所咏之女子。慵：慵困。㉔玉漏：漏壶的美称。三星曙：暗用"见此良人"语意。《诗经·唐风·绸缪》："绸缪束薪，三星在天。今夕何夕，见此良人。"㉕铜街：洛阳铜驼街。五马逢：汉乐府《陌上桑》："使君从南来，五马立踟蹰。"此指男女双方相会。㉖犀株：犀角，入药，治心烦，止惊，故称防胆怯。㉗银液：水银、丹砂合成的药剂，可以安神镇心。忪（sōng）：心动不安貌。㉘跳脱：腕钏，即手镯。看年命：唐代相术之一，有看跳脱而知年命吉凶之法。㉙琵琶道吉凶：琵琶占卜是唐代流行的一种占卜方法。据张鷟《朝野佥载》卷二记载，女巫弹琵琶，焚香，为求卜者言吉凶。㉚王时：即旺时，良辰。应七夕：与牛郎织女七夕会合之期相应。㉛夫位：星象中丈夫所居位置。三宫：天有三宫，即紫宫、太微、文昌三星座。古代星相家常以天象与人事相配，天象之三台六星与人间之三公相应。位在三宫，即位尊至三公。㉜云母：一种矿石，生于土石间，有五色晶片，大者可作屏风，也可入药。碾成粉后，涂敷患处，可治恶疮、火伤等。㊃带药翁：称其多病离不开医生。㊄青鸟：又名三青鸟，传说中的神鸟。据《山海经·大荒西经》所记载是西王母的信使；干宝《搜神记》卷一："（吴猛）尝见大风，书符掷屋上，有青鸟衔去，风即止。"这句诗写别后通音信。㊅吴均《续齐谐记·九日登高》载："汝南桓景随费长房游学累年。长房谓之曰：'汝家当有灾厄，宜急去，令家人各作绛囊，盛茱萸以系臂，登高饮菊花酒，此祸可除。'"㊆汉苑：泛指宫苑。㊇阂：阻碍。禁钟：宫中钟声。㊈中妇：指男子家中妻妾。古乐府《相逢行》："大妇织绮罗，中妇织流黄。"

[评析]

这首长诗吟咏一个爱情悲剧，描写了一位美貌妓女的不幸遭遇，寄寓了诗人的同情。她由被追求而与人相会，发展为恩爱，女子于是弃娼从良，然而等待她的结局却是为男子所弃，无奈只好日夜悲愁，占卜度日。后来得知男子已经显贵，且已有家室，女子彻底失望。诗富于叙事性、戏剧性，情节颇似元稹《莺莺传》。"歌声春草露"比喻生动新颖，晶莹剔透。钱钟书评价道："歌如珠，露如珠，两者都是套语陈言，李贺化腐为奇，来一下推移：'歌如珠，露如珠，所以歌如露。'逻辑思维所避忌的推移法，恰是形象思维惯用的手段。"（《七缀集·通感》）

感讽五首①

一

合浦无明珠②，龙洲无木奴③。足知造化力④，不给使君须⑤。越妇未织作⑥，吴蚕始蠕蠕⑦。县官骑马来，狞色虬紫须⑧。怀中一方板⑨，板上数行书。"不因使君怒，焉得诣尔庐⑩?"越妇拜县官⑪:"桑牙今尚小⑫。会待春日晏⑬,丝车方掷掉⑭。"越妇通言语,小姑具黄粱⑮。县官踏飧去⑯,簿吏复登堂⑰。

[注释]

①作于元和五年至八年(810~813)。②合浦:古郡名,治所在今广西壮族自治区合浦,盛产珠宝。③龙洲:龙阳洲,在今湖南寿县,盛产柑橘。木奴:柑橘。《三国志·吴志·孙休传》引《襄阳记》记载:"李衡临死敕儿曰:'汝母恶吾治家,故穷如是。吾州里有千头木奴,不责汝衣食,岁上一匹绢,亦可足用耳。'衡亡后二十余日,儿以白母。母曰:'此当是种甘橘也。……'吴末,衡甘橘成,岁得绢数千匹,家道殷足。"④造化:大自然。⑤使君:古代对州郡长官和刺史的尊称。须:索取。⑥越妇:江浙一带盛产蚕桑,故越妇代指蚕妇。⑦蠕(rú)蠕:幼蚕挪动的样子。⑧狞色:面目狰狞,一副凶恶的样子。虬(qiú):有角的小龙。此处指胡须蟠曲如虬。⑨方板:古代书写重要事件的方形木板,这里指索税的通知。⑩诣(yì):到。⑪拜:实施拜礼后致辞。⑫桑牙:桑芽。⑬晏:晚。⑭掷转:摇转。⑮黄粱:黄色小米。⑯踏飧(sūn):饱餐。飧,熟食。⑰簿吏:主管钱粮文书的小官。

[评析]

这是一首讽刺性极为强烈的诗歌,诗人以质朴的语言、辛辣的笔调和鲜明的人物形象,揭露了官府的横征暴敛和官吏的贪婪无耻,表达了对养蚕人的同情。

二

奇俊无少年①,日车何躃躃②。我待纤双绶③,遗我星星发④。都门贾生墓⑤,青蝇久断绝⑥。寒食摇扬天⑦,愤景长肃杀⑧。皇汉十二帝⑨,唯帝称睿哲⑩。一夕信竖儿⑪,文明永沦歇⑫。

[注释]

①奇俊:才华杰出的人。吴正子注:"无少年,谓奇俊之人不能常少

也。"一说奇俊不出于少年。②日车：神话传说中载日之车，这里代指太阳。蹕（bì）蹕：形容足不能行的样子，这里是说太阳不停地艰难前进。③纡（yū）：系结。绶：系印组的丝带。纡双绶：指做高官，汉代金日䃅曾经佩戴双绶。④星星发：白发。⑤都门：指东都洛阳。贾生：指西汉贾谊，深得文帝刘恒信任，官至太中大夫。后遭谗，贬为长沙王太傅。⑥青蝇：吊客。语出《三国志·吴志·虞翻传》裴松之注引《虞翻别传》："当长没海隅，生无可与语，死以青蝇为吊客。"刘禹锡《遥伤丘中丞》："何人为吊客？唯是有青蝇。"一说指进谗言的小人，语出《诗经·小雅·青蝇》。⑦寒食：传统节日，在清明前一二日，旧俗清明节扫墓凭吊亡人。摇扬：飘荡。张说《清明日诏宴宁王山池》："摇扬花杂下，娇啭莺乱飞。"⑧此句是说千载之下贾谊墓地依然一派肃杀景象，好似余恨未息。⑨皇汉：汉朝。十二帝：西汉自高祖至平帝共十二位。⑩唯：只有。帝：文帝刘恒。睿哲：聪明，明智。⑪一夕：一朝、一旦。竖儿：小人。⑫文明：昌明政治。沦歇：丧失。

[评析]

　　这首诗应该是诗人于清明节祭奠贾谊时，感于墓地荒凉，联想到贾谊因汉文帝听信谗言被贬最终含恨而死，百感交织。一方面诗人渴望早日成就一番事业，宁可早生白发；另一方面即使是遇到睿智君王，也不免受到排挤，表达了对贾谊的敬慕和对人事捉摸不定的迷茫。常人都是渴望时光慢些消逝，期盼青春永在，诗人却希望日月如梭，渴望早生白发，真可谓别出心裁。

三

　　南山何其悲①，鬼雨洒空草。长安夜半秋，风前几人老。低迷黄昏径②，袅袅青栎道③。月午树无影④，一山唯白晓⑤。漆炬迎新人⑥，幽圹萤扰扰⑦。

[注释]

　　①南山：终南山，在长安城南。②低迷：昏暗。③袅袅：风摇木状。栎：一种树。④月午：月当中天。⑤白晓：月色白，如同拂晓。⑥漆炬：磷火。

⑦圹：墓穴。

[评析]

李贺号称"诗鬼"，喜引鬼入诗境。这首诗用幽冷色调，营造荒凉恐怖氛围，表达凄怆的心情和对人生易老的无限感慨。宋人范浚融聚此诗前两句入己诗中，在《送茂瞻兄机宜之官广东》中写道："黄芦鬣鬣秋风肥，鬼雨洒草南山悲。"

四

星尽四方高，万物知天曙。已生须已养，荷担出门去。君平久不返①，康伯遁国路②。晓思何譊譊③，阛阓千人语④。

[注释]

①君平：严君平，名遵，汉代蜀郡人。卜于成都，日得百钱足以糊口，就闭户研读《老子》。②康伯：东汉韩康，字伯休，常采药卖于长安市，不与人争，公车连征不至，桓帝遣人厚礼迎接到京城，又设法逃遁，隐入霸陵山。③譊（náo）譊：高声语噪。④阛（huán）阓（huì）：市井。

[评析]

尘世之网恢恢，无人得以解脱。尤其是在穷困失意的人心目中，世间万象无不带有一种凄楚意味。诗人由穷人凌晨荷担入闹市谋生，感慨人生艰辛，即使是贤者严君平、韩康也难逃俗务困扰。

五

石根秋水明①，石畔秋草瘦。侵衣野竹香，蛰蛰垂叶厚②。岑中月归来③，蟾光挂空秀④。桂露对仙娥，星星下云逗。凄凉栀子落，山罴泣晴漏⑤。下有张仲蔚⑥，披书案将朽⑦。

[注释]

①石根：山脚。②蛰蛰：众多的样子。③岑：小而尖的山。④蟾光：月光，传说月中有蟾蜍，故云。⑤山罴（wèn）：山石裂缝。泣：清泉下滴。

⑥张仲蔚：汉代扶风人，博学，通天文，隐居不仕。⑦披书：看书。

[评析]

这首诗借史咏怀，以张仲蔚的勤奋攻读而不仕感慨自己怀才不遇。一般咏史诗以叙事为主，穿插议论，抒发感慨，这首诗歌却是运用景物描写渲染环境气氛，通过具体生动的形象，含蓄地表达情感。

三月过行宫

渠水红繁拥御墙①，风娇小叶学娥妆②。垂帘几度青春老，堪锁千年白日长。

[注释]

①渠水：行宫外的御沟水。红繁：红，水荭；繁，白蒿。②小叶：初生荭叶，赤红娇艳。

[评析]

这首诗运用对比和衬托手法，感慨宫女不被帝王宠幸，虚度时光，还不如宫墙外的草木娇艳可人，抒发了自己怀才不遇的感慨。

卷 三

追和何谢铜雀妓①

佳人一壶酒②,秋容满千里③。石马卧新烟④,忧来何所似?歌声且潜弄⑤,陵树风自起。长裾压高台⑥,泪眼看花机⑦。

[注释]

①大概作于元和五年至八年(810~813)间。何谢:梁诗人何逊、齐诗人谢朓,均有诗题咏魏武帝与铜雀妓的故事。因何、谢是前代人,所以用"追和"。铜雀妓:曹操死后,遗命诸妓每月朔、望之日于铜雀台上作歌舞。②佳人:铜雀妓。酒:祭奠用的酒。③秋容:秋天的容貌。④石马:秦汉以来,帝王墓前有石麒麟、石辟邪、石马等。新烟:新春草丛上有雾气浮动。⑤潜弄:暗中歌唱。⑥长裾:长裙子,借指铜雀妓。压高台:满高台,形容人数众多。⑦花机:指灵前几案。机,几,古代通用。

[评析]

这首拟古诗由魏武帝与铜雀妓的故事,演绎出铜雀妓设酒祭奠情节,寄托了对魏武帝的情思,表达了诗人对唐顺宗的哀思。

送秦光禄北征①

北虏胶堪折②，秋沙乱晓鼙③。髯胡频犯塞④，骄气似横霓⑤。灞水楼船渡⑥，营门细柳开⑦。将军驰白马⑧，豪彦骋雄材。箭射欃枪落⑨，旗悬日月低。榆稀山易见⑩，甲重马频嘶。天远星光没，沙平草叶齐。风吹云路火⑪，雪污玉关泥⑫。屡断呼韩颈⑬，曾然董卓脐⑭。太常犹旧宠⑮，光禄是新阶⑯。宝珙麒麟起⑰，银壶狒狖啼⑱。桃花连马发⑲，彩絮扑鞍来⑳。呵臂悬金斗㉑，当唇注玉罍㉒。清苏和碎蚁㉓，紫腻卷浮杯㉔。虎鞹先蒙马㉕，鱼肠且断犀㉖。趁趣西旅狗㉗，蠛额北方奚㉘。守帐然香暮㉙，看鹰永夜栖㉚。黄龙就别镜㉛，青冢念阳台㉜。周处长桥役㉝，侯调短弄哀㉞。钱塘阶凤羽㉟，正室掰鸾钗。内子攀琪树㊱，羌儿奏落梅㊲。今朝擎剑去，何日刺蛟回㊳。

[注释]

①作于元和六年（811）。光禄：官名，南朝梁置光禄卿，北齐以后称光禄寺卿、光禄大夫，掌顾问应对，属光禄勋。唐、宋为文职阶官称号，从二品。②北虏：北方胡人，系蔑称。胶堪折：秋天干燥，胶可折，弓弩可用，借指宜于行军用兵之时。③鼙（pí）：军中小鼓，一说骑鼓。《礼记·乐记》："君子听鼓鼙之声，则思将帅之臣。"④髯胡：胡人多须，故称髯胡。⑤横霓（ní）：骄气冲天。⑥灞水：渭水支流，陕西中部河流，唐人多于此送别。楼船：有楼的大船，古来多用于作战。⑦细柳：地名，在长安西北。此句用司马迁《史记·绛侯周勃世家》典故，汉文帝后元六年（前158），匈奴入侵，将军周亚夫列营于此。⑧白马：三国时期魏国将军庞德，作战骁勇，有万夫不当之勇，骑白马，号白马将军。⑨欃（chán）枪（chēng）：彗星的别称，古人认为是灾祸的征兆，这里比喻入侵的胡兵。⑩榆稀：边疆种榆树，这里是说已经到边疆。班固《汉书·韩安国传》："蒙恬为秦侵胡，辟数千里，以河为

境，累石为城，树榆为塞。"⑪云路火：指烽火，高入云霄。⑫玉关：玉门关，汉武帝置。因西域输入玉石取道于此而得名。故址在今甘肃敦煌西北小方盘城，为通西域各地的交通门户。⑬呼韩：即呼韩邪，为匈奴王称号，这里指代敌酋。⑭然：通"燃"。董卓：后汉时，董卓为吕布刺死，曝尸于市，守者燃火置卓脐中，光耀达旦，见范晔《后汉书·董卓传》。⑮太常：官名，《新唐书·百官志》："太常寺卿正三品，少卿正四品。"⑯跻：同"跻"，升任。⑰宝玦：玉佩，环形，有缺口。班固《白虎通》："君子能决断则佩玦。"麒麟起：指玦上雕刻纹形。⑱银壶：银做盛箭器物，上面绘有狒(fèi)、狖(yòu)。狒、狖：都是猿猴一类的动物。⑲桃花：指马身花纹。岑参《卫节度赤骠马歌》："君家赤骠画不得，一团旋风桃花色。"⑳彩絮：指五彩缨络。㉑金斗：官印。刘义庆《世说新语·尤悔》："周侯曰：'今年杀诸贼，当取金印如斗大，悬肘后。'"㉒玉罍(léi)：玉杯。罍，酒器，状如壶。《诗经·周南·卷耳》："我姑酌彼金罍。"㉓清苏：清酥，酥酪，牛羊乳制成。碎蚁：酒上浮花。㉔紫腻：美酒名。浮杯：酒满如溢状。潘岳《闲居赋》："浮杯乐饮。"㉕鞹(kuò)：同"鞟"，去毛的兽皮。《论语·颜渊》："虎豹之鞟，犹犬羊之鞟。"㉖鱼肠：剑名。赵晔《吴越春秋》卷三："吴王得越所献宝剑三枚，一曰鱼肠。"断犀：可断犀牛角，形容宝剑锋利。后汉李尤《宝剑铭》："陆断犀象，水截鲸鲵。"㉗趱(cān)趩(tán)：众多动物追逐的样子。西旅：少数民族。㉘奚：少数民族名，一说少数民族称奴仆为奚。㉙然：通"燃"。香：计时刻所燃的香。这句说晚上守着军帐，点上香以计时。㉚看鹰永夜栖：夜里看着鹰，不能让它睡着，因为鹰多睡就会长膘，就会变懒惰。㉛黄龙：辽东地名，这里借指边塞。别镜：指家室分离。㉜青冢：王昭君墓，在今内蒙古自治区呼和浩特南。《明一统志》："王昭君墓在古丰州西六十里，地多白草，此冢独青，故名。"阳台：楚襄王梦巫山神女处，见宋玉《高唐赋》。㉝周处：晋义兴人，曾经于长桥下斩杀蛟龙为民除害。㉞侯调：始制箜篌之乐师，这里借代箜篌。㉟阶凤羽：携妾而行。"阶"为"偕"之误。清人王琦注："旧注上句曰与子携行。"一说凤羽即凤毛，指亲友子弟。㊱内子：嫡妻。琪树：树木的美称。隋卢思道《从军行》："庭前琪树已堪攀，塞外征人殊未还。"㊲羌儿：西方羌人。落梅：曲名，即《梅花落》。㊳刺蛟：杀敌立功，为民除害。

[评析]

这是首赠别诗。赠别诗大多是直接叙写自己的情感，这首诗却是借他人之口表达出来。从"屡断呼韩颈，曾然董卓脐"诗意来看，秦光禄曾平定战乱，新近才由太常升任光禄，此次边事告急，又要奔赴战场。诗歌从胡虏的嚣张气焰写起，渲染将军的豪迈、出征场面的壮观、赠别的豪饮，穿插赫赫战功、边塞风光，最后以妻子希冀胜利归来结尾，表达了诗人的赞美之心和对光禄出战必胜的信念。言别而不悲戚，充满阳刚之气，无丝毫衰瑟气息，虽是应酬之作，却情真意切。

酬答二首①

一

金鱼公子夹衫长②，密装腰鞓割玉方③。行处春风随马尾，柳花偏打内家香④。

[注释]

①大概作于李贺在长安为奉礼郎时期（810~813）。酬答：以诗词相互赠答。②金鱼：金鱼袋。金鱼公子即贵胄子弟。唐制，三品以上官员佩金鱼袋。③"密装"句：裁玉做方形密装于皮带之上以束腰。鞓（tīng），皮带。④内家香：宫中所制之香。内家，宫人。

[评析]

这是首酬赠之作，通过服饰写出贵胄公子春风得意、踌躇满志的神态。前两句写静态装扮，后两句是动态描写，既是写实景，又是称颂语，可谓虚实相生。

二

雍州二月梅池春①,御水䴔䴖暖白苹②。试问酒旗歌板地③,今朝谁是拗花人④?

[注释]

①雍州:古九州之一,管辖今陕西、甘肃及青海部分地区,唐朝雍州辖长安及京兆府,此指京城。②䴔(jiāo)䴖(jīng):又名池鹭,一种水鸟,似凫,高脚毛冠。③酒旗:酒店招牌,以引人注目。④拗(ǎo)花:南方方言,折花的意思。陶宗仪《辍耕录》:"南方谓折花曰拗花。"

[评析]

这首诗写贵胄公子于大好春光中的游赏生活。上一首诗正面描绘贵胄公子春风得意的情态,这首诗则用问语引出,手法不同。

画角东城①

河转曙萧萧②,鸦飞睥睨高③。帆长摽越甸④,壁冷挂吴刀⑤。淡菜生寒日⑥,鲕鱼漂白涛⑦。水花沾抹额⑧,旗鼓夜迎潮⑨。

[注释]

①这首诗多描写东南风情,长吉约于元和二年(807)南游会稽、甬东等地,本诗作于其时。甬东,其地在越东,即今浙江定海。曾益《昌谷诗注》:"全首与画角无涉,'角'字误,当是画甬东城。"②河:银河。③睥(pì)睨(nì):城上短墙,又叫女墙,中间有空,可以俯视。杜甫《南极》:"睥睨登哀柝,螯弧照夕曛。"杨伦《镜铨》引《古今注》:"女墙,城上小墙也,亦名'睥睨',言于城上睥睨人也。"④摽(biāo):高举貌。越甸:越城郊外之地。⑤壁:壁垒,军营。冷:肃静冷清。吴刀:吴地产的刀。⑥淡菜:蚌蛤类的海中软体动物,外壳黑色,长二三寸,肉红紫,晒干时食用不加盐。

⑦鲕(ér)：鱼名，东南沿海一带出产，味鲜美。渜(sùn)：喷水。⑧抹额：军士头上的扎巾。马缟《中华古今注》卷上："昔禹丘集诸侯于涂山之夕，忽大风雷震，云中甲马及卒士千余人，中有服金甲及铁甲不被甲者，以红绢抹其首额。禹王问之，对曰：'此抹额。'盖武士之首服，皆佩刀以为卫从，乃是海神来朝也。……后至秦始皇巡狩至海滨，亦有海神来朝，皆戴沫额绯衫大口袴，以为军容礼，至今不易其制。"⑨旗鼓夜迎潮：吴越风俗，相传海神来临，军民戴抹额迎接，这里指水军于夜晚演习战事。

[评析]

这首诗描写吴越战士夜晚水军操练的情形。诗采用类似于叙述上的倒叙的手法，从清晨景物写起，最后点明事件。通过演习后军营的肃静，显示出纪律的严明；高帆静矗，宝刀挂壁，头巾上的水花，这一切让人想起迎潮演习的喧闹与紧张、激烈，构思巧妙，正所谓"于无声处起惊雷"。

谢秀才有妾缟练，改从于人，秀才引留之不得，后生感忆，座人制诗嘲诮，贺复继四首①

一

谁知泥忆云②，望断梨花春③。荷丝制机练④，竹叶剪花裙⑤。月明啼阿姊⑥，灯暗会良人⑦。也识君夫婿，金鱼挂在身⑧。

[注释]

①作于李贺在长安任奉礼郎期间（810~813）。缟练：白色的绢，秀才用于称呼他的妾。引留：挽留。②泥、云：一在地，一在天，两不相及，比喻二人难以相见。③望断梨花：梨花落尽，已至春暮。④荷丝：丝色如荷。练：熟绢。⑤竹叶：裙上花纹。⑥阿姊：谢秀才妻。⑦良人：丈夫，这里指谢秀才。⑧金鱼：金鱼袋，这里是说妾所改嫁者官职不低。

[评析]

这首诗写女子虽然嫁于高官，衣着华美，依然对谢秀才怀念不已。"泥"、"云"比喻形象地写出思而不得见的无奈，而灯下空忆，转而羡慕谢秀才妻子能与秀才呢喃，凸显了怀思念旧女子的凄楚。

二

铜镜立青鸾①，燕脂拂紫绵②。腮花弄暗粉③，眼尾泪侵寒④。碧玉破不复⑤，瑶琴重拨弦⑥。今日非昔日⑦，何人敢正看⑧？

[注释]

①青鸾：传说鸾鸟求其匹，此处指缟练的影子。刘敬叔《异苑》卷三载："罽宾国获一鸾，欲其鸣而不能致。乃饰以金樊，食以珍羞。对之愈戚，三年不鸣。夫人曰：'尝闻鸾见其类则鸣。'乃悬镜照之。鸾睹影，悲鸣中宵，一奋而绝。"②紫绵：紫色胭脂粉扑。③腮花：两腮擦了胭脂以后像花朵一样艳丽。④眼尾：眼角。⑤碧玉破不复：比喻缟练改嫁，如同美玉破而不可复。⑥瑶琴：一种琴，因琴上装饰有金玉，故称。⑦非昔日：指缟练已经嫁给达官，非同往昔。⑧"何人"句：这句话是说她身份已经改变，无人敢于正眼相看。

[评析]

这首诗通过他人眼光，写缟练已经今非昔比，身处显贵，然而人们却无法知晓她的心思，她依然闷闷不乐，对镜思旧，怀念秀才。

三

洞房思不禁①，蜂子作花心②。灰暖残香炷，发冷青虫簪③。夜遥灯焰短，睡熟小屏深。好作鸳鸯梦④，南城罢捣砧。

[注释]

①思不禁：思念秀才之情不能自已。②"蜂子"句：比喻思念秀才深感内心甘甜。③青虫簪：饰有青凤的簪子。④鸳鸯梦：梦中和故人团聚。

[评析]

此诗写缟练独守洞房,仍对前夫一往情深,以至于深夜不寐,寐则梦与前夫欢聚。次句"蜂子"采花,喻思念不止;人常道思念是一种痛苦,李贺却说思念也是一种甘甜,可见诗人别具匠心。

四

寻常轻宋玉①,今日稼文鸯②。戟干横龙簴③,刀环倚桂窗。邀人裁半袖④,端坐据胡床⑤。泪湿红轮重⑥,栖乌上井梁⑦。

[注释]

①宋玉:比喻谢秀才。②文鸯:晋代文钦之子,名淑,小字鸯,勇力过人,年十八,勇冠三军,这里喻缟练新夫。③龙簴(jù):龙饰的悬钟磬的木架。④半袖:短袖上衣。⑤据:靠着。胡床:一种可以折叠的轻便坐具,又称做交椅、绳床、交床。⑥红轮:即红纶,极轻薄的丝织品。"轮"、"纶"相通。⑦井梁:藻井之梁。藻井非栖乌之处,此喻缟练不当为武夫之妇。

[评析]

这首诗写缟练以前轻视文人,改嫁武夫,而今方知武夫只爱惜兵器,不重情义,无文人之气,因而追悔不已,泪湿佩巾。"邀人裁半袖,端坐据胡床"写出武夫的粗鄙傲慢。一说诗人借缟练改嫁武夫,为文人鸣不平。

昌谷读书示巴童①

虫响灯光薄②,宵寒药气浓③。君怜垂翅客④,辛苦尚相从。

[注释]

①元和四年(809),诗人进士落第后返回昌谷,诗作于该年。巴童:诗人侍童为蜀人,故称巴童。②灯光薄:灯光暗淡,从侧面写自己家境贫寒。

③药气浓：经常熬药，说明体弱多病。④垂翅客：比喻失意之人。范晔《后汉书·冯异传》："始虽垂翅回溪，终能奋翼黾池。"

[评析]

诗人描绘出自己寒夜苦读的情形，表达了对患难与共的仆人的由衷感激，抒发了进士落第后的悲愤。

巴童答①

巨鼻宜山褐②，庞眉入苦吟③。非君唱乐府，谁识怨秋深？

[注释]

①作于元和四年（809），是针对前首诗而拟巴童做的回答。②巨鼻：巴童自谓。褐（hè）：兽毛或粗麻制成的短衣，贫贱者所服。③庞眉：浓眉。

[评析]

这首诗借巴童对答自作排遣，写自己在贫病交加的困境中，呕心沥血，苦吟不已，同时借巴童之口自矜才华。

代崔家送客

行盖柳烟下①，马蹄白翩翩。恐随行处尽②，何忍重扬鞭③。

[注释]

①行盖：行车的车盖，即车篷，这里代指客人所乘的车子。②行处尽：征人远去，从目光中消失。③重：又，再。

[评析]

送别诗一般是直接写送别者的深情厚谊，这首诗却从远行者不忍分别写起，含蓄地表达出主人对客人的情谊，新颖别致。

出城①

雪下桂花稀②,啼乌被弹归③。关水乘驴影④,秦风帽带垂⑤。入乡试万里,无印自堪悲。卿卿忍相问⑥,镜中双泪姿。

[注释]

①作于元和四年(809)诗人进士落第后东返昌谷途中。②桂花稀:双关语,一比喻雪稀,二是指自己进士落第。唐代以登科为折桂,桂花稀指自己未能如愿。叶适《避暑录话》卷下:"世以登科为折桂,此谓郗诜对策东堂,自云桂林一枝也。自唐以来用之。温庭筠诗云:'犹喜故人先折桂,自怜羁客尚飘蓬。'"③啼乌被弹:比喻诗人遭受谗毁落第。④关水:关中之水,指自己途经的河流。⑤秦风:秦地之风,唐长安即秦咸阳,故称秦风。⑥卿卿:男女间亲昵的称呼。刘义庆《世说新语·惑溺》:"王安丰(戎)妇,常卿安丰。安丰曰:'妇人卿婿,于礼不敬,后勿复尔。'妇曰:'亲卿爱卿,是以卿卿,我不卿卿,谁当卿卿?'遂恒听之。"

[评析]

这首诗写出自己东还昌谷的落魄,表达了遭谗落第后的凄楚、哀怨、愧疚与愤激。"卿卿忍相问"写出妻子抑制住内心的凄楚来安慰诗人,更显出诗人的尴尬。

莫种树①

园中莫种树,种树四时愁。独睡南床月,今秋似去秋②。

[注释]

①元和四年(809)李贺举进士不第东返昌谷所作。②今秋似去秋:今年依旧如同去年一样穷困潦倒,身体不好,境况不佳。

[评析]

陶渊明说"引壶觞以自酌,眄庭柯以怡颜"(《归去来兮辞》),树木能解人忧愁,可是对于李贺来说,由于心境不佳,树木的四季变化,无论是翠色新吐、枝叶纷披,还是黄叶飘零、雪压秃枝,都会引发诗人无限烦恼,更何况秋夜独处,冷月当空,秋叶纷纷!这首诗表达出诗人落第后的苦闷。

将 发①

东床卷席罢②,护落将行去③。秋白遥遥空④,日满门前路。

[注释]

①作于元和九年(814)秋,李贺入潞州前。时友人张彻在潞州幕府,李贺欲投笔从戎。②东床:东厢房里的床。卷席:束装而行。③护落:同"瓠落",失落无聊的样子。韩愈《赠徐州族侄》:"萧条资用尽,护落门巷空。"④秋白:天空明亮。

[评析]

诗写临行时的惆怅,自己一介书生,落魄不得志,经过一番反思,想到幕府寻求他途,然而前途未卜。诗前两句写出自己的失落,结语以空旷晴朗的秋日景色作反衬,含蓄有致。

追赋画江潭苑四首①

一

吴苑晓苍苍②,宫衣水溅黄③。小鬟红粉薄④,骑马佩珠长。

路指台城迥⑤,罗薰袴褶香⑥。行云沾翠辇⑦,今日似襄王⑧。

[注释]

①追赋:这组诗是李贺观看画后追和之作,因而叫追赋。江潭苑:在金陵(今江苏南京),是梁朝宫中园林,梁武帝大同九年(543)建。《景定建康志》卷二十二载:"古江潭苑,其地在新林路西,去城二十里,梁大同初立。"画江潭苑:描绘江潭苑景象的画。②吴苑:金陵为东吴故都,故称江潭苑为吴苑。苍苍:深青色。③水溅黄:即鹅黄色。④小鬟(huán):少女,这里指宫中地位比较低下的宫女。⑤台城:金陵。迥:高远。⑥袴(kù)褶(zhě):军服,上服褶而下服袴,便于骑乘。⑦"行云"句:写宫女灿如行云,暗用楚襄王梦中遇神女故事。翠辇,皇帝车驾。⑧襄王:楚襄王。

[评析]

这首诗描绘图画中南朝君王狩猎情形,从宫女着笔,落以楚襄王典故,讽刺六朝君王奢靡荒淫。

二

宝袜菊衣单①,蕉花密露寒②。水光兰泽叶③,重带剪刀钱④。角暖盘弓易⑤,靴长上马难⑥。泪痕沾寝帐,匀粉照金鞍⑦。

[注释]

①宝袜:女人的肋衣,即现在的内衣、抹胸、紧身背心一类。菊衣:菊黄色外衣。②蕉花:美人蕉,这里指衣服上绣的花。③水光:形容宫女秀发油光发亮,如同清水,粼粼泛光。兰泽叶:头发用兰叶浸膏涂抹,故而光彩夺目。宋玉《神女赋》:"沐兰泽,含若芳。"④重带:下垂的衣带。剪刀钱:古代称钱为刀钱,这里是指在带子上剪出刀钱作为装饰花纹。⑤角:用角装饰的弓。盘弓:挽弓。天气寒冷则角弓劲而难挽,天气暖和则角弓变软,容易拉。⑥靴长上马难:宫女不娴弓马,脚穿长靴跨马,所以感到很不方便。⑦匀粉:匀施脂粉傅面,准备从驾出游。照金鞍:宫女冶容艳色,光彩照人。

[评析]

这首诗描绘君王打猎前一位孤眠的宫中美女的情态,虽然貌美如花却没有得到恩宠，内心凄苦，却又精心装扮，意欲引得君王注意。诗描摹如画，表现出画家匠心独运，心细如发，从多方面展示六朝君王狩猎的情形。

三

剪翅小鹰斜①，绦根玉旋花②。鞦垂妆钿粟③，箭箙钉文牙④。貚貚啼深竹⑤，鸱鹢老湿沙⑥。宫官烧蜡火⑦，飞烬污铅华⑧。

[注释]

①剪翅：猎鹰捕捉目标时，翅膀如同剪刀一样。鹰：猎鹰。②绦（tāo）：系鹰的绳索。玉旋花：刻花的玉转轴，上面系绳子。③鞦（qiū）：马缰绳。钿粟：钿文粒粒像粟一样，指马缰绳上的装饰物。④箭箙（fú）：箭袋。文牙：有花纹的象牙。⑤貚（fèi）貚：同"狒狒"，黑猿。⑥鸱鹢：池鹭。⑦烧蜡火：天色尚暗，故而宫官烧蜡火照明。⑧飞烬：烧蜡火飞出的灰烬。铅华：粉，代指宫人粉妆。

[评析]

这首诗描绘入苑早猎画面。前两句写小鹰捕获猎物；次二句写马匹装饰，动物尚且如此豪华，显出帝王豪奢景象；五、六句写园中珍禽，写出帝王园林的辽阔深邃；最后通过蜡烛灰弄污了宫女粉面，突出烛火通明，捕猎的紧张宏大场景可想而知。画家善于通过细节表现，诗人同样有一颗慧心，能够充分领会画家匠心。

四

十骑簇芙蓉①，宫衣小队红②。练香熏宋鹊③，寻箭踏卢龙④。旗湿金铃重⑤，霜干玉镫空。今朝画眉早，不待景阳钟⑥。

[注释]

①簇：聚集。②宫衣小队红：从猎宫女十人为一队，穿红衣，看上去就

如同丛丛红艳的芙蓉。③练香：一种香料，能使猎犬嗅觉灵敏；一说是宫女衣服散发出来的香气。宋鹊：春秋时期宋国的良犬。《礼记·少仪》"乃问犬名"郑玄注："畜养者当呼之名，谓若韩卢、宋鹊之属。"④寻箭：寻找射猎的箭头。卢龙：山名，在唐升州上元县西北二十里，即今南京狮子山。晋元帝渡江，见此山形势险要，以为江上关塞，比为北方的卢龙山。⑤旗湿：因早起穿越林园，雾露沾湿了旗帜。⑥不待景阳钟：钟声还未敲响，宫女就早起画眉，准备从驾游苑。景阳钟，南齐武帝喜游宴苑囿，常集宫人乘车以从。因宫内深隐，不易听见端门鼓漏声，就置钟于景阳楼上，宫人闻钟声，早起妆饰。事见《南齐书·武穆裴皇后传》。

[评析]

这首诗描绘宫女红装打猎，人数众多，香气熏人。旗子湿润，突出早起；霜干，显出打猎时间长久。通过细节表现出猎早、人数多、时间久、场面壮观。

潞州张大宅病酒，遇江使寄上十四兄①

秋至昭关后②，当知赵国寒③。系书随短羽④，写恨破长笺⑤。病客眠清晓，疏桐坠绿鲜。城鸦啼粉堞⑥，军吹压芦烟⑦。岸帻塞纱幌⑧，枯塘卧折莲。木窗银迹画，石磴水痕钱⑨。旅酒侵愁肺，离歌绕懦弦⑩。诗封两条泪，露折一枝兰⑪。莎老沙鸡泣⑫，松干瓦兽残⑬。觉骑燕地马⑭，梦载楚溪船⑮。椒桂倾长席⑯，鲈鲂斫玳筵⑰。岂能忘旧路⑱，江岛滞佳年⑲。

[注释]

①元和九年（814）秋，李贺至潞州幕，诗作于九年或者次年初秋。张大：即卷二《酒罢，张大彻索赠诗，时张初效潞幕》中的张彻，为著名诗人张籍从弟。病酒：饮酒沉醉如病。《晏子春秋·谏上》："景公饮酒醒，三日而后发。晏子曰：'君病消乎？'"江使：奉使江行至吴越者。十四兄：李贺族

兄,时任职和州,名字不详。②昭关:楚关名,在和州含山,春秋时为吴楚边界,两山对峙,因以为关,伍子胥曾经由此奔赴吴国。③赵国:李贺所在地。潞州战国时期为上党地,初属韩。后韩将冯亭以上党降赵,遂为赵地。④短羽:羽书,古代凡有警急事务,就用鸟羽插其上,故用羽书指代紧急文书。因江使王命在身,事务甚急,故所托之书称为短羽。⑤破:耗费,写完。⑥粉堞:城堞上面涂上白粉的齿状矮墙,又称女墙。⑦军吹:军中号角。⑧岸帻(zé):帻本是覆盖发髻的头巾,常覆额上,戴上后推向后脑,露出额头,称作岸帻。寋:撩起,用手提起。纱幌:纱质帷幔。⑨石蹬:庭院中的石阶。水痕钱:由于年深月久,石头上水渍之痕积成的钱状苔藓。⑩懦弦:弱弦,懦指声音低缓。⑪"露折"句:此句用毛伯成典故,说自己已经有病在身。刘义庆《世说新语·言语》:"毛伯成既负其才气,常称'宁为兰摧玉折,不作萧敷艾荣'。"⑫莎(suō):莎草,生于河边沙地,夏季开穗状小花,秋深时分枯黄。沙鸡:即莎鸡,又名蟋蟀。陆机《毛诗草木鱼虫疏》:"莎鸡如蝗而斑色,毛翅数重,其翅正赤,或谓之天鸡。六月中飞而振羽,索索作声,幽州谓之落错。"泣:谓鸣声凄切如泣。⑬松:瓦松,多生于石缝与屋瓦之上,高尺许,远望如松苗。瓦兽:屋脊上装饰的鸱尾、狮头等。松干兽残,写屋舍破败。⑭燕地马:燕地多良马,故河朔三镇军马优良,兵力强大。潞州为唐朝巨镇,李唐皇室赖以控制河朔,因燕赵接壤,也常买燕地马匹,故虽然居住赵地却常骑燕马。⑮楚溪船:十四兄在和州,战国时期此地属于楚国,梦到楚溪船是梦见对方,思念对方的委婉表达。⑯椒桂:楚地酒,里面调有椒桂粉末。⑰鲈魴:两种鱼,江南所产。斫:砍,切割。玳筵:玳瑁装饰坐具的筵席,此处指华美的宴席。曹植《瓜赋》:"瓜布象牙之席,香熏玳瑁之筵。"⑱旧路:从前江南之游所经行的路。⑲江岛:和州小岛。

[评析]

　　这首诗写出自己在潞州疾病在身,少人关怀,兼处困苦的情状,表达了对兄长的思念和对往昔和州旧游的美好怀念。"秋至昭关后,当知赵国寒"奇峰突起,思念兄长却从对方思念自己写起,与王维《九月九日忆山东兄弟》"遥知兄弟登高处,遍插茱萸少一人"一样写法。结尾"岂能忘旧路,江岛滞佳年",又从自己不忘曾经的和州岁月来写,更见对兄长的思念。

难忘曲①

夹道开洞门②,弱杨低画戟③。帘影竹华起④,箫声吹日色。蜂语绕妆镜⑤,画蛾学春碧⑥。乱系丁香梢⑦,满栏花向夕⑧。

[注释]

①作于李贺在长安为奉礼郎时期(810~813)。难忘曲:源自古乐府《相逢行》,《乐府诗集》卷三四载:"《相逢行》,一曰《相逢狭路间行》,亦曰《长安有狭邪行》。……唐李贺有《难忘曲》,亦出于此。"汉乐府《相逢行》有"君家诚易知,易知复难忘"句,即此诗题所本。②洞门:重门,形容宅邸深邃。③弱杨:垂柳。画戟:有彩绘纹饰的木戟,唐官朝三品以上官员,列戟于门,以为仪饰。韦应物《郡斋雨中与诸文士燕集》:"兵卫森画戟,宴寝凝清香。"④竹华:有花纹的竹帘。一说阳光透过竹帘后的光影。⑤蜂语:蜜蜂的嗡嗡声。⑥画蛾:描画眉毛。学:好似。春碧:春草的颜色。江淹《恨赋》:"春草碧色,春水绿波。"⑦丁香:花名,其子缄结于厚壳中,壳两瓣相合,称为丁香结。杜甫《江上四咏·丁香》:"丁香体柔弱,乱结枝犹垫。"⑧花:比喻众姬妾。向夕:面对长夜,一说面对夕阳。

[评析]

这首诗讽刺富贵之家妻妾不专,荒淫无度。姚文燮以为是讽刺襄阳公主下嫁张克礼后用心不专。《新唐书·诸帝公主列传》记载,襄阳公主嫁张克礼后,"主纵恣,常微行市里。有薛枢、薛浑、李元本皆得私侍,而浑尤爱,至谒浑母如姑。有司欲致诘,多与金,使不得发。克礼以闻,穆宗幽主禁中。元本乃功臣惟简子,故贷死,流象州,枢、浑崖州"。"蜂语绕妆镜"写其幽情荡漾难以拘束,诙谐幽默。

贾公间贵婿曲①

朝衣不须长②,分花对袍缝③。嘤嘤白马来④,满脑黄金重⑤。今朝香气苦,珊瑚涩难枕⑥。且要弄风人⑦,暖蒲沙上饮。燕语踏帘钩,日虹屏中碧⑧。潘令在河阳⑨,无人死芳色⑩。

[注释]

①作于李贺在长安为奉礼郎时期(810~813)。贾公间:西晋太尉贾充,据《晋书·贾充传》记载,他的后妻郭氏生二女,一名时,为晋惠帝后,一名午,嫁给韩寿。韩寿官散骑常侍、河南尹。贾公间贵婿就是指韩寿,这里指代唐代某位贵族。②朝衣:朝服,上朝时穿的官服。不须长:指朝衣没有后面的长裾,是西晋时的时兴样式。③对袍缝:对合着花纹缝制。④嘤嘤:马铃声。⑤"满脑"句:这里是说马头都饰以黄金,显得沉重。李白《古风》:"鞍马如飞龙,黄金络马头。"脑,马头。⑥珊瑚:热带海洋中的腔肠动物,骨骼相连,形如树枝,豪贵之家常用以制作枕、钩等器物。这两句是反衬法,香气本甜而说苦,珊瑚本滑而云涩,说明富贵骄奢到了极点。⑦要:邀请。弄风:行云雨之事。弄风人指妓女。⑧日虹:日光透入室内,犹如虹状,映射在绿色屏障上,遂成碧色。⑨潘令:指潘岳。《晋书·潘岳传》载,他曾为河阳令,美姿仪,富文采,受妇人喜爱。这里将贵婿比喻为潘岳。⑩"无人"句:这句写无人自甘老死于芳色。

[评析]

这首诗写女子嫁于贵胄之后,虽然貌美如花,却独处落寞。前两句描绘夫婿装饰;三、四句通过马的饰品写其富贵;五、六句用反衬手法突出其奢侈;七、八句写他与风尘女子寻欢作乐,反衬出女子的凄楚。

夜饮朝眠曲①

觥酬出座东方高②,腰横半解星劳劳③。柳苑鸦啼公主醉,薄露压花蕙兰气。玉转湿丝牵晓水④,热粉生香琅玕紫⑤。夜饮朝眠断无事,楚罗之帏卧皇子。

[注释]

①作于李贺在长安为奉礼郎时期(810~813)。②觥酬:畅饮。出座:酒罢离席。东方高:曙色渐明。③腰横:腰带。半解:松散不整。劳劳:稀疏的样子。④玉转:井上辘轳。湿丝:汲水绳。⑤"热粉"句:粉脸生热,颜如红玉。琅玕(gān),一种玉。

[评析]

这首诗写公主家宴请皇子,通宵达旦,诗中只写朝眠情形而夜宴情景隐然可见。一说是讽刺襄阳公主。

王濬墓下作①

人间无阿童②,犹唱水中龙③。白草侵烟死④,秋藜绕地红⑤。古书平黑石⑥,神剑断青铜⑦。耕势鱼鳞起⑧,坟科马鬣封⑨。菊花垂湿露,棘径卧干蓬。松柏愁香涩⑩,南原几夜风⑪!

[注释]

①元和四年(809)李贺奔赴长安,途中凭吊王濬(jùn),作此诗。王濬:西晋大将,曾为削平东吴、统一全国立过战功。其墓在虢州弘农(今河南灵宝)。②阿童:王濬小字。③水中龙:即指王濬。王濬曾取长江水道伐吴。《晋书·五行志》载吴地有童谣:"阿童复阿童,衔刀游渡江。不畏岸上

兽，但畏水中龙。"④白草：墓草经霜变白。⑤藜：一年生草本植物，又名灰藿，表皮红色。⑥古书：指古碑上的文字。平：剥蚀渐平。黑石：指墓碑。⑦神剑：殉葬的铜剑。⑧耕势：耕地的形势。鱼鳞：鱼鳞状田地。⑨坟科：坟上土块。马鬣（liè）封：坟上封土的一种形状，坟头隆起，封土呈条形向四周延伸，似马鬣毛。⑩香涩：松柏的香气中带有涩味。⑪南原：王濬墓在弘农城南，故名。

[评析]

中唐藩镇割据，王朝政令不行。王濬平吴，功在统一。贺作诗凭吊，抒发了渴望统一的愿望。"人间无阿童，犹唱水中龙"写出虽然历经数百岁，人们依旧怀念对统一有功的人。诗重笔浓彩描绘墓地荒凉，隐寓着朝廷对人才的冷落。

客 游①

悲满千里心，日暖南山石②。不谒承明庐③，老作平原客④。四时别家庙⑤，三年去乡国⑥。旅歌屡弹铗⑦，归问时裂帛⑧。

[注释]

①作于元和十一年（816），李贺在潞州幕府。客游：离家出游。曹丕《燕歌行》："群燕辞归雁南翔，念君客游思断肠。"②南山：指李贺家乡昌谷女几山。③承明庐：本为汉朝承明殿旁屋，侍臣值宿居所。曹植《赠白马王彪》："谒帝承明庐，逝将归旧疆。"④老：总是，长久。平原客：战国平原君赵胜家中宾客，李贺作客潞州，乃旧赵地，故以自称。⑤家庙：一个家族的宗祠。⑥乡国：家乡。⑦铗（jiá）：剑，一说是剑柄。弹铗用战国冯谖典故，表达了对幕主有所祈求而总是失意，转而产生回家的想法。《战国策·齐策》记载，齐人冯谖，寄食孟尝君家，弹铗作歌："长铗归来乎，食无鱼！""长铗归来乎，出无车！""长铗归来乎，无以为家！"⑧裂帛：裁帛写信。古乐府《乌夜啼曲》："此日无啼吟，裂帛作还书。"

[评析]

李贺困顿不堪,因而奔赴潞州,希冀通过入幕府实现人生理想,不料三年过去却依旧失意。这首诗抒发了远离家乡的悲愁与人生落魄的凄楚。"悲满千里心,日暖南山石"写出在客居他乡的游子心目中,故乡的天空永远是晴朗的,即使是碎石也有一种亲切温暖的感觉,所谓"月是故乡明"。

崇义里滞雨①

落漠谁家子②?来感长安秋。壮年抱羁恨,梦泣生白头。瘦马秣败草③,雨沫飘寒沟。南宫古帘暗④,湿景传签筹⑤。家山远千里,云脚天东头。忧眠枕剑匣,客帐梦封侯⑥。

[注释]

①诗作于元和五年(810),李贺始任奉礼郎。崇义里:即崇义坊,在长安城内朱雀大街东第二街。《长安志》:"朱雀街东第二街,有九坊,崇义坊其一。"②落漠:冷落,寂寞,唐人常语。③秣(mò):饲养。④南宫:即南院,应试所在。程大昌《雍录》:"南院者,即贡院也。"⑤湿景:雨天。签筹:报时的竹筹。⑥封侯:想投笔从戎,致身显贵。范晔《后汉书·班超传》:"超与母随至洛阳,家贫,常为官佣书以供养,久劳苦,尝辍业,投笔叹曰:'大丈夫……当效傅介子、张骞立功异域,以取封侯,安能久事笔研间乎?'"

[评析]

这首诗写出诗人正处于人生的黄金时期却落魄不堪,表达了由于无法通过礼部考试进入仕途而前途无望的忧虑,对家乡的思念,以及投笔从戎的梦想。"梦泣生白头"直抒胸臆,用白描手法写出愁怨深重;"南宫古帘暗"通过景物描写含蓄地点明进士入选的无望;"家山远千里,云脚天东头"则以清丽的语言抒发了自己对家乡的无尽思念;而淫雨霏霏的秋日景象又烘托出诗人的愁绪。

冯小怜①

湾头见小怜,请上琵琶弦。破得春风恨,今朝值几钱②?裙垂竹叶带③,鬓湿杏花烟。玉冷红丝重,齐宫妾驾鞭④。

[注释]

①冯小怜:据《北史·冯淑妃传》记载,冯小怜为北齐后主宠姬,小字小怜,美丽慧黠,能弹琵琶,尤其擅长歌舞。后主高纬宠之,立为淑妃。北齐亡国后,改嫁代王达。②"今朝"句:冯小怜改嫁代王达后,虽然也受宠爱,却心情不舒畅,一日弹琵琶时,突然断弦,作诗:"虽蒙今日宠,犹忆昔日怜。欲知心断绝,应看胶上弦。"③竹叶带:饰有竹叶花样的彩色衣带。④齐宫:北齐皇宫。

[评析]

这是一首咏史诗,用对比手法写出冯小怜在北齐亡国后的落魄,虽然能歌善舞却已是大不如昔,讽刺了北齐的荒淫亡国。前四句写今日冯小怜,通过湾头弹奏显示出已经流落民间,而"今朝值几钱"的发问直接写出她的地位已经发生变化,不再是北齐宠妃。后四句描写其在北齐时的服饰华美、北齐宫苑里的围猎生活,"玉冷红丝重"一方面通过马鞭上的玉制饰品体现她的华贵,另一方面也表现出了她的娇弱。一说此诗是李贺见到富贵人家的小妾流落民间,有感而发。

赠陈商①

长安有男儿,二十心已朽。楞伽堆案前②,楚辞系肘后③。

人生有穷拙，日暮聊饮酒。只今道已塞，何必须白首？凄凄陈述圣④，披褐钼俎豆⑤。学为尧舜文⑥，时人责衰偶⑦。柴门车辙冻，日下榆影瘦。黄昏访我来，苦节青阳皱⑧。太华五千仞⑨，劈地抽森秀⑩。旁古无寸寻，一上戛牛斗⑪。公卿纵不怜，宁能锁吾口？李生师太华，大坐看白昼⑫。逢霜作朴樕⑬，得气为春柳。礼节乃相去，憔悴如刍狗⑭。风雪直斋坛⑮，墨组贯铜绶⑯。臣妾气态间⑰，唯欲承箕帚⑱。天眼何时开⑲？古剑庸一吼⑳。

[注释]

①作于李贺在长安为奉礼郎时期（810~813）。陈商：字述圣，宣州当涂（今安徽当涂）人，陈宣帝五世孙。唐元和九年（814）进士。父葬，散骑常侍。商仕至秘书监，封许昌县男。②楞（léng）伽（qié）：佛经《楞伽经》四卷，此处代指佛经。案：桌子。③肘后：手肘后，这里指带在身边。④述圣：即陈商。⑤披褐：穿着粗布衣服。这里指代祭祀等礼仪活动。俎（zǔ）豆：两种放置祭品的礼器。本句意为他在农耕生活中不忘学习仪礼。⑥尧舜文：以《尚书》中《尧典》、《舜典》为代表的古奥典雅文风。韩愈《答陈商书》："辱惠书，语高而旨深，三四读尚不能通达。"⑦衰偶：衰靡无力的骈体文；一作不偶时俗，不阿好世俗。⑧苦节：苦守其节。青阳：春天。《尔雅·释天》："春为青阳。"皱：郁积不舒。⑨太华：华山。《山海经·西山经》："太华之山，削成而四方，其高五千仞，其广十里。"⑩劈地：拔地而起。⑪戛（jiá）：凌。牛斗：二十八宿中的牛宿和斗宿。王勃《滕王阁序》："物华天宝，龙光射牛斗之墟。"⑫大坐：跌坐，佛徒盘膝端坐。⑬朴樕（sù）：小树，即苦楝树，以喻凡庸之材。杜牧《贺平党项表》："臣僻左小郡，朴樕散材。"⑭刍狗：用草扎成的狗，供祭祀时用。《老子》："天地不仁，以万物为刍狗；圣人不仁，以百姓为刍狗。"⑮直斋坛：当时李贺任奉礼郎，职掌祭祀君臣版位、陈设祭器、赞导跪拜，所以说直斋坛。直，通"值"。⑯墨组：黑丝带。铜绶：铜制印绶。⑰臣妾：男女贫贱者。⑱箕帚：簸箕与扫帚。⑲天眼：天意。⑳庸：怎么。一吼：以古剑自喻，说自己郁积已久，终当爆发，如遇明主，必然会飞黄腾达。《太平御览》卷三四三引《世说》："王子乔墓在京陵，

战国时，人有盗发之者，睹无所见，惟有一剑停在空中。欲进取之，剑作龙鸣虎吼，遂不敢近，俄而径飞上天。"

[评析]

这是首酬赠诗，除了表现自己与陈商的情谊，称颂陈商不阿随时好、才华过人而外，还揭露了当时社会黑暗、人才不受重视的现实，描写了自己任职奉礼郎的落魄生活，抒发了自己志不获伸的愤懑和渴望成就一番事业的愿望。首八句自叙政治上的失意。九至十二句写陈商祖述圣贤之道，学习古文，不与时合。十三至十六句写自己门前冷落陈商来访。十七至二十二句，以华山作比，赞扬陈商才华气节。二十三至二十六句，自述不肯投奔权贵。二十七至三十二句写奉礼郎的卑微境遇。最后两句表达了迫切希望施展抱负的心迹。

钓鱼诗[①]

秋水钓红渠[②]，仙人待素书[③]。菱丝萦独茧[④]，菰米蛰双鱼[⑤]。斜竹垂清沼，长纶贯碧虚[⑥]。饵悬春蜥蜴，钩坠小蟾蜍。詹子情无限[⑦]，龙阳恨有余[⑧]。为看烟浦上[⑨]，楚女泪沾裾[⑩]。

[注释]

①诗作于元和二年（807）李贺东南之行时或者稍后。②红渠：水渠中有红花映照。③仙人：陵阳子明。素书：刘向《列仙传》载，陵阳子明好钓鱼，钓得白龙，子明解钩放之。后得白鱼，腹中有书，记服食之法，子明遂上黄山采五石脂服之，白龙来迎接，化为神仙。④菱丝：菱根。独茧：《列子·汤问》载，詹何以独茧丝为纶，芒针为钩，荆条为竿，剖粒为饵，引大鱼于深渊之中，钓得盈车大鱼。⑤菰（gū）米：菰草叶如蒲苇，至秋结实，又称雕胡米，茭白。蛰：潜伏。⑥碧虚：水碧如虚空。⑦詹子：即詹何。⑧龙阳：《战国策·魏策》记载，战国时魏王宠臣龙阳君，他与魏王共钓，得十多条鱼而涕下，王问原因，他答道：最初钓得鱼儿非常高兴，后来鱼越来越大，便抛

弃初得之鱼。现今我侍奉君王,日后君王得到比我更好的人,也将抛弃我,我怎能不流涕呢?⑨烟浦:雾气笼罩的水边。⑩楚女:楚地神女,宋玉《神女赋》中与楚襄王相遇于云梦泽的神女。

[评析]

这首诗写观垂钓所感,将钓鱼的具体情景与神话传说联系起来,说明即使是达官贵人也难免有失意的时候。"为看烟浦上,楚女泪沾裾"写出即使是神仙也会失落,将这一层意思推演到极致。

奉和二兄罢使遣马归延州①

空留三尺剑②,不用一丸泥③。马向沙场去,人归故国来④。笛愁翻陇水⑤,酒喜沥春灰⑥。锦带休惊雁⑦,罗衣尚斗鸡。还吴已渺渺⑧,入郢莫凄凄⑨。自是桃李树,何患不成蹊⑩?

[注释]

①奉和:与人相唱和。奉是敬辞。二兄:长吉族兄,名不详。罢使:罢使职。延州:唐时属关内道,即今延安。②空留:不用。三尺剑:一种剑,《史记·高祖本纪》:"吾以布衣提三尺剑取天下。"③一丸泥:比喻奇才可以立功。据范晔《后汉书·隗嚣传》载,隗将王元,请战阻敌,曰:"请以一丸泥为大王东封函谷关。"④故国:故乡。⑤陇水:曲名,指《陇头流水曲》,又名《陇头吟》、《陇头水》,汉乐府鼓吹曲之一。⑥沥:滤酒。春灰:春酒初熟时,加入少许石灰水,易于澄清,称灰酒。⑦惊雁:用战国时更羸事。《战国策·楚策》载,更羸对魏王说:"臣为王引弓虚发而下鸟。"有雁从东方来,更羸以弓虚发,雁闻弦声,惊而陨落。⑧还吴:还家。用晋顾荣因为世乱还家典故,比喻二兄回家。顾荣为吴人,平陈敏乱后,还吴,事见《晋书》本传。⑨郢:春秋时楚都,在今湖北江陵。入郢:屈原《哀郢》诗,是思念京师的作品;一说是用伍子胥入郢情思悲戚典故。⑩成蹊(xī):指其必当重用。班固《汉书·李广传赞》:"桃李不言,下自成蹊。"

[评析]

这是首应答之作,也是告慰亲人的诗篇。罢免之时正是失意之际,故而诗人劝慰二兄勿要消沉,相信他早晚会得到朝廷重用。前四句写兄长罢免归来;中间四句写其斗鸡饮酒作乐,排除烦忧;最后劝其莫要悲伤,因为公道自在人心。

答 赠

本是张公子①,曾名萼绿华②。沉香熏小像③,杨柳伴啼鸦④。露重金泥冷⑤,杯阑玉树斜⑥。琴堂沽酒客⑦,新买后园花⑧。

[注释]

①张公子:这里指贵介公子。班固《汉书·五行志》载汉成帝时童谣:"燕燕尾涎涎,张公子,时相见。"燕燕,指赵飞燕。张公子,指富平侯张放。②萼绿华:传说中的仙女,自言得道于九嶷山,见陶弘景《真诰·运象》。此指新买之妾。③小像:象形熏炉。④杨柳伴啼鸦:古乐府《杨叛儿》:"暂出白门前,杨柳可藏乌。欢作沉水香,侬作博山炉。"⑤金泥:指泥金衣服。⑥玉树:喻姿貌秀美的人,语出刘义庆《世说新语·容止》:"魏明帝使后弟毛曾与夏侯玄共坐,时人谓蒹葭倚玉树。"这里指贵介公子。⑦琴堂:司马相如旧宅有琴台。沽酒客:曾在临邛卖酒的司马相如,此处指贵介公子。⑧后园花:比喻宠姬。

[评析]

一位贵介公子新买妾燕饮,诗人席上以诗相赠,称颂二人相爱相伴,是应酬之作。

题赵生壁①

大妇然竹根②,中妇舂玉屑③。冬暖拾松枝,日烟生蒙灭④。木藓青桐老⑤,石泉水声发。曝背卧东亭,桃花满肌骨⑥。

[注释]

①赵生:未详何人,细观诗意,当是一位隐士。②然竹根:烧竹根以燃火。然,通"燃"。诗人开篇用乐府句法。古乐府《相逢行》:"大妇织绮罗,中妇织流黄。小妇无所为,挟瑟上高堂。"③舂玉屑:舂白米。④蒙灭:不明之状。日光山气相映,似有若无。⑤木藓:树皮上生苔藓,形容树木苍老。⑥桃花:形容通体红润,身体健康。

[评析]

这首题壁诗描绘赵生山居情形,虽家境贫寒而无萧索哀怨之情,而山石林泉中似乎有一种闲情逸致,赵生于忙里偷闲之际静观行云流水,赞扬了赵生安贫乐道、淡泊自守的精神。

感 春

日暖自萧条,花悲北郭骚①。榆穿莱子眼②,柳断舞儿腰③。上幕迎神燕④,飞丝送百劳⑤。胡琴今日恨⑥,急语向檀槽⑦。

[注释]

①北郭骚:春秋时期齐国孝子,家贫而尽心养母。李贺家贫有老母,故以自况。《吕氏春秋》卷五:"齐有北郭骚者,结罘(fú)罔,捆蒲苇,织萉屦,以养其母。"庾信《和裴仪同秋日》:"学异南宫敬,贫同北郭骚。"②莱子:据吴正子考证,莱子当作来子,即来子钱,为南朝宋前废帝景和元年

（465）所造。③舞儿腰：即女儿腰。④上幕：张幕。神燕：古人以燕作为祈求子嗣之候。《礼记·月令》："仲春之月……玄鸟至。至之日，以太牢祠于高禖。"⑤飞丝：春天飘荡在空中的游丝。百劳：即伯劳，古人以为伯劳主凶，故送之。参见曹植《恶鸟论》。《易通卦验》："伯劳性好单飞，其飞腰（zōng），其声嗅嗅，夏至应阴而鸣，冬至而止。"⑥胡琴：乐器名。唐宋时，凡来自北方和西方各族的拨弦乐器，如琵琶、忽雷等，统称胡琴，非今日之拉弦胡琴。岑参《白雪歌》："中军置酒饮归客，胡琴琵琶与羌笛。"⑦檀槽：檀木琴槽。

[评析]

春光明媚，草木争春，一派生机勃勃的景象，然而诗人眼中却是一片哀愁，没有丝毫欢乐。诗人用反衬的手法写出了自己的愁绪，不仅仅是自己家境贫寒，难以供养年迈的母亲，这无尽的哀愁里面，恐怕还含有仕途的失意，对社会不公平的哀怨，不止是一般的文人伤春之情。此诗大概是元和八年（813）诗人返回昌谷后所作。

仙 人①

弹琴石壁上，翻翻一仙人②。手持白鸾尾③，夜扫南山云。鹿饮寒涧下，鱼归清海滨。当时汉武帝，书报桃花春④。

[注释]

①作于元和五年至八年（810~813）李贺为奉礼郎时期。②翻翻：翩翩飞动的样子。③白鸾尾：以白鸾尾羽做扫帚。古人以为鸾鸟是祥瑞动物，毛羽五色斑斓，颜色青色多的为青鸾，白色多的为白鸾。④桃花春：仙桃开花。《汉武内传》载，西王母仙桃三千年一开花，三千年一结实，人吃后长生不老。一说，西王母曾赠送仙桃给汉武帝。

[评析]

姚文燮《昌谷集注》卷三载:"元和朝,方士竞趋辇下,帝召田伏元入禁中。"这首诗通过描绘隐士于远离尘嚣、修身静养之时,忽闻汉武帝好神仙之术,便投其所好,谎称仙桃盛开,借以讽刺唐宪宗好方术之举,揭露假隐士的无耻行径。

河阳歌[①]

染罗衣,秋蓝难着色[②]。不是无心人,为作台邛客[③]。花烧中潬城[④],颜郎身已老[⑤]。惜许两少年,抽心似春草。今日见银牌[⑥],今夜鸣玉宴[⑦]。牛头高一尺[⑧],隔坐应相见。月从东方来,酒从东方转。觥船饫口红[⑨],蜜炬千枝烂[⑩]。

[注释]

①作于元和九年(814)秋,诗人客游潞州途经河阳时。河阳:唐河南府属县,属于今河南孟州。②秋蓝:深蓝色。③台邛(qióng):用司马相如做客于临邛县令王吉家事,见司马迁《史记·司马相如列传》。吴正子注:"台邛疑为临邛,用司马相如为临邛令客事。"④花烧:红花盛开,颜色如火。中潬(dàn):河阳三城之一。方勺《泊宅编》卷二:"河阳三城,其中城曰中潬,黄河两派,贯于三城之间,秋水泛滥时,南北二城皆有濡足之患,惟中潬屹然如故。"⑤颜郎:西汉颜驷,久不升迁,这里李贺自指。《文选·思玄赋》李善注引《汉武故事》:"颜驷,不知何许人,汉文帝时为郎,至武帝,尝辇过郎署,见驷尨眉皓发。上问曰:'叟何时为郎?何其老也?'答曰:'臣文帝时为郎,文帝好文,而臣好武;至景帝好美,而臣貌丑;陛下即位好少,而臣已老。是以三世不遇,故老于郎署。'上感其言,擢拜会稽都尉。"⑥银牌:唐官妓佩戴的银牌,刻名其上。⑦鸣玉宴:《国语·楚语》:"王孙圉(yǔ)聘于晋,定公(姬午)享之。赵简子(赵鞅)鸣玉以相。"此处指鸣玉佩以佐饮宴。⑧牛头:牛头形的酒器,即牺尊。《庄子·天地》:"百年之木,破为牺

尊。"⑨觥船：大酒觥。⑩蜜炬：蜡炬，古人蜜、蜡同称。葛洪《西京杂记》载："南越王献高帝蜜烛三百枚。"

[评析]

这首诗写河阳宴饮情形。一说是河阳老尉召姬宴客；一说是客路过河阳，年甲已过，风情不减，见官妓而生爱恋之心，李贺写诗讥讽此事。

花游曲①并序

寒食，诸王妓游，贺入座，因采梁简文诗调②，赋《花游曲》，与妓弹唱。

春柳南陌态，冷花寒露姿。今朝醉城外，拂镜浓扫眉。烟湿愁车重③，红油覆画衣④。舞裙香不暖，酒色上来迟⑤。

[注释]

①作于元和五年至八年（810~813）李贺在长安任奉礼郎时。花游：携妓出游。②梁简文诗调：即齐梁体，又称宫体，以柔靡绮丽见称。③烟：细雨朦胧如烟。④红油：红色油雨衣。画衣：彩色衣衫。⑤上来迟：天气寒冷，酒难以暖身，脸上显红色也迟。

[评析]

这首诗用宫体诗写法，描绘寒食携妓踏青，春寒料峭，诸姬艳丽，歌酒相狎。

春　昼

朱城报春更漏转①，光风催兰吹小殿②。草细堪梳，柳长如线。卷衣秦帝③,扫粉赵燕④。日含画幕,蜂上罗荐⑤。平阳花坞⑥,河阳花县⑦。越妇搘机⑧,吴蚕作茧。菱汀系带⑨,荷塘倚扇⑩。江南有情,塞北无限。

[注释]

①朱城:皇城,墙为红色。②光风:风和丽日。宋玉《招魂》:"光风转蕙,泛崇兰些。"催兰:春风和煦,催促兰花盛开。③卷衣秦帝:古乐府有《秦王卷衣曲》,写咸阳春光明媚,秦王卷衣赠所喜爱之人。④扫粉:扑粉化妆。赵燕:汉成帝宠妃赵飞燕。汉伶玄《赵飞燕外传》:"飞燕姊弟事阳阿主家,为舍直。常窃效歌舞,积思精切,听至终日,不得食。待直赀服疏苦财,且颛事膏沐澡粉,其费亡所爱,其直者指为愚人。"⑤罗荐:丝罗织成的卧席。⑥平阳花坞:汉平阳公主治花坞,号平阳坞。花坞,四周高中间凹陷的花圃。⑦花县:《晋书·潘岳传》记载,潘岳为河阳县令,遍植桃李,人号河阳一县花。⑧搘(zhī)机:支起织机,使它平稳。⑨系带:菱初生,浮漾似带。⑩倚扇:荷叶圆形,似扇子依靠在水上。

[评析]

这首诗用明丽的语言描绘出祖国南北春光明媚的景象。全国大江南北,无论是宫廷、富贵之家,还是普通百姓,都沉浸于欢愉之中。前十句写北方春景,十一至十四句写江南春色,最后总括,说江南塞北都是春光似海。

安乐宫①

深井桐乌起②,尚复牵清水③。未盥邵陵瓜④,瓶中弄长翠⑤。新成安乐宫,宫如凤凰翅。歌回蜡板鸣⑥,左悁提壶使⑦。绿繁悲水曲⑧,茱萸别秋子⑨。

[注释]

①作于元和五年至八年(810~813)李贺在长安任奉礼郎时。安乐宫:

三国时期吴国所筑宫殿,在武昌,黄武二年(223)建,后都城迁往建邺(今江苏南京),遂废弃。南朝乐府民歌《相和歌》瑟调二十八曲中有《新城安乐宫行》,称赞宫殿之美。姚文燮《昌谷诗注》以为此诗借旧宫以吊安乐公主故苑。②深井:此处指宫中之井。③牵:汲取井水。④盥(guàn):通"灌"。邵陵瓜:用司马迁《史记·萧相国世家》召平种瓜的典故。召平为秦东陵侯。秦朝灭亡后,种瓜于长安城东,世称东陵瓜,或召平瓜。⑤长翠:水色青绿。⑥蜡板:唱歌时用的打蜡的拍板。⑦左悺(guàn):汉桓帝太监,河南平阴人,初为小黄门吏,因诛梁冀有功,迁中常侍,封上蔡侯。事见范晔《后汉书·宦者列传》。这里借指有权势的宦官。提壶:捧壶。⑧蘩:一种植物,似青蒿而叶粗。⑨茱萸:一种植物,三月开花,七八月结子似椒。别秋子:秋天茱萸子落。

[评析]

这是首感叹历史兴亡的怀古诗。诗分为三个层次:前四句描绘安乐宫呈现出来的衰败景象,五至八句追思昔日胜景,最后两句回应开头,写其秋日景色。

蝴蝶舞①

杨花扑帐春云热,龟甲屏风醉眼缬②。东家蝴蝶西家飞,白骑少年今日归③。

[注释]

①题目一作《蝴蝶飞》,以蝴蝶比喻浮浪少年。②龟甲屏风:有龟甲纹的屏风。徐坚《初学记》引郭子横《洞冥记》:"上起神明台,上有杂玉为龟甲屏风,盖言其文似龟甲上纹路也。"缬(xié):有花纹的丝织品。③白骑:白马。

[评析]

这是首闺怨诗,用比喻的手法写春日男子似蝴蝶一样四处游玩飘忽不定，而妻子独处室内。"杨花扑帐春云热"用通感的手法，给云赋予温度，暗含着女子内心的情思动荡与烦躁不安，巧妙地将女子的感觉写得细腻入微。

梁公子[①]

风采出萧家[②]，本是菖蒲花[③]。南塘莲子熟[④]，洗马走江沙。御笺银沫冷[⑤]，长簟凤窠斜[⑥]。种柳营中暗[⑦]，题书赐馆娃[⑧]。

[注释]

①作于元和二年（807）十月李锜作乱前。②萧家：南朝齐梁皇家都姓萧，这里是说梁公子是皇家子弟，出身不凡。③菖蒲花：《梁书·太祖张皇后传》载，梁太祖皇后张氏，于室内见庭前菖蒲生花，光彩照灼。问侍者，均说不见。张皇后因吞食其花，是月产高祖。④"南塘"句：语出《西洲曲》："采莲南塘秋，莲花过人头。低头弄莲子，莲子清如水。"语含双关，谓梁公子爱怜女妓。⑤御笺：皇帝用纸。银沫：洒银屑于笺上。⑥簟（diàn）：竹席。凤窠：凤凰形团花。⑦种柳：晋代陶侃曾种柳树于武昌军营，后人称军营为柳营，见《晋书·陶侃传》。⑧馆娃：美女，指官妓。吴中称美女为娃。

[评析]

李锜为唐淄川王李孝同玄孙，元和二年升任镇海军节度使，十月谋反，十一月被平定，腰斩于长安。据钱仲联《李贺年谱会笺》，这首诗借齐梁后裔揭露唐宗室李锜的荒淫生活。

牡丹种曲[①]

莲枝未长秦蘅老[②]，走马驮金贳春草[③]。水灌香泥却月盆[④]，一夜绿房迎白晓⑤。美人醉语园中烟，晚华已散蝶又阑⑥。梁王老去罗衣在⑦，拂袖风吹蜀国弦⑧。归霞帔拖蜀帐昏⑨，嫣红落粉罢承恩⑩。檀郎谢女眠何处⑪？楼台月明燕夜语。

[注释]

①作于元和五年至八年（810~813）李贺在长安任奉礼郎期间。②秦蘅：香草。宋玉《风赋》："猎蕙草，离秦蘅。"李善注："秦，香草也；蘅，杜蘅也。"③走马驮金：以马匹驮重金买牡丹。斸(zhú)：斫，挖。春草：指牡丹。④却月盆：半月形花盆。⑤绿房：绿色的花苞。白晓：天明。⑥散：松弛，披离。阑：尽。⑦梁王：汉文帝儿子刘武被封为梁王，这里指代贵族；一说是当时名贵牡丹品种，有如魏紫、姚黄之类。罗衣：牡丹叶。⑧蜀国弦：乐府曲名。⑨帔（pèi）拖：离披拖曳的样子。蜀帐：蜀锦护花之帷幕。⑩嫣红落粉：花色衰退。⑪檀郎：原指美男潘岳，后泛指少男。杨伯岩《臆乘》："古之以郎称者，潘岳曰潘郎、檀郎。"谢女：泛指少女。原指才女谢道韫。吴正子注："然唐诗中有称妓女为谢女者，大抵因谢安石畜妓而起，始称谢妓，继则改称谢女，以为新异耳。"罗隐《七夕》："应倾谢女珠玑箧，尽写檀郎锦绣篇。"

[评析]

这首诗以牡丹为题，通过描写富贵之家不惜重金买牡丹精心种植后不过聊作观赏，随后便置之不理，揭示了社会上层的豪奢与铺张浪费。诗歌分三个层次来写。首四句描写买牡丹，"走马驮金"，见其一掷千金；中间四句写赏花；最后四句写牡丹遭遗弃。

后园凿井歌①

井上辘轳床上转②，水声繁，弦声浅③。情若何？荀奉倩④。城头日，长向城头住。一日作千年，不须流下去⑤。

[注释]

①作于元和九年(814)李贺昌谷家居时。后园凿井：《晋书·乐志》记载《拂舞歌·淮南王篇》有诗句："淮南王，自言尊，百尺高楼与天连，后园凿井银作床，金瓶素绠汲寒浆。"这首诗题目由此而来，歌颂夫妻相爱长久相依。②辘轳：井上用于汲水的装置，用圆木转绳悬器做成。床：安置辘轳的井架。③弦：汲绳。④荀奉倩：据刘义庆《世说新语·惑溺》，三国时魏国荀粲，字奉倩，娶骠骑将军曹洪女为妻，曹女极有美色，未几病逝，荀不胜悲痛，岁余亦亡，终年二十九岁。⑤流下去：太阳西沉。

[评析]

这首诗运用比兴手法，将辘轳和井架比作夫妻双方的和谐关系，又以太阳作比喻，希望双方天长地久。语言质朴自然，生动活泼，具有民歌风味。

开愁歌①

秋风吹地百草干②，华容碧影生晚寒③。我当二十不得意，一心愁谢如枯兰。衣如飞鹑马如狗④，临岐击剑生铜吼⑤。旗亭下马解秋衣⑥，请贳宜阳一壶酒⑦。壶中唤天云不开⑧，白昼万里闲凄迷。主人劝我养心骨⑨，莫受俗物相填豗⑩。

[注释]

①开愁：消愁。杜甫《赠太子太师汝阳郡王璡》："何以开我悲，泛舟俱远津。"本诗题目下有"华下作"，诗作于元和四年(809)赴长安途中，过华阴时。②秋风吹地：描写秋天草木凋零的情形。岑参《白雪歌送武判官归京》："北风卷地白草折，胡天八月即飞雪。"③华容：华山的容颜。④飞鹑(chún)：形容衣衫褴褛。《荀子·大略》："子夏贫，衣若悬鹑。"马如狗：指马瘦小如狗。范晔《后汉书·陈蕃传附朱震传》："车如鸡栖(笼)马如狗"，形容车小马瘦，后来用于形容生活困顿。⑤临岐：处于岔路口，这里指仕途不

顺。王充《论衡·率性》:"是故杨子(杨朱)哭歧道,墨子(墨翟)哭练丝也。"⑥旗亭:酒楼,悬挂酒旗于楼上。⑦贳(shì):赊。宜阳:今河南省宜阳县,隋朝为宜阳县,唐为福昌县。⑧壶中唤天:醉酒中呼唤苍天,暗指无人荐举而朝廷高不可攀。壶中日月指饮酒,范晔《后汉书·费长房传》载:"市中有老翁卖药,悬一壶于肆头,及市罢,辄跳入壶中。市人莫之见,唯长房于楼上睹之,异焉,因往再拜奉酒脯。翁知长房之意其神也,谓之曰:'子明日可更来。'长房旦日复诣翁,翁乃与俱入壶中。唯见玉堂严丽,旨酒甘肴,盈衍其中,共饮毕而出。"⑨心骨:精神和形体。⑩填狘:胸中充满烦忧。明胡震亨《唐音统签》载:"狘即㕦字,音灰,相击也。填狘,写俗物填塞心胸之意也。"清王琦说:"字书既无此字,写物填塞心胸之意也。"

[评析]

这首诗抒发作者进士落第后的愁绪。诗人满怀抱负,却不能通过进士考试走上仕途,闲置无用而穷困潦倒,心中愤懑不平,即使借酒消愁也无济于事。"我当二十不得意,一心愁谢如枯兰"写出内心的愁苦已经达到让人不堪的境地;"临岐击剑生铜吼"表现出诗人犹豫不决的悲愤;"白昼万里闲凄迷"用阔大的景象展示出内心的困惑、迷乱。这首诗形象地写出诗人仕进无望的痛苦。前四句写秋景肃杀,失意不堪;中间四句写贫困激愤,借酒浇愁;末四句写愁苦难排,主人劝慰。

秦宫诗并序①

汉秦宫,将军梁冀之嬖奴也②。秦宫得宠内舍,故以娇名大噪于人。予抚旧而作长辞,辞以冯子都之事相为对望,又云昔有之诗③。

越罗衫袂迎春风④,玉刻麒麟腰带红⑤。楼头曲宴仙人语⑥,

帐底吹笙香雾浓⑦。人间酒暖春茫茫，花枝入帘白日长。飞窗复道传筹饮⑧，十夜铜盘腻烛黄⑨。秃衿小袖调鹦鹉⑩，紫绣麻鞭踏哮虎⑪。斫桂烧金待晓筵⑫，白鹿清酥夜半煮⑬。桐英永巷骑新马⑭，内屋深屏生色画。开门烂用水衡钱⑮，卷起黄河向身泻⑯。皇天厄运犹曾裂⑰，秦宫一生花底活。鸾篦夺得不还人⑱，醉睡氍毹满堂月⑲。

[注释]

①作于元和五年至八年（810~813）。秦宫：东汉大将军梁冀的家奴，既得梁冀宠信，又得冀妻孙寿嬖爱，骄横异常，生活奢靡。范晔《后汉书·梁冀传》："冀爱监奴秦宫，官至太仓令。得出入寿（冀妻孙寿）所。寿见宫辄屏御者，托以言事，因与私焉。宫内外兼宠，威权大震。刺史二千石皆谒辞之。"②嬖（bì）：宠爱。③抚旧：拟古。冯子都：西汉大将霍光宠爱的家奴，霍光死后，冯子都与其妻淫乱。班固《汉书·霍光传》："初光爱幸监奴冯子都，常与计事，及显寡居，与子都乱。"对望：对照。昔有之诗：从前有过咏秦宫的诗。④越罗：吴越以丝蚕著，罗是其中之精美者。⑤麒麟：瑞兽。⑥曲宴：宫中私宴。陈寿《三国志·魏志》："景初元年，帝游后园，召才人以上曲宴，极乐。"⑦帐底：帐下，帐里。⑧飞窗：高楼窗户。复道：楼阁间架空的通道，上下都有道路。筹：酒筹，古人用以计饮酒之数。⑨铜盘：蜡台底座。腻：堆积，因烛油乃流质，故称腻。烛黄：蜡泪。⑩秃衿小袖：无领窄袖衣服。调：调习。⑪鞭(xiá)：鞋。踏哮虎：脚穿张口露齿之虎头靴。王琦注："调鹦鹉，言宫多精细事；踏哮虎，言宫能服强暴。深论之，以鹦鹉喻孙寿，宫能得其欢心；以哮虎喻梁冀，宫能柔其粗猛。"此两句描写秦宫当时情状。⑫斫桂：以桂为薪，指其豪奢。⑬白鹿：一种稀有动物。《述异记》："鹿千五百年化为白。"⑭桐英：桐花。永巷：宫中长巷，这里指嫔妃居所。⑮烂用：毫不吝惜地使用。水衡钱：汉朝宫内水衡府所藏的钱币，是天子私藏，不为户部所管。⑯卷起黄河：指大量使用，挥金如水。⑰皇天厄运：老天也有倒霉的时候。⑱鸾篦（bì）：刻有鸾凤图案的梳子。⑲氍（qú）毹（shū）：毛毯。

[评析]

这首诗借历史事件反映现实生活，以秦宫、冯子都的荒淫生活揭露长安富贵门第豪奢淫乱、挥霍无度。至于所讽刺者为何人，恐怕已经难以坐实。

古邺城童子谣效王粲刺曹操①

邺城中，暮尘起。探黑丸②，斫文吏。棘为鞭，虎为马。团团走，邺城下。切玉剑③，射日弓④。献何人？奉相公⑤。扶毂来⑥，关右儿⑦。香扫涂⑧，相公归。

[注释]

①作于元和五年至八年（810~813）。邺城：汉邺县，故址在今河北临漳西。曹操自立为魏公，建都于此。王粲：字仲宣，建安七子之一，曾依刘表，后归附曹操，封侍中。②探黑丸：据班固《汉书·尹赏传》载，长安有恶少年肆意杀人，事先群聚在一起，"探丸为弹，得赤者斫武吏，得黑者杀文吏"。③切玉剑：《列子·汤问》记载，西戎赠给周穆王锟铻剑，可以削玉成泥。④射日弓：神话传说中后羿射九日的弓。⑤相公：古代称既封公侯又做宰相的人，始自曹操，这里指曹操。⑥毂（gǔ）：车中轴，这里指车子。⑦关右儿：来自关西的少年。⑧香：香气。扫：铺扫。涂：通"途"。此句大意是说曹操回府沿途香气袅袅。

[评析]

这首诗用对比手法，写出少年无赖横行不法，杀人为乐，而对曹操却曲意奉承，活画出曹操挟持天子图谋篡逆，天下只知曹公而不知帝王的情状。唐朝中后期藩镇割据，中央政府尾大不掉。这首诗感于时事，借古讽今。

杨生青花紫石砚歌①

端州石工巧如神②，踏天磨刀割紫云③。傭刓抱水含满唇④，暗洒苌弘冷血痕⑤。纱帷昼暖墨花春,轻沤漂沫松麝薰⑥。干腻薄重立脚匀⑦,数寸光秋无日昏。圆毫促点声静新⑧,孔砚宽顽何足云⑨!

[注释]

①诗作于元和五年至八年(810~813)。青花紫石砚:青花紫色端砚。花,指石砚上的天然花纹。②端州:治所在今广东肇庆市,盛产石砚。③踏天:指石工登山取石。紫云:形容紫色砚石。④傭(chōng)刓(wán):犹琢磨。傭,均匀。刓,磨物成圆形。唇:砚石贮水处的边沿。⑤苌弘冷血痕:形容砚巾青花。苌弘血,《庄子·外物》:"苌弘死于蜀,藏其血,三年化而为碧。"⑥沤、沫:细小的泡沫。松麝薰:唐人用麝香和在松烟中作墨,故有香味。⑦立脚匀:墨蘸在笔上,细腻匀称。⑧促点:蘸墨动作。⑨孔砚:孔子生前用过的砚台。《太平御览》卷六〇五引伍辑《从征记》记载,孔庙中有一孔子用过的石砚,很古朴。宽顽:宽大古朴。

[评析]

这首诗运用丰富的想象和典故以及夸张、比喻手法,描绘了采石、制砚的情景和所制青花紫石砚的精美,赞颂了端州石工高超的手艺。

房中思

新桂如蛾眉①,秋风吹小绿②。行轮出门去③,玉銮声断续④。月轩下风露⑤,晓庭自幽涩⑥。谁能事贞素⑦?卧听莎鸡泣。

[注释]

①新桂:新生的桂叶。②小绿:即新桂。③行轮:征车。④銮:车铃。⑤轩:有窗槛的长廊或小室。⑥幽涩:幽寂、幽独。⑦事贞素:坚守贞操。

[评析]

这首诗表达了思妇的哀怨之情。前四句写秋日夫君出征,后四句描写思妇静夜思念,用秋月、秋风、蟋蟀鸣叫渲染气氛,衬托离人凄楚心情。

石城晓①

月落大堤上,女垣栖乌起。细露湿团红②,寒香解夜醉。女牛渡天河③,柳烟满城曲。上客留断缨④,残蛾斗双绿⑤。春帐依微蝉翼罗⑥,横茵突金隐体花⑦。帐前轻絮鹅毛起⑧,欲说春心无所似⑨。

[注释]

①作于元和二年(807)李贺南行吴越,途经安陆时;或作于此后不久。石城:在安陆州城西北,故址在今湖北钟祥,古代有女子莫愁居此。古乐府《莫愁乐》:"莫愁在何处?莫愁石城西。艇子打两桨,催送莫愁来。"②团红:簇簇红花。③女牛:织女星、牛郎星。④上客:尊贵的客人。断缨:解赠香囊。⑤残蛾:前宵所描未经重整的眉毛。斗:犹觅、蹙。⑥蝉翼罗:轻薄如蝉翼的丝织品。⑦横茵:卧褥。突金:金线突起的花绣。隐体花:暗花。⑧轻絮:柳絮。⑨春心:思念之情。

[评析]

这首诗描写拂晓时恋人分别的情形。"帐前轻絮鹅毛起,欲说春心无所似"用比喻的手法,将分别时刻女子的思绪无定、内心飘忽的情感恰切、具体而又婉转地表达出来。

苦昼短①

飞光飞光②,劝尔一杯酒③。吾不识青天高,黄地厚,唯见月寒日暖,来煎人寿。食熊则肥,食蛙则瘦④。神君何在⑤?太一安有⑥?天东有若木⑦,下置衔烛龙⑧。吾将斩龙足,嚼龙肉,使之朝不得回,夜不得伏。自然老者不死,少者不哭。何为服黄金,吞白玉⑨?谁似任公子⑩,云中骑碧驴?刘彻茂陵多滞骨⑪,嬴政梓棺费鲍鱼⑫。

[注释]

①作于元和五年至八年(810~813)李贺在长安任奉礼郎时期。②飞光:飞逝的时光。沈约《宿东园诗》:"飞光忽我道,宁止岁云暮。"③"劝尔"句:刘义庆《世说新语·雅量》载,晋太元末,天上出现彗星,孝武帝恶之。夜,在华林园中饮酒,举杯说:"长星,劝尔一杯酒,自古亦何时有万岁天子。"④熊、蛙:王琦注:"熊掌及背中白脂,皆为珍味,富贵者食之;蛙龟,粗味,贫贱者食之。"《埤雅》:"熊似豕,坚中,山居冬蛰。掌心有白脂如玉,味甚美,俗呼熊白。冬蛰不食,饥则自舐其掌,故其美在掌。"⑤神君:古人对神灵的敬称。旧题班固《汉武故事》记载有汉武帝求神君以图长寿的记载。⑥太一:最高的神,又叫做泰一。司马迁《史记·封禅书》:"天神贵者太一。"⑦若木:神树,即扶桑。《山海经·大荒北经》:"西北海外大荒之中,有洞(jiǒng)野之山。上有赤树,青叶赤华,名曰若木。"屈原《离骚》:"折若木以拂日兮。"⑧烛龙:此指驾驭日车的六龙。⑨服黄金,吞白玉:据葛洪《抱朴子·仙药》记载,古代方士以为服金者寿如金,服玉者寿如玉。⑩任公子:古仙人,骑白驴升仙。⑪滞骨:即所谓骨无津液。《汉武内传》:"王母云:'刘彻好道,然形慢神秽,骨无津液,恐非仙才也。'"⑫梓棺:梓木棺材。费鲍鱼:司马迁《史记·秦始皇本纪》:"始皇崩于沙丘平台,丞相斯(李斯)谓上崩在外,恐诸公子及天下有变,乃秘之,不发丧。棺载辒凉车中……会暑,上辒车臭,乃诏从官:令车载一石鲍鱼,以乱其臭。"鲍鱼,盐渍鱼,其味腥臭。《孔子家语》:"与不善人居,如入鲍鱼之肆,久而不闻其臭。"

[评析]

中唐宪宗好神仙方术,企图长生不老。为了寻求长生不老药物，委任方士为台州刺史。上行下效，朝野盛行求仙访道风气。在这样的风气中，这首诗用大胆的想象、辛辣的笔调、拟人手法，通过与时光对话，感慨光阴易逝，讽刺神仙方术之道的虚无。诗歌由三部分组成，错综变化，浑然一体：诗的前十句慨叹时光流逝，生命短促；第二部分，写诗人想尽办法，力图解除时间短暂的痛苦；最后四句是第三部分，说求仙不是办法，死亡是任何人也逃脱不了的宿命，哪怕是好神仙方术的君王刘彻和秦始皇也难逃此劫。

章和二年中[①]

云萧索[②]，田风拂拂，麦芒如篲黍如粟[③]。关中父老百领襦[④]，关东吏人乏诟租[⑤]。健犊春耕土膏黑，菖蒲丛丛沿水脉。殷勤为我下田租，百钱携偿丝桐客[⑥]。游春漫光坞花白[⑦]，野林散香神降席[⑧]。拜神得寿献天子，七星贯断嫦娥死[⑨]。

[注释]

①作于元和七年（812），李贺在长安任奉礼郎时期。章和：汉章帝年号，章和二年（88），天下大稔。诗题乃古《鼙舞曲》第二章，魏文帝改为《太和有圣年》，晋朝改为《天命》。元和七年，时和岁丰，诗人借乐府古题以颂美。②萧索：云气漂流貌。谢惠莲《雪赋》："其为状也，散漫交错，纷纭萧索。"③篲（huì）：彗星。黍：谷物名，种子去皮后北方称为黄米。粟：小米。④襦：短衣。⑤诟租：边诟骂边催租。⑥丝桐客：弹唱艺人。⑦漫光：春光烂漫。⑧席：指供祭神灵摆设祭物的供桌。⑨"七星"句：七星在天，好像是有绳索贯穿，终古不动；嫦娥偷吃了后羿的不死药，绝无死期。意指，今祝天子长寿，希望帝王健康长寿，万寿无疆。

[评析]

这首诗描绘出一派农业丰收、社会安康、人民安居乐业的局面,进而衷心地赞颂君王,期盼他健康长寿。

春归昌谷①

束发方读书②,谋身苦不早。终军未乘传③,颜子鬓先老④。天网信崇大⑤,矫士常慅慅⑥。逸目骈甘华⑦,羁心如荼蓼⑧。旱云二三月⑨,岑岫相颠倒⑩。谁揭赪玉盘⑪,东方发红照。春热张鹤盖⑫,兔目官槐小⑬。思焦面如病,尝胆肠似绞⑭。京国心烂漫⑮,夜梦归家少。发轫东门外⑯,天地皆浩浩。青树骊山头⑰,花风满秦道⑱。宫台光错落⑲,装画偏峰峤⑳。细绿及团红,当路杂啼笑㉑。香风下高广,鞍马正华耀。独乘鸡栖车㉒,自觉少风调㉓。心曲语形影㉔,只身焉足乐。岂能脱负担㉕,刻鹄曾无兆㉖。幽幽太华侧,老柏如建纛㉗。龙皮相排戛㉘,翠羽更荡掉㉙。驱趋委憔悴,眺览强容貌㉚。花蔓阁行輈㉛,縠烟暝深徼㉜。少健无所就,入门媿家老㉝。听讲依大树㉞,观书临曲沼。知非出柙虎㉟,甘作藏雾豹㊱。韩鸟处缯缴㊲,湘鲦在笼罩㊳。狭行无廓路㊴,壮士徒轻躁。

[注释]

①元和八年(813)春作。②束发:古代男孩成人之年,束发为髻。③终军:据班固《汉书·终军传》,终军为汉武帝时人,十八岁入京求官,官拜谒者、给事中,行使郡国。乘传:乘坐驿车。④颜子:颜回,春秋时期鲁国人,二十九岁而发白。⑤天网:收罗人才之网。曹植《与杨修书》:"吾王(曹操)于是设天网以该之,顿八纮以掩之。"⑥矫士:刚直的人。慅(cǎo)慅:心情骚动不安。⑦逸目:放眼看去。骈:并列。甘华:甘美之食、华彩之衣。⑧荼蓼(liǎo):两种菜,荼味苦,蓼味辛。⑨旱云:无雨之云。⑩岑岫(xiù):山峰,比喻云层。⑪赪(chēng)玉盘:比喻太阳。赪,红色。⑫鹤

盖：车盖。刘桢《鲁都颂》："盖如飞鹤，马如游龙。"⑬兔目：形容刚长出的槐叶。⑭尝胆：用《史记·越王勾践世家》越王勾践卧薪尝胆事。⑮京国：京师长安。烂漫：思绪纷繁。⑯发轫：驱车上路。⑰骊山：在今西安市临潼区境内。⑱秦道：泛指长安城外的大路。⑲宫台：指骊山的宫殿、台榭。光错落：色泽鲜亮，交错缤纷。⑳峤：尖而高的山。㉑啼笑：花带露如啼，花开若笑。㉒鸡栖车：车箱如鸡笼的陋车。范晔《后汉书·陈蕃传附朱震传》："车如鸡栖马如狗，嫉恶如风朱伯厚。"㉓风调：风度。㉔心曲：内心。㉕负担：指世俗之事加给身心的负担。严忌《哀时命》："负檐荷以丈尺分，欲伸腰而不可得。"㉖刻鹄：范晔《后汉书·马援传》记载，汉人马援要他的侄子学习龙伯高的品格，像雕刻飞鹄那样，即使刻鹄不成，尚类鹜。㉗纛：大旗。㉘龙皮：指柏树皲裂的皮。排戛（jiá）：挤在一起。㉙翠羽：指柏树枝叶。荡掉：摆动。㉚强容貌：指眺览之际，勉强使自己心目开爽，露出笑容。㉛阕：阻碍，妨碍。辀（zhōu）：车辕，指车子。㉜縠（hú）烟：像薄纱似的烟霭。徽：小路。㉝愧：通"愧"，愧对。家老：家中年长者，此指母亲。㉞听讲：听讲佛经。依大树：用佛经中记载佛祖树下讲经的典故。㉟出柙（xiá）虎：出笼的猛虎。柙，槛。《论语·季氏》："虎兕出于柙，龟玉毁于椟中。"㊱藏雾豹：刘向《列女传·贤明》载，南山有黑豹，藏身远祸，雾雨中七日不下山觅食，比喻自己隐退乡里。㊲韩鸟：韩地的鸟。韩，战国时诸侯国名，在今河南中部及山西南部一带。福昌在韩地，此处以韩鸟自喻。缯缴：系在箭矢上的丝绳。刘衍《李贺诗校笺证异》以为"缯"当为"矰"，指箭。㊳鯈：小鱼。笭箵：指鱼钩等捕鱼工具。㊴狭行：窄道上行走。廓路：心情宽舒。

[评析]

这首五古诗是诗人对自己生活经历的一个总结。诗人少年怀有壮志，渴望到长安一展宏图，谁料却落魄无依，赍恨而归。此诗抒发了自己理想落空的失落与苦闷，表达了归隐的思想。诗分为三个层次：从开头到"夜梦归家少"为一层，描述自己不得志的情形和羁旅长安的境遇；从"发轫东门外"到"縠烟暝深徼"写返乡途中见闻；最后描写昌谷家居生活。

昌谷诗①

昌谷五月稻,细青满平水。遥峦相压叠②,颓绿愁堕地③。光洁无秋思④,凉旷吹浮媚⑤。竹香满凄寂⑥,粉节涂生翠⑦。草发垂恨鬓⑧,光露泣幽泪⑨。层围烂洞曲⑩,芳径老红醉⑪。攒虫锼古柳⑫,蝉子鸣高邃⑬。大带委黄葛⑭,紫蒲交狭涘⑮。石钱差复藉⑯,厚叶皆蟠腻⑰。汰沙好平白⑱,立马印青字⑲。晚鳞自遨游⑳,瘦鹄暝单峙㉑。嚓嚓湿姑声㉒,咽源惊溅起㉓。纡缓玉真路㉔,神娥蕙花里㉕。苔絮萦涧砾㉖,山实垂赪紫㉗。小柏俨重扇㉘,肥松突丹髓㉙。鸣流走响韵,垄秋拖光穟㉚。莺唱闽女歌,瀑悬楚练帔。风露满笑眼,骈岩杂舒坠㉛。乱筱迸石岭㉜,细颈喧岛毖㉝。日脚扫昏翳㉞,新云启华閟㉟。谧谧厌夏光㊱,商风道清气㊲。高眠服玉容㊳,烧桂祀天几㊴。雾衣夜披拂㊵,眠坛梦真粹㊶。待驾栖鸾老㊷,故宫椒壁圮㊸。鸿珑数铃响㊹,羁臣发凉思㊺。阴藤束朱键㊻,龙帐着魑魅㊼。碧锦贴花椽㊽,香衾事残贵㊾。歌尘蠹木在㊿,舞彩长云似㉛。珍壤割绣段㉒,里俗祖风义㉓。邻凶不相杵㉔,疫病无邪祀㉕。鲐皮识仁惠㉖,丱角知艳耻㉗。县省司刑官,户乏诟租吏㉘。竹薮添堕简㉙,石矶引钩饵。溪湾转水带,芭蕉倾蜀纸㊿。岑光晃毂襟㉑,孤景拂繁事㉒。泉樽陶宰酒㉓,月眉谢郎妓㉔。丁丁幽钟远㉕,矫矫单飞至㉖。霞巘殷嵯峨㉗,危溜声争次㉘。淡蛾流平碧㉙,薄月眇阴悴㉚。凉光入涧岸㉛,廓尽山中意㉜。渔童下宵网,霜禽竦烟翅㉝。潭镜滑蛟涎㉞,浮珠唅鱼戏㉟。风桐瑶匣瑟㊱,萤星锦城使㊲。柳缀长缥带,篁掉短笛吹㊳。石根缘绿藓㊴,芦笋抽丹渍㊵。漂旋弄天影[81]，古桧拏云臂[82]。愁月薇帐红[83]，罥云香蔓刺[84]。芒麦平百井[85]，闲乘列千肆[86]。刺促成纪人[87]，好学鸱夷子[88]。

［注释］

①本诗当作于元和八年（813）因病辞官归昌谷后，原题下有注："五月二十七日作。"②压叠：平视远山，如相压叠。③"颓绿"句：远处绿山重叠，状如倾倒，故愁其堕地。④光洁：草木葱茏，光润洁净。⑤浮媚：犹妩媚。⑥凄寂：清幽宁静。⑦粉节：竹节边微有白粉。生翠：翠色鲜明。⑧草发：指细草沾露，如鬓发下垂。⑨"光露"句：谓露水下落如泪珠暗滴。⑩层围：竹树层层围绕。烂：烂然入目。洞曲：或深如洞，或宛而曲。⑪老红：将萎的红花。醉：颜色红，又兼倚倾，故云。⑫镂：镂刻，指虫蛀蚀树木。⑬高邃：高而深处。⑭大带：状黄葛之茎。委：下垂。⑮交：丛生。涘：水边。⑯石钱：苔藓。差复藉：参差重叠。⑰蟠：盘结。腻：肥大。⑱汰沙：雨水冲刷过的细沙。平白：又平又白。⑲印：唐制，公私马各有印记，用以识别。一说汰沙平白，故立马之投影在地，如青色的"马"字。⑳鳞：代指鱼。㉑峙：独立。㉒嘹嘹：象声词。湿姑：蝼蛄，生湿土中。㉓咽源：蝼蛄鸣声，有时如泉水幽咽不畅。溅起：蝼蛄鸣声，有时又如泉流激石，飞溅而起。㉔玉真路：李贺原注："近武后巡幸路。"指通向兰香神女庙之路。㉕神娥：即兰香神女。蕙花里：庙在兰蕙丛生处。㉖涧砾：涧中山石。㉗赪紫：红与紫，状山果色泽。㉘重扇：扇形的柏叶，重重叠叠。㉙丹髓：喻指松脂。㉚垄秋：明丽的麦秋天。光䆲（suì）：麦穗。㉛骈岩：并列的山岩。杂舒坠：或舒张，或倾坠。㉜筱（xiǎo）：小竹。迸：小竹生石缝中，如从岭石中迸出。㉝细颈：长颈鸟。岛毖：岛上流泉。㉞昏翳：昏暗的雾翳。㉟华閟（bì）：云层华丽幽深。㊱谧谧：幽静貌。厌：夏日阳光炎热可畏，故厌之。㊲商风：西风。道：导引。㊳高眠：静卧。玉容：指兰香神女。㊴"烧桂"句：李贺原注："谷与女山岭阪相承，山即兰香神女上天处也，遗几在焉。"烧桂，犹焚香。天几，神女所遗之几。女山：即女几山。《元和郡县图志》："女几山在河南府福昌县三十四里。"㊵雾衣：神女之衣，轻薄如雾。㊶真粹：真性、精华，指兰香神女。㊷栖鸾：福昌宫中的铜凤凰。老：见待驾时间已久。㊸故宫：李贺原注："福昌宫在谷之东。"福昌宫，在昌谷东十里，临近通衢，隋置，唐显庆二年

(657)复置。椒壁：皇后居处，以椒涂壁。㊹鸿珑：殿角悬铃发出悠扬的响声。㊺羁臣：羁旅之臣。凉思：凄凉的情思。㊻键：金属门闩。本句谓因殿已荒颓，故阴藤缠键上。㊼龙帐：绘龙形之御帐。魈：山魈。葛洪《抱朴子》："山精形如小儿，独足向后，夜喜犯人，名曰魈。"魅：精怪。㊽柽（chēng）：俗名观音柳，于夏秋间开淡红小花。本句谓柽柳无人修剪，枝干横斜，与窗边碧锦相贴。㊾残贵：因宫已荒颓，所供之人死去已久，故称。㊿歌尘：善歌者发音清越，震动梁尘。本句谓如今歌声消歇，故梁尘积在蠹木上。(51)舞彩：舞女穿的彩服。长云似：无人起舞，仅存彩服，有似长云。(52)珍壤：指福昌周围的沃野。割绣段：一块块田地长着茂密的农作物，如分割的绣段。(53)祖：继承。风义：淳风高义。(54)邻凶：邻居有丧事。不相杵：舂米时不喊号子。《礼记·曲礼》："邻有丧，舂不相。"(55)邪祀：祭祀邪神。(56)鲐（tái）皮：即鲐背，指老人。人老气衰，皮肤消瘦，背若鲐皮。(57)丱（guàn）角：童子。丱，儿童束发成两角的样子。靦（miǎn）：惭愧貌。(58)诟（gòu）：辱骂。诟租吏：因催租而辱骂百姓的吏人。本句谓因不欠王税，故户无催租吏。(59)竹薮：竹林。添：添修。堕简：因年深月久而破败损坏之简册。(60)芭蕉倾蜀纸：芭蕉叶大光滑，胜过蜀纸。(61)縠襟：纱縠衣襟。(62)孤景：落日。拂繁事：除去一切繁杂之事。(63)陶宰酒：陶渊明爱酒，且曾任彭泽令，故称。(64)谢郎妓：谢安在东山曾蓄妓，故称。(65)丁丁：泉声。(66)矫矫：高飞貌。单飞：孤飞之鸟。(67)霞巘（yǎn）：山峰如云霞之色。殷：暗红色。嵯峨：高峻貌。(68)危溜：自高处流下的泉水。声争次：泉流激石而声起，石有层次，水声随之有高低，好像竞相歌唱似的。(69)淡蛾：指映入水中之半月。(70)薄月：微云侵月。眇阴：微云。悴：心情不快。(71)凉光：月光。(72)廓：开朗空旷。此二句谓月光照入山涧，在开朗空旷中更充分显示了山涧的幽美。(73)霜禽：羽毛洁白的飞禽。竦：耸起。烟翅：月光映照翅膀的白羽，如烟云。(74)蛟涎：蛟龙的涎沫。(75)唅（yǎn）：鱼口翕动貌。鱼戏：游鱼戏水。(76)风桐：风中桐树。瑶匣瑟：玉匣中的瑟。(77)萤星：萤火虫飞动，如天星流行。锦城：成都别称。《华阳国志》载，汉和帝派二使者微行赴蜀，郡侯吏（管接待的官吏）李郃问二人："君来时，宁知二使何时发都？"二人惊问其何以知之，郃指星曰："有二使星入益州。"(78)掉：摇动。本句谓竹子摇动时发出的声音，如吹短笛。(79)缘：沿着。(80)丹渍：指水，谓其浑浊而略带红色。○81漂旋：漂浮回旋，指水。天影倒映水中，变幻不定，故曰弄。○82古桧拏云臂：古老的桧树高耸入云。拏云，拟人手法，高入云天。○83薇帐：蔷薇交延丛生，如同帐幔。○84罥（juàn）：挂。香蔓：蔓生而有刺的花。○85芒麦：即麦，穗上有芒刺。平百井：极言麦之多。古代九夫为一井，一夫受田百亩，一井即九百亩。○86乘：六十四井为一乘。古代四井为邑，四邑为丘，四丘为乘。闲乘谓不耕之地。肆：商贸交易之屋舍，即店铺。千肆极言屋舍之多。○87刺促：劳碌不止。成纪：陇西成纪（今属甘肃），为唐皇室郡望。○88鸱夷子：即范蠡。据《史记·越王勾践世家》记载，范蠡帮助越王灭吴国后，即乘扁舟入五湖，至齐，易名为鸱夷子皮。

[评析]

这首长诗描绘了昌谷周围美好的景色、淳朴的民风，展示了一幅绝妙的中唐农村山居风俗图画，画面清新朴实，幽静淡雅而又色彩鲜明，抒发了诗人对故乡的热爱，隐约表现了自己仕宦的失意和归隐的情思。

铜驼悲[①]

落魄三月罢[②]，寻花去东家[③]。谁作送春曲？洛岸悲铜驼。桥南多马客[④]，北山饶古人[⑤]。客饮杯中酒，驼悲千万春。生世莫徒劳，风吹盘上烛[⑥]。厌见桃株笑[⑦]，铜驼夜来哭。

[注释]

①作于元和四年（809）李贺进士落第后。铜驼：陆机《洛阳记》："铜驼街有汉铸铜驼二枚，在宫之南四会道头。高九尺，头似羊，颈似马，有肉鞍，夹路相对。俗语云：'金马门外聚群贤，铜驼陌上集少年。'言人物之盛也。"②落魄：穷困失意。三月罢：暮春，三月底。③东家：仁和里住所东。④桥南：天津桥南，是洛阳闹市。马客：骑马游玩之人。⑤北山：北邙山，山上多坟地。古人：死者。⑥"风吹"句：古诗《怨诗行》："百年未几时，奄

若风吹烛。"⑦桃栎笑：桃花开。刘知几《史通·杂说》："今俗，文士谓鸟鸣为啼，花发为笑。"

[评析]

这首诗借铜驼抒发自己的情感。不能参与进士考试对于诗人来说是一个重大打击，诗人由此产生了一种人生的幻灭感，于是感慨人生短暂，世事无常；"厌见桃栎笑"，一切美好的景色都产生不了丝毫喜悦，可谓心如死灰。

自昌谷到洛后门①

九月大野白②，苍岑竦秋门③。寒凉十月末，雪霰蒙晓昏④。淡色结昼天，心事填空云⑤。道上千里风⑥，野竹蛇涎痕⑦。石涧冻波声，鸡叫清寒晨。强行到东舍⑧，解马投旧邻。东家名廖者⑨，乡曲传姓辛⑩。杖头非饮酒⑪，吾请造其人。始欲南去楚，又将西适秦。襄王与武帝，各自留青春⑫。闻道兰台上⑬，宋玉无归魂。缃缥两行字⑭，蛰虫蠹秋芸⑮。为探秦台意⑯，岂命余负薪⑰？

[注释]

①作于元和三年（808）十月。②大野：旷野。白：秋后草木变衰，一望皆白。③苍岑：苍山翠岭，山之苍翠而多树木者。张协《七命》："据苍岑而孤生。"竦：耸立。④霰（xiàn）：白色不透明的雪状粒体。⑤填空云：心事重重，如同阴云填满胸中。⑥千里风：强劲的风。⑦蛇涎痕：野竹沾雨冻结发白，好像蛇涎。⑧东舍：李贺洛阳旧居。⑨廖者：辛廖，战国时期晋国大夫，擅长占卜，这里指卖卜人。⑩乡曲：偏远乡村。⑪杖头：刘义庆《世说新语·任诞》载："阮宣子常步行，以百钱挂杖头，至酒店，便独酣畅。"此处借其事而他用，意思是说杖头挂钱来占卜。⑫"襄王"二句：楚襄王与汉武帝，皆古好文之主，各保令名于后世。王琦谓襄王指藩镇，武帝指皇帝。留青春，留下芳名，名闻

千古。⑬兰台：汉代宫内藏图书之处，以御史中丞掌之。⑭缃缥：书包衣和书囊，代指书籍。《文选序》："词人才子，则名溢于缥囊；飞文染翰，则卷盈乎缃帙。"缃，浅黄色书囊。缥，青白色书衣。⑮蛰虫：藏匿书中之虫。芸：草名，叶极芳香，古者，秘阁藏书，置芸以辟蠹，故号为芸阁。⑯秦台：秦有章台，这里指代朝廷。⑰负薪：穷困者采樵自养。

[评析]

诗人元和二年秋从昌谷入洛阳，赴河南府试，同时准备来年去长安参加礼部考试。他一方面渴望得到明主的赏识，能够一举成名，可是另一方面也深知受重用的人才不多，因而对前途充满着焦虑，从而想依靠占卜来排除内心的迷茫不定。这首诗描绘出一幅阴霾的秋日景象，正衬托出这种复杂的心情。"淡色结昼天，心事填空云"，前一句写秋色澄碧，后一句写心事重重，化虚为实，情景交融。

七月一日晓入太行山①

一夕绕山秋，香露溘蒙菉②。新桥倚云阪③，候虫嘶露朴④。洛南今已远⑤，越衾谁为熟⑥？石气何凄凄⑦，老莎如短镞⑧。

[注释]

①诗作于元和九年（814）秋，李贺自昌谷赴潞州途中。②溘（kè）：依，沾濡。蒙：一种植物，女萝的别称。菉（lù）：王刍，草名，即荩草。③云阪：有云气的山坡。④候虫：应时而鸣的虫。露朴：林木间露珠凝聚。⑤洛南：昌谷在洛阳西南，此指乡里而言。⑥越衾：越布制的被。熟：熟睡。这句话说，因欲早行，故不能熟睡。⑦石气：山石间寒气。⑧莎：莎草，茎三棱，地下有纺锤形细长块根，俗称香附子，可入药。镞（zú）：箭头。

[评析]

这首诗写太行早行所见秋景，雾气、露珠、莎草紧扣晨景，虽然有一些萧瑟，但诗人并没有太多的感伤，反而于草木之中闻到了清香。因为潞州一行，诗人怀着投笔从戎的决心，试图在读书科举之外，另辟一条新的仕途，因而这些早晨的秋景，似乎只是匆匆赶路的行人所见之景，没有引起太多的悲秋情绪。

秋凉诗寄正字十二兄①

闭门感秋风，幽姿任契阔②。大野生素空③，天地旷肃杀。露光泣残蕙，虫响连夜发。房寒寸辉薄④，迎风绛纱折⑤。披书古芸馥⑥，恨唱华容歇⑦。百日不相知，花光变凉节⑧。弟兄谁念虑，笺翰既通达⑨。青袍度白马⑩，草简奏东阙⑪。梦中相聚笑，觉见半床月。长思剧循环⑫，乱忧抵覃葛⑬。

[注释]

①作于元和八年（813）秋。正字：秘书省官员。十二兄：未详何人。②幽姿：幽雅之姿。契阔：疏阔，久不相见。③大野：旷野。④寸辉：灯光。⑤绛纱：窗帷。范晔《后汉书·马融列传》："（马融）常坐高堂，施绛纱帐，前授生徒，后列女乐。"折：转折。⑥馥：香气浓郁。⑦华容：美好的容颜。⑧花光：春景。凉节：秋时。⑨笺翰：书信。⑩青袍：正字从九品，穿青袍。度：骑。⑪草简：草，拟；简，手版。御史弹劾之奏章，谓之白简。《晋书·傅玄传》："（傅玄）每有奏劾，或值日暮，捧白简，整簪带，竦踊不寐，坐而待旦，于是贵游慑伏，台阁生风。"东阙：阙本台观或象魏（高石柱）之名，后指朝廷。⑫循环：思念牵转不已。傅玄《怨歌行》："情思如循环，忧来不能遏。"⑬覃葛：蔓延的葛藤。

[评析]

这首诗描绘出肃杀的秋景，自己的独处落寞，表达了对兄长的思念。"梦中相聚笑，觉见半床月"写出感情深厚、思念之深和梦醒后的落寞惆怅。

卷 四

艾如张①

锦襜褕②,绣裆襦③。强饮啄,哺尔雏。陇东卧穗满风雨④,莫信笼媒陇西去⑤。齐人织网如素空⑥,张在野田平碧中⑦。网丝漠漠无形影⑧,误尔触之伤首红。艾叶绿花谁剪刻⑨?中藏祸机不可测。

[注释]

①诗作于元和五年至八年(810~813),李贺在长安奉礼郎任上。艾如张:汉乐府古曲,汉《鼓吹铙歌》十八曲中有《艾如张》:"艾而张罗,夷于何。行成之,四时和。山出黄雀亦有罗,雀以高飞奈雀何!"意思是芟除草木而张罗捕雀。②襜(chān)褕(yú):对襟短衣。司马迁《史记·魏其武安侯列传》:"元朔三年,武安侯坐衣襜褕入宫不敬。"③裆襦:裤和里衣。④陇:同"垄"。穟:同"穗"。⑤笼媒:置鸟于笼,以引同类诱捕之。葛洪《西京杂记》卷四:"茂陵文固阳……善驯野雉为媒,用以射雉。"⑥齐:古国名,今山东之地。素空:透明。⑦平碧:绿野。⑧漠漠:广漠。⑨艾叶绿花:将艾叶交错如花铺网上以为伪装。

[评析]

安史之乱后的中唐社会,虽然表面上一片承平景象,然而藩镇割据,国家有尾大不掉之忧;社会生活中,狡诈风气见长,而李贺自己也正是因为遭谗毁而落魄不堪。这首诗效仿乐府古辞,用拟人的手法,谆谆劝慰鸟雀高飞,不要误触罗网,从而惊醒世人,处事谨慎,莫要误中他人圈套。"陇东卧毯满风雨,莫信笼媒陇西去",诗人用对比的手法写出陇东、陇西的不同,一边是在风雨中,一边是在晴日下,花红柳绿,意在强调陷阱、圈套的外在欺骗性。"艾叶绿花谁剪刻?中藏祸机不可测",形象地写出陷阱的装饰性外表掩盖下的险恶用心。

上云乐①

飞香走红满天春,花龙盘盘上紫云②。三千宫女列金屋③,五十弦瑟海上闻④。天江碎碎银沙路⑤,嬴女机中断烟素⑥。缝舞衣,八月一日君前舞⑦。

[注释]

①诗歌作于元和五年至八年(810~813)。上云乐:乐府古题,梁武帝制,古辞写神仙之事。②花龙盘盘:形容香烟如彩龙盘旋而上。③金屋:旧题班固《汉武故事》载,汉武帝幼年,看中长公主女儿陈阿娇,说"若得阿娇作妇,当作金屋贮之"。这里指宫殿。④海上闻:形容声音洪亮。⑤银沙:喻天河中繁星。⑥嬴女:织女。烟素:织成的丝绸。⑦八月一日:宫廷有庆典。胡震亨《唐音癸签》谓当作"八月五日",玄宗生日,定为千秋节。

[评析]

这首诗写宫中为帝王祝寿的情景:"飞香走红",祥云笼罩,鼓乐喧天,充满热闹、祥和、欢快氛围;一说是讽刺君王纵情声色。

摩多楼子①

玉塞去金人②,二万四千里。风吹沙作云,一时渡辽水③。天白水如练,甲丝双串断④。行行莫苦辛,城月犹残半。晓气朔烟上,趢趗胡马蹄⑤。行人临水别,陇水长东西。

[注释]

①摩多楼子:乐府曲名,大抵写从军征戍之事。②玉塞:即玉门关,今甘肃玉门,这里泛指边塞。金人:匈奴休屠王祭天金人,这里指休屠地,泛指边塞。班固《汉书·霍去病传》:"元狩三年春,为骠骑将军将万骑出陇西。……转战六日,过焉支山千有余里……收休屠祭天金人。"一说金人指都城长安,用秦始皇事。秦灭六国后,在咸阳铸造十二个金人。③辽水:辽河,在今辽宁省。④甲丝:穿盔甲的丝线。⑤趢(lù)趗(cù):行步急促,步伐碎小。

[评析]

这首诗描写从军征战之苦。前四句写西域辽远,辽水风沙,概括远离故土、行踪莫定而天气恶劣。五至十句写行役之苦。最后两句以所见水分流比喻别离亲人,后会难期,大有"古来征战几人回"的凄凉与感慨。

猛虎行①

长戈莫舂②,长弩莫抨③。乳孙哺子,教得生狞④。举头为城,掉尾为旌⑤。东海黄公⑥,愁见夜行。道逢驺虞⑦,牛哀不平⑧。何用尺刀?壁上雷鸣⑨。泰山之下⑩,妇人哭声。官家有程⑪,吏不敢听。

[注释]

①作于元和五年(810)。猛虎行:古乐府,属于相和歌辞,言君子苦志洁行,却常困于险境而难以成功。②戈:古代的一种兵器。舂(chōng):冲刺。③弩:古代一种利用机械力量射击的弓。抨(pēng):弹射。④生狞:凶恶。⑤掉:举起。王充《论衡·率性》:"鲧为诸侯,欲得三公,而尧不听,怒其猛兽,欲以为乱,比兽之角,可以为城,举尾以为旌。"比喻藩镇自建城池,更立旗号。⑥东海黄公:这里用东海黄公杀虎反为虎害的故事,说虎凶猛,连东海黄公也害怕。据葛洪《西京杂记》卷三载:"东海人黄公,少时为术,能制蛇御虎,佩赤金刀,以绛缯束发,立兴云雾,坐成山河。及衰老,气力羸惫,饮酒过度,不能复行其术。秦末有白虎见于东海,黄公乃以赤刀往厌之,术既不行,遂为虎所杀。"⑦驺虞:传说中的义兽,白虎黑文,不食生物。⑧牛哀:即公牛哀,《淮南子·俶真训》记载:"昔公牛哀转病也,七日化为虎。其兄掩户而入,觇之,则虎搏而杀之。"不平:不满。⑨壁上雷鸣:传说中灵异的宝剑遇到敌情时发出雷鸣声。《刀剑录》:"南凉秃发乌孤,太初三年,造一刀,狭小,长二尺五寸,青色。匠云:'当作之时,梦见一人披朱衣云:"我太乙神,故看尔作此刀,有敌至,刀必鸣。"'后落突厥可汗处。"此处指宝刀弃置不用,鸣以自愤。⑩泰山之下:《礼记·檀弓》载:孔子过泰山,有妇人哭于墓,一问才知道她的翁、夫、子都为老虎害死,但是因为这里没有苛政,没有移居他处,孔子感慨道:"苛政猛于虎也。"⑪程:期限。

[评析]

安史之乱后,唐朝出现藩镇割据局面。实力强大的藩镇自立旗号,子孙世袭,公然对抗朝廷,残害百姓。诗人运用比拟手法,形象地揭露了藩镇的狰狞面孔和残害人民的行径,讽刺了朝廷的无能为力,表现了渴望实现统一的愿望。

日出行

白日下昆仑①,发光如舒丝②。徒照葵藿心③,不照游子悲。

折折黄河曲,日从中央转。旸谷耳曾闻④,若木眼不见⑤。奈尔铄石⑥,胡为销人⑦?羿弯弓属矢⑧,那不中足⑨,令久不得奔?讵教晨光夕昏!

[注释]

①下:下照。②舒丝:喻日光如丝之柔和舒展。③葵:阳草,一名卫足葵,倾叶向阳,不令照其根。藿:豆叶。④旸(yáng)谷:传说中太阳升起的地方。⑤若木:传说长在日落处的一种树木。《山海经·大荒北经》:"大荒之中有衡石山、九阴山、洞野之山,上有赤树,青叶赤华,名曰若木。"二句互文。⑥铄石:熔化金石。⑦销人:毁灭人。⑧羿(yì):后羿,神话中的射日英雄。传说尧时十日并出,草木枯焦,羿射落九日。属矢:搭箭。⑨那不:怎么不。中足:射中日脚,使它裹足不前。

[评析]

这首诗中,诗人描写了太阳"徒照葵藿心,不照游子悲",不能给人以温暖,反而使人日渐衰亡,发出"胡为销人"的质问,抒发了岁月流逝、久无成就的感慨。"羿弯弓属矢,那不中足,令久不得奔?讵教晨光夕昏"生动形象地写出时光飞逝的感慨,与晋傅玄《九曲歌》"岁莫景迈群光绝,安得长绳系白日",陈沈炯《幽庭赋》"那得长绳系白日,年年月月俱如春"同出机杼,为珍惜光阴名句,表达了人类挽留时光的美好愿望。

苦篁调啸引①

请说轩辕在时事②,伶伦采竹二十四③。伶伦采之自昆丘④,轩辕诏遣中分作十二。伶伦以之正音律⑤,轩辕以之调元气。当时黄帝上天时⑥,二十三管咸相随⑦,唯留一管人间吹。无德不能得此管,此管沉埋虞舜祠⑧。

[注释]

①苦篁：苦竹，秆矮小，节长，味苦，多生于潮湿之地。调啸引：乐府名，一作《调笑引》。②轩辕：即黄帝，少典之子，姓公孙，名轩辕。③伶伦：乐师。《吕氏春秋·古乐》："昔黄帝令伶伦作为律。"④昆丘：昆仑之丘。⑤正音律：伶伦断竹治管，正天地之风，五律乃生，八音乃出。⑥黄帝上天：传说黄帝上天成仙。司马迁《史记·封禅书》："上曰：'吾闻黄帝不死，今有冢，何也？'或对曰：'黄帝已仙上天，群臣葬其衣冠。'"⑦二十三管：指代黄帝制作的乐器。⑧虞舜祠：应劭《风俗通义·声音》："昔章帝（东汉刘炟）时，零陵文学奚景，于冷道舜祠下得笙，白玉管，知古以玉为管，后乃易之以竹耳。"虞舜，古代帝王名。

[评析]

传统儒家乐教论认为音乐与风会相关。这首诗想象黄帝正音律情形，表明音律与时政、道德的关系，表达了对时政的不满。"无德不能得此管，此管沉埋虞舜祠"，揭示了君王没有才德、正声雅乐沉沦的社会现实，批判尖锐有力。

拂舞歌辞①

吴娥声绝天②，空云闲徘徊③。门外满车马，亦须生绿苔。樽有乌程酒④，劝君千万寿。全胜汉武锦楼上，晓望晴寒饮花露⑤。东方日不破⑥，天光无老时⑦。丹成作蛇乘白雾⑧，千年重化玉井土。从蛇作土二千载，吴堤绿草年年在。背有八卦称神仙⑨，邪鳞顽甲滑腥涎⑩。

[注释]

①诗歌作于元和五年至八年（810~813），李贺在长安奉礼郎任上。拂舞歌辞：古乐府名。王琦注："拂舞，持拂而舞，兼歌其辞。古辞五篇：《白鸠篇》、《济济篇》、《独禄篇》、《碣石篇》、《淮南王篇》。李贺撮其大意而作

此篇。"②吴娥：吴越歌姬，泛指歌女。绝天：歌声高亢，上及于天。古乐府《淮南王篇》："少年窈窕何能贤，扬声悲歌声绝天。"③空云：暗用秦青讴歌声振林木、响遏行云的典故，见《列子·汤问》。④乌程酒：乌程，地名，治今浙江湖州南。古有乌氏、程氏，能酿酒，故名。⑤饮花露：指汉武帝用承露盘饮露求长生事。⑥日不破：犹言日不落。破，犹残。日落时，日轮逐渐沉入地平线下，由浑圆变得残缺。⑦老时：指日暮时。⑧丹成：炼丹成仙，化为腾蛇。《碣石篇》：曹操作，用于瑟调者作《步出夏门行》，用于舞曲者作《碣石篇》："神龟虽寿，犹有竟时。腾蛇乘雾，终为土灰。"本篇以下六句祖其语意。丹，指方士所炼的丹药。蛇：腾蛇。与龙同类的神蛇。⑨背有八卦：指龟。八卦，指龟壳图纹。⑩邪鳞顽甲：亦指龟而言。句意谓即使化为神龟，身长邪鳞顽甲，腥涎滑浊，终是异类，亦不足贵。

[评析]

这首诗讽刺唐宪宗服药求仙。从多个角度形象地说明渴求长生不老只是一个虚妄的想法。前四句写歌舞虽然盛极一时，但是总归有衰败的时候；次四句写饮酒胜于服药求仙；九、十两句写盛衰、生命是个必然过程；最后写神龟腾蛇乘雾，终为土灰，求仙也不过如此。

夜坐吟①

踏踏马蹄谁见过？眼看北斗直天河。西风罗幕生翠波②，铅华笑妾颦青娥③。为君起唱长相思④，帘外严霜皆倒飞。明星烂烂东方陲⑤，红霞梢出东南涯，陆郎去矣乘班骓⑥。

[注释]

①夜坐吟：汉乐府曲名，属于杂曲歌词，鲍照有《代夜坐吟》："冬夜沉沉夜坐吟，含声未发已知心。霜入幕，风度林，朱灯灭，朱颜寻。体君歌，逐君音，不贵声，贵意深。"②罗幕：罗帏，罗帐。生翠波：风吹罗帐闪动，如

同水波荡漾。③铅华：妆饰用粉。曹植《洛神赋》："铅华弗御。"青娥：即青蛾，指代女子眉。唐代多以青色描眉。④长相思：乐府曲名。⑤明星烂烂：将晓之时。《诗经·郑风·女曰鸡鸣》："子兴视夜，明星有烂。"古《鸡鸣歌》："东方欲明星烂烂。"陲：边。⑥陆郎：古乐府《明下童曲》："陈孔骄白骥，陆郎乘斑骓。"陈孔谓陈宣、孔范；陆郎谓陆瑜，皆陈后主狎客。此处则指所欢之人。骓：苍黑杂毛马。

[评析]

这首诗描绘所欢彻夜不归，女子思念满襟的情形，感慨遇合之难。一说是诗人知己俱遭贬谪，托思妇以寄托怀念之情。

箜篌引①

公乎公乎，提壶将焉如？屈平沈湘不足慕②，徐衍入海诚为愚③。公乎公乎，床有菅席盘有鱼④。北里有贤兄，东邻有小姑。陇亩油油黍与瓠⑤，瓦甒浊醪蚁浮浮⑥。黍可食，醪可饮，公乎公乎其奈居⑦。被发奔流竟何如？贤兄小姑哭呜呜。

[注释]

①箜篌引：乐府旧题，又名《公无渡河》。宋蜀本题下注："又曰《公无渡河》。"《文苑英华》径题《公无渡河》。②屈平沈湘：屈原自投湘水汨罗而死。沈，同"沉"。③徐衍：周末世人，负石入海，是一位有忠义气节的人。见班固《汉书·邹阳传》。④菅（jiān）席：以菅草织成的席。菅，一种草，又名菅茅，茎可以做绳子编织鞋底，茎叶细长的可以覆盖房屋。⑤油油：禾黍之苗光泽晶莹。瓠：胡，大蒜。⑥甒（wǔ）：瓦制盛器，容五斗。醪（láo）：浊酒。蚁浮浮：酒初开时，面有浮花，若蚁。⑦奈：通"耐"。

[评析]

这首诗借评说古人以抒发情思。屈原忠而被弃，徐衍苦节投海，是历来为人称道的高洁品行；李贺自己虽然渴望能报效国家，一展宏图，但也是落魄不得志。诗人不羡慕屈原、徐衍的举措，意含愤激不平之音，同时表达了自己独善其身的意图。

巫山高①

碧丛丛②，高插天，大江翻澜神曳烟③。楚魂寻梦风飔然④，晓风飞雨生苔钱。瑶姬一去一千年⑤，丁香筇竹啼老猿⑥。古祠近月蟾桂寒，椒花坠红湿云间⑦。

[注释]

①巫山高：汉《鼓吹铙歌》十八曲有《巫山高曲》，乐府古辞叙述游子远望思归，而江淮水深，无桥可渡。南朝以来，以"巫山高"命名的古词多掺杂巫山神女故事，涉及艳情，已经没有思乡内容。巫山，山名，在重庆、湖北两省市边境。北与大巴山相连，形如"巫"字，故名。长江穿流其中，形成三峡。②碧丛丛：指巫山上林木葱茂的山峰。③神曳烟：神指巫山神女，曳烟即御风之意。④楚魂寻梦：宋玉《神女赋》："楚襄王与宋玉游于云梦之浦，使玉赋高唐之事。其夜，王寝，果梦与神女遇。"飔（sī）：凉风。⑤瑶姬：巫山神女，又作姚姬。习凿齿《襄阳耆旧传》："赤帝女曰瑶姬，未行而卒，葬于巫山之阳，故曰巫山之女。"⑥丁香：一名鸡舌香，味芳香，可入药。筇（qióng）竹：即邛竹，蜀中邛都（今四川省西昌）一带生长的竹子。刘渊林《蜀都赋注》："邛竹出兴古盘江，似南竹，中实而高节，可以作杖。"⑦椒花：又名蜀椒、川椒、巴椒、花椒。曹孝忠《图经本草》："蜀椒……高四五尺，似茱萸而小，有针刺，叶坚而滑，可煮饮食。四月结子，无花，但生于枝叶间，颗如小豆而圆，皮紫赤色。"

[评析]

宋玉《神女赋》之后，巫山云雨往往被用来表现人世间的情感，充满温馨，虽则是披着神话传说的外衣；李贺独辟蹊径，写神鬼情思，营造出凄清、幽冷、迷离的境界，难怪被称作"诗鬼"。

平城下①

饥寒平城下，夜夜守明月。别剑无玉花②，海风断鬓发。塞长连白空③，遥见汉旗红。青帐吹短笛，烟雾湿画龙④。日晚在城上，依稀望城下。风吹枯蓬起，城中嘶瘦马。借问筑城吏，去关几千里？惟愁裹尸归⑤，不惜倒戈死⑥！

[注释]

①诗作于元和九年至十一年（814~816）李贺客游潞州时。平城：古地名，治所在唐朔州定襄县（今山西大同市东北），汉高祖出兵匈奴，被冒顿单于困于平城，七日后采用陈平计谋，得以脱身。《元和郡县志》：河东道之云州，"即秦雁门郡地，在汉雁门郡之平城县也"。古乐府有《平城歌》，属于杂歌谣辞。②别剑：离家时所佩之剑。玉花：剑光。③白空：天色。④画龙：旗上所画之龙。⑤裹尸：范晔《后汉书·马援传》："男儿要当死于边野，以马革裹尸还葬耳。何能卧床上，在儿女子手中耶？"此处则谓死于饥寒、裹尸而归。⑥倒戈死：战死沙场，戈倒于地。《周书·武成》："前徒倒戈，攻于后以北。"

[评析]

这首诗描写了一位长年戍守边关的老兵，在饥寒交迫之中生活，有家而不能归，欲建功业而不得，空生满头白发，表达诗人对广大边疆士兵不幸遭遇的同情，对官吏不体恤士卒的现象的讽刺。最后两句写得悲壮感人。

江南弄①

江中绿雾起凉波，天上叠巘红嵯峨②。水风浦云生老竹，渚暝蒲帆如一幅③。鲈鱼千头酒百斛④,酒中倒卧南山绿。吴歈越吟未终曲⑤,江上团团贴寒玉⑥。

[注释]

①诗大概作于元和二年(807),李贺南游吴越,往返经过和州、江宁、嘉兴、钱塘、会稽、翁州等地时。江南弄:乐府古曲,郭茂倩《乐府诗集》解题说:"江南古词,盖美芳辰丽景,嬉游得时。"②巆:峰峦,这里比喻层云如山峦。嵯(cuó)峨:山高峻的样子。唐彦谦《送许户曹》:"将军楼船发浩歌,云樯高插天嵯峨。"③渚:水边空地。暝:日落。蒲帆:蒲草编织成的帆。④斛(hú):量器,十斗为一斛。⑤吴歈(yú)越吟:吴越腔调吟唱的歌谣。⑥寒玉:比喻月亮。

[评析]

这首诗描绘了江南风光的美好,抒发了对祖国山水的热爱。前四句写江南晚景,后四句写歌舞声中的豪兴畅饮。

荣华乐①

鸢肩公子二十余②,齿编贝③,唇激朱④。气如虹霓⑤,饮如建瓴⑥,走马夜归叫严更。径穿复道游椒房⑦,龙裘金玦杂花光⑧。玉堂调笑金楼子⑨,台下戏学邯郸倡⑩。口吟舌话称女郎⑪,锦袪绣面汉帝旁⑫。得明珠十斛,白璧一双,新诏垂金曳紫光煌煌⑬。马如飞,人如水,九卿六官皆望履⑭。将回日月先反掌⑮,欲作江河唯画地⑯。峨峨虎冠上切云⑰,竦剑晨趋凌紫氛⑱。绣段千寻贻皂隶⑲,黄金百镒赆家臣⑳。十二门前张大宅㉑,晴春烟起连天碧。金铺缀日杂红光㉒,铜龙啮环似争力㉓。瑶姬凝醉卧芳席㉔,海素笼窗空下隔㉕。丹穴取凤充行庖㉖,玃玃如拳那足食㉗?金蟾呀呀兰烛香㉘,军装武妓声琅珰㉙。谁知花雨夜来过？但见池台春草长㉚。嘈嘈弦吹匝天开㉛，洪崖箫声绕天来㉜。天长一矢贯双虎，云弝绝骋駍旱雷㉝。乱袖交竿管儿舞㉞，吴音绿鸟学言语㉟。能教刻石平紫金㊱，解送刻毛寄新兔㊲。三皇后㊳，七贵人，五十校尉二将军。当时飞去逐彩云㊴，化作今日京华春㊵。

[注释]

①作于元和五年至八年（810~813）李贺任奉礼郎时期。荣华乐：一作《东洛梁家谣》，李贺自制乐府题目，诗咏梁冀事。据范晔《后汉书·梁冀传》载，梁冀，字伯卓，顺帝时拜为大将军。顺帝死后，冀专权，骄奢淫逸，连皇帝也由他废立。汉桓帝即位后，罢其职，杀其党羽数十人，籍没其家财，冀自杀。②鸢肩公子：指梁冀。范晔《后汉书·梁冀传》载梁冀"鸢肩豺目"。鸢肩，肩膀上耸。③齿编贝：牙齿白。班固《汉书·东方朔传》："目若悬珠，齿若编贝。"④唇激朱：嘴唇红润。《庄子·盗跖》："唇如激丹，齿如齐贝。"⑤气如虹霓：古人以为虹霓是气贯而成，这里用以形容少年气盛。刘劭《赵郡赋》："煦气成虹霓。"⑥建瓴（líng）：语本班固《汉书·高帝纪》："譬犹居高屋之上，建瓴水也。"原意是把瓶水从高处往下倒，这里形容豪饮。⑦椒房：皇后所居之处。冀姊为汉顺帝刘保的皇后。《三辅黄图》卷三："椒房殿在未央宫，以椒和泥涂，取其温而芬芳也。"⑧尨（máng）：杂色。⑨玉堂：泛指宫殿。杜甫《进雕赋表》："今贾马之徒，得排金门，上玉堂者甚众矣。"金楼子：梁元帝写的一本叙述徐妃淫妒的书，后来用于借代淫妒女子。如王金珠《欢闻歌》："艳艳金楼女，心如玉池莲。"⑩邯郸倡：邯郸娼妓，善歌舞。《古相逢行》："黄金为君门，白玉为君堂。堂上置尊酒，作使邯郸倡。"⑪口吟舌话：指梁冀话语含糊，巧言令色以取宠。范晔《后汉书·梁冀传》载梁冀"口吟舌言，裁能书计"。称（chèn）：相当。⑫锦袄绣面：锦衣绣服，衣服华丽。汉帝：汉顺帝。⑬垂金曳紫：悬金印，拖紫绶。⑭九卿：秦汉通常以奉常（太常）、郎中令（光禄勋）、卫尉、太仆、廷尉、典客（大鸿胪）、宗正、治粟内史（大司农）、少府为九卿，即中央各行政机关的总称。六官：《周礼》以天官冢宰、地官司徒、春官宗伯、夏官司马、秋官司寇、冬官司空分掌邦政，称六官。隋唐后设吏、户、礼、兵、刑、工六部尚书，亦称六官。皆

望履：不敢仰视之意。⑮将回日月：梁冀曾毒死质帝刘缵，改立桓帝刘志。反掌：称其权势熏天，变更时事，易如反掌。⑯画地：本指方士道术通天，这里形容梁冀权势通天。葛洪《西京杂记》卷三载："画地成江河，撮土为山岳。"⑰峨峨：高耸貌。切云：高冠。屈原《九章·涉江》："冠切云之崔嵬。"⑱竦剑：带剑耸立。左思《吴都赋》："危冠而出，竦剑而趋。"晨趋：早晨朝见皇帝。紫氛：指皇宫。⑲寻：古长度单位，八尺为寻。贻（yí）：赠送。皂隶：古代贱役，后专以称衙门里的差役。《左传·隐公五年》："若夫山林川泽之实，器用之资，皂隶之事，官司之守，非君所及也。"⑳镒：古重量单位，二十两或二十四两为一镒。贶（kuàng）：赠送。家臣：春秋时各国卿大夫的臣属。卿大夫家的总管叫宰，宰下又有各种官职，总称为家臣。后亦泛指诸侯、王公的私臣。㉑十二门：洛阳城十二门，正南一门叫做平城门，其余为上西门、雍门、广阳门、津门、小苑门、开阳门、耗门、中东门、上东门、谷门、夏门。张大宅：建造大宅院。㉒金铺：门铺首以金为之，即门环下的圆铜片。㉓铜龙：龙头形的铜制门铺。㉔瑶姬：指姬妾。㉕海素：海中鲛人所织之素，即鲛绡。㉖丹穴取凤：《山海经·南山经》："丹穴之山⋯⋯有鸟焉，其状如鸡，五采而文，名曰凤皇。"㉗玃（jué）玃：通矍矍，猕猴。㉘金蟾：蟾形之金属香炉。呀呀：张嘴貌。㉙琅珰：行动时甲胄所发之声。㉚"谁知"二句：指酣游无度，不知时序。范晔《后汉书·梁冀传》："冀寿共乘辇车，张羽盖，饰以金银，游观第内，多从倡伎，鸣钟吹管，酣讴竟路，或连继日夜，以骋娱恣。"㉛匝：遍。㉜洪崖：传说中之上古仙人，于洪崖修炼飞升。洪崖有二：一在江西省新建县西南，又名伏龙山；一在湖北省咸宁东南。或云是黄帝时乐师伶伦。㉝云弝（bà）：弝上绘有云形装饰。"弝"同"靶"，弓背中间手握之处。聒（guō）：喧扰，嘈杂，此处作震响解。㉞乱袖交竿：衣袖交错，如同竹竿，形容女子舞姿翩翩。㉟吴音：吴地音调。绿鸟：指鹦鹉。㊱刻石平紫金：指掘石窟以藏金，揭露其敛财不厌。这里化用范晔《后汉书·郭皇后纪》京师称郭况家为金穴。㊲"解送"句：《后汉书·梁冀传》谓："起菟苑于河南城西，经亘数十里，发属县卒徒，缮修楼观，数年乃成。移檄所在调发生菟，刻其毛以为识，人有犯者，罪至刑死。"㊳三皇后：范晔《后汉书·梁冀传》："冀一门前后七封侯，三皇后，六贵人，二大将军。夫人、女食邑称君者七人,尚公主三人,其余卿、将、尹、校五十七人。"㊴"当时"句:当时盛况已逝去,有如云散。㊵"化作"句:今日权贵似乎从梁冀那里化来。

[评析]

这首诗写汉代梁冀权势熏天,骄奢无比,终致衰败,借历史揭露讽刺当朝权贵。当时郭子仪家族子孙凭借先世阴德,成为长安豪贵,情形与梁冀相仿佛,故而有人以为这首诗是讽刺郭家的。

相劝酒①

羲和骋六辔,昼夕不曾闲。弹乌崦嵫竹②,挞马蟠桃鞭③。蓐收既断翠柳④,青帝又造红兰⑤。尧舜至今万万岁,数子将为倾盖间⑥。青钱白璧买无端,丈夫快意方为欢。臛蠵臑熊何足云⑦?会须钟饮北海⑧,箕踞南山⑨。歌淫淫⑩,管愔愔⑪,横波好送雕题金⑫。人生得意且如此,何用强知元化心⑬?相劝酒,终无辍。伏愿陛下鸿名终不歇⑭,子孙绵如石上葛⑮。来长安,车骈骈⑯。中有梁冀旧宅,石崇故园⑰。

[注释]

①作于元和五年至八年(810~813)李贺官奉礼郎期间。②弹乌:弹射太阳。乌,传说日中有三足乌。《春秋元命苞》:"阳成于三,故日中有三足乌。"崦嵫:传说中的神山,是太阳降落的地方。《山海经·西山经》载:"西南三百六十里,曰崦嵫之山。"③挞(chì):鞭打。蟠桃鞭:以蟠木所制成之鞭,即蟠桃鞭。《十洲记》:"东海有山,名度索山,上有大桃树,蟠屈三千里,曰蟠木。"④蓐(rù)收:西方神明,主管秋天,即秋神。《礼记·月令》:孟秋之月,其神蓐收;仲秋之月,其神蓐收;季秋之月,其神蓐收。⑤青帝:春神,东方神明,主管春天。红兰:指微现红色兰花。⑥数子:羲和、蓐收、青帝。倾盖间:指为时甚短。⑦臛(huò):肉羹。蠵(xī):大龟。《楚辞·招魂》:"露鸡臛蠵,厉而不爽。"⑧钟饮北海:开怀畅饮。曹植

《与吴质书》:"愿举泰山以为肉,倾东海以为酒。"⑨箕踞:张开两腿坐着,形似簸箕,是一种不礼貌的姿势。《战国策·燕策三》:"轲(荆轲)自知事不就,倚柱而笑,箕踞以骂。"⑩淫淫:形容歌声洋溢。⑪愔愔:形容声音和缓舒展。⑫横波:眉目传情。汉傅毅《舞赋》:"目流睇而横波。"雕题金:今越南一带产的金子。《礼记·王制》:"南方曰蛮,雕题、交趾。"雕题,额上雕花纹,南方少数民族的一种习俗,代指越南一带。⑬元化:造化。⑭鸿名:大名。⑮绵:长。《诗经·王风·葛藟》:"绵绵葛藟,在河之浒。"⑯骈骈:连缀并行的样子。⑰石崇故园:金谷园,故址在今河南洛阳。

[评析]

唐宪宗好方术,乐于长生之道。李贺便写了许多诗歌,揭示方术的荒诞。这首诗便是其中一篇。诗歌形象地说明时序运转不以人的意志为转移的客观性,金钱珠宝任何财富都无法换回时光,进而充分说明乞求长生、妄图成仙得道只不过是幻想,人当尽情享受人生;揭露方术家谎言的同时,表达了诗人对帝王的祝福。

瑶华乐①

穆天子,走龙媒②。八辔冬珑逐天回③,五精扫地凝云开④。高门左右日月环⑤,四方错镂棱层殷⑥。舞霞垂尾长盘跚⑦,江澄海净神母颜⑧。施红点翠照虞泉⑨,曳云拖玉下昆山⑩。列旆如松⑪,张盖如轮。金风殿秋,清明发春。八銮十乘⑫,矗如云屯⑬。琼钟瑶席甘露文⑭,玄霜绛雪何足云⑮?薰梅染柳将赠君⑯,铅华之水洗君骨⑰,与君相对作真质⑱。

[注释]

①作于元和五年至八年(810~813)李贺官奉礼郎期间。瑶华乐:据王嘉《拾遗记》卷三,周穆王巡行天下,驾黄金碧玉之车,副瑶华之轮。②龙媒:神马。汉武帝《天马歌》:"天马徕,龙之媒。"③八辔:辔是马鞯,一马

两骖,这里以八骖为八马。冬珑:马铃声。逐天回:随天的运行回转,形容速度快。④五精:五行之精,指金、木、水、火、土五星。五精扫地是说星辰清扫道路。⑤日月环:西王母门左右两边有日月环绕。⑥棱层殷:台阁作殷红色,棱层突起。⑦盘珊:犹蹒跚,形容彩霞盘旋的样子。⑧神母:西王母。颜:容颜、神情。这句诗形容西王母神情如江海般澄净。⑨红、翠:指妇女妆饰。虞泉:即虞渊,日入处。因避李渊讳,改泉字。⑩云:指云霞般的衣服。玉:玉佩。昆山:昆仑山,虞渊所在地。⑪旆(pèi):旗帜。⑫八鸾:四匹马。鸾,车铃。《诗经·大雅·烝民》:"八鸾锵锵。"笺:"四马则八鸾也。"⑬屯:聚集。⑭琼钟:玉杯。甘露文:即甘露。露着草木成文,故云。⑮玄霜绛雪:仙药。《汉武内传》载,服食玄霜绛雪,可以升天。⑯薰梅染柳:制作仙药。⑰铅华之水:仙水。方士炼丹药用铅。洗骨:洗去凡质污垢。⑱真质:长生不老之质。

[评析]

这首诗描写穆天子与西王母瑶池游仙之乐,想象丰富奇特。如"五精扫地凝云开",想象五星扫清道路,乌云散去。

北中寒①

一方黑照三方紫②,黄河冰合鱼龙死。三尺木皮断文理③,百石强车上河水④。霜花草上大如钱⑤,挥刀不入迷蒙天。争漰海水飞凌喧⑥,山瀑无声玉虹悬⑦。

[注释]

①据诗意,诗作于元和九年至十一年(814~816)冬,李贺客游潞州期间;一说作于元和七年(812)冬天,吐蕃进犯泾州时(姚文燮《昌谷集注》)。②一方黑:指北方墨黑阴冷。三方紫:在北方映带下其他三方变为紫色。③三尺木皮:形容天气严寒。班固《汉书·晁错传》:"胡貉之地,阴积之处,木皮三寸,冰厚六尺。"④石(dàn):量词,一百二十斤为一石。强

车:重车。⑤霜花:霜凝结在草木上,似花朵一样。⑥争潆(yíng):指波涛回旋互激。凌:积冰。⑦玉虹:指已冻之山瀑。

[评析]

这首诗以夸张的手法,极力渲染北方的酷寒,塑造出一个阴森、死寂、烟雾弥漫的冰天雪地景象。诗句中不用"寒"字,而处处见寒意,用字精准,胡震亨《唐音癸签》说:"李长吉咏寒'百石强车上河水',换'冰'字作'水'字,寒意自跃。此用字之最有意者。"

梁台古意①

梁王台沼空中立②,天河之水夜飞入。台前斗玉作蛟龙③,绿粉扫天愁露湿④。撞钟饮酒行射天⑤,金虎蹙裘喷血斑⑥。朝朝暮暮愁海翻,长绳系日乐当年⑦。芙蓉凝红得秋色,兰脸别春啼脉脉⑧。芦洲客雁报春来⑨,寥落野湟秋漫白⑩。

[注释]

①题目一作《梁台古愁》。梁台:西汉梁孝王在离宫所筑平台,故址在今河南省商丘市。②梁王台沼:葛洪《西京杂记》卷二:"梁孝王好营宫室苑囿之乐,作曜华之宫,筑兔园。园中有百灵山,山有肤寸石、落猿岩、栖龙岫。又有雁池,池间有鹤洲、凫渚。其诸宫观相连,延亘数十里,奇果异树,瑰禽怪兽毕备。王日与宫人宾客弋钓其中。"空中立:形容地基高耸。③斗玉作蛟龙:以玉相嵌合,作蛟龙形。④绿粉:指竹。⑤射天:相传殷帝武乙、纣王和春秋时宋康王等都曾将盛血的革囊悬挂高空,用箭射之,称为射天,见司马迁《史记·殷本纪》、《史记·宋世家》等,这些都是昏君无道,佞臣骄横的表现。⑥金虎:比喻小人。《礼记·玉藻》:"君之右虎裘。"喷血斑:裘色鲜赤。⑦长绳系日:挽留时间,使太阳不落。傅玄《九曲歌》:"安得长绳系白日?"⑧兰脸:指兰花。⑨客雁:雁春来往北,秋来往南,有如过客。⑩湟:

野水。漫：广大貌。

[评析]

这首诗用对比手法,描绘出梁王的骄奢和衰败,讽刺当朝权贵的衰亡。诗分两个部分,前八句写梁王荒淫无度的生活,只知道贪图享乐;后四句通过梁王池沼的荒凉衰败景象暗示梁王的没落。

公无出门①

天迷迷,地密密。熊虺食人魂②,雪霜断人骨。嗾犬狺狺相索索③,舐掌偏宜佩兰客④。帝遣乘轩灾自息⑤,玉星点剑黄金轭⑥。我虽跨马不得还,历阳湖波大如山⑦。毒虬相视振金环⑧,狻猊貅貐吐馋涎⑨。鲍焦一世披草眠⑩,颜回廿九鬓毛斑⑪。颜回非血衰,鲍焦不违天;天畏遭衔啮⑫,所以致之然。分明犹惧公不信,公看呵壁书问天⑬。

[注释]

①公无出门：即《招魂》上下四方俱不可往之意。古乐府有《公无渡河》,李贺因之而自拟新题。②熊虺（huī）：即雄虺,九头毒虫,一种吃人的大爬虫。宋玉《招魂》："雄虺九首,往来倏忽,吞人以益其心些。"③嗾（sǒu）：唆唤狗的声音。《左传·宣公四年》："公嗾夫獒焉。"狺（yín）狺：狗叫声。宋玉《九辨》："猛犬狺狺而迎吠。"索索：内心不安,这里指狗的闻嗅蹿跳。④舐（shì）：舔。佩兰：《离骚》："纫秋兰以为佩。"注："佩,饰也。所以象德也。故行清洁者佩芳。"⑤帝：天帝。乘轩：坐车,这里指精魂升天。陶弘景《真诰》："赤水山中学道者朱孺子,乘五色云车登天。潜山中学道者郑景世、张重华,以云骈白日升天。"⑥玉星点剑：剑上镶嵌的银点。轭（è）：架于马颈的横木。⑦历阳湖：麻湖,在和州境内。干宝《搜神记》："历阳之郡,一夕沦入地中,而为水泽,今麻湖是也。"《一统志》："麻湖在和州（今安徽和县）城西三十里,周围七十里,为郡之巨浸,旧名历湖,后讹

为麻湖。"⑧虬（qiú）：有角龙。振金环：抖动蛇身花纹。⑨狻（suān）猊（ní）：狮子。《尔雅》："狻麑如虦（zhàn）猫，食虎豹。"郭璞注："即狮子也，出西域。"貐（yà）貐（yǔ）：最大的野兽。《述异记》："貐貐，兽中最大者，龙头、马尾、虎爪，善走，以人为食。遇有道者即隐，无道君即出食人。"⑩鲍焦：周代隐士。应劭《风俗通义·愆礼》："鲍焦耕田而食，穿井而饮，非妻所织不衣，饿于山中，食枣。或问之：'此枣，子所种耶？'遂呕吐立枯而死。"⑪颜回：春秋时鲁国人，孔子著名弟子，字子渊，年二十九而发白，三十一而死。⑫衔啮（niè）：咬嚼。⑬呵壁书问天：屈原放逐，来到楚国先王庙，见到壁画，书壁呵而问之，作《天问》，抒发情思。王逸《楚辞章句》载："《天问》者，屈原之所作也……屈原放逐，忧心愁悴，彷徨山泽，经历陵陆……见楚有先王之庙及公卿祠堂，图画天地、山川、神灵，琦玮僪佹，及古圣贤怪物行事，周流罢倦，休息其下，仰见图画，因书其壁，呵而问之，以渫愤懑，舒写愁思。"

[评析]

诗人展开丰富的想象力，借助古代传说中的种种凶恶动物，塑造了一个令人发指的黑暗世界：鬼魅横行，野兽遍布，人们无法生存，甚至连善良正直的隐士和圣人也难逃迫害，形象地反映了藩镇割据造成的社会黑暗，抒写了自己的苦闷与无望。诗分为两个部分：前八句为第一部分，写世事险恶；第二部分写人事艰难。

神弦曲①

西山日没东山昏，旋风吹马马踏云②。画弦素管声浅繁，花裙䌽縩步秋尘③。桂叶刷风桂坠子④，青狸哭血寒狐死⑤。古壁彩虬金贴尾⑥，雨工骑入秋潭水⑦。百年老鸮成木魅⑧，笑声碧火巢中起⑨。

[注释]

①神弦曲：祭祀神仙所用的乐曲。释智匠《古今乐录》载："《神弦歌》十一曲：一曰《阿宿》，二曰《道君》，三曰《圣郎》，四曰《娇女》，五曰《白石郎》，六曰《青溪小姑》，七曰《湖就姑》，八曰《姑恩》，九曰《采菱童》，十曰《明下童》，十一曰《同生》。左克明并云古辞。然观《阿宿》、《圣郎》诸曲，虽为水仙之类，不在祀典者也。"②旋风：古人迷信旋风中有鬼神。低三尺以下为鬼风，高丈余而上为神风。③綷(cuì)縩(cài)：衣服相摩擦的声音。班固《汉书·孝成班婕妤传》载："纷綷縩兮纨素声。"④刷：刮、拂。⑤青狸、寒狐：害人的妖怪。狸，《尔雅翼》："狸者，狐之类。狐口锐而尾大，狸口方而身文，黄黑彬彬，盖次于豹。"狐，《初学记》卷二九引《渊玄记》："千岁之狐为淫妇，百岁之狐为美女。"传说狐能媚人。⑥彩虹：画龙。⑦雨工：雷神。李朝威《柳毅传》载："毅过泾阳，见有妇人牧羊于道畔，曰：'妾洞庭龙君女也。'毅曰：'子之牧羊何所用哉？神祇岂宰杀乎？'女曰：'非羊也，雨工也。'曰：'何为雨工？'曰：'雷霆之类也。'"⑧鸮(xiāo)：通"枭"，即猫头鹰，一种猛禽，昼潜夜出，古人以为是不祥的征兆。陆钿《埤雅·释鸟》载："鸮大如斑鸠，绿色，所鸣，其民有祸证。俗云：鸎，祸鸟也。"魅(mèi)：一种妖魅。木魅即树上妖精。《周礼疏》："魅，人面兽身而四足，好惑人。"鲍照《芜城赋》："木魅山鬼，野鼠城狐。"⑨笑声：指火焰爆发出的声音。碧火：鬼火。

[评析]

唐代民间巫风盛行。诗人虽不信鬼神以及长生之道，但依然以生动形象的语言歌咏这种风俗。这首诗写女巫祈神降妖，狐妖鬼怪都被天神驱除。

神 弦①

女巫浇酒云满空②，玉炉炭火香冬冬③。海神山鬼来座中，纸钱窸窣鸣旋风④。相思木贴金舞鸾⑤，攒蛾一啑重一弹⑥。呼星召鬼歆杯盘⑦，山魅食时人森寒。终南日色低平湾⑧，神兮长在有无间。神嗔神喜师更颜⑨，送神万骑还青山。

[注释]

①作于元和五年至八年（810~813）李贺官奉礼郎期间。②浇酒：迎神的礼节。云满空：因为神仙要降临，故而云彩堆满天空。③冬冬：旧注解释作拟声词，形容鼓声；应为香气喷喷的意思，见王朝华《〈李长吉歌诗汇解〉补笺（二）》（《宁夏大学学报》2002年第2期）。④纸钱：古时迷信，凿纸为钱，烧给死者，魏晋后盛行。窸（xī）窣（sū）：轻微细碎的声响。⑤相思木：一种大树，木质坚硬，这里指用相思木制成的琵琶。贴金舞鸾：指画金色舞鸾于琵琶上。⑥攒蛾：紧皱双眉。啑（dié）：同"喋"，多话。⑦歆（xīn）：享用。⑧终南：终南山，在长安之南。平湾：山低洼处。⑨师：巫师。更颜：变换脸色。

[评析]

这首诗描绘女巫迎神、送神的情形，前八句写迎神，后四句写送神。运用景物渲染和场面描写、人物情态描写呈现出一幅动人场景，比如开头写海神山鬼降临，使人毛骨悚然，宋人吴正子说："读此章，使人神意森索，如在古祠黝黯之中亲睹巫觋赛神之状也。"

神弦别曲①

巫山小女隔云别，春风松花山上发。绿盖独穿香径归②，白马花竿前孑孑③。蜀江风澹水如罗④，堕兰谁泛相经过⑤。南山桂树为君死，云衫浅污红脂花⑥。

[注释]

①别曲：即送神曲。②绿盖：神的绿伞。③孑（jié）孑：形容特立独行

的样子。《诗经·鄘风·干旄》:"孑孑干旄,在浚之郊。"④蜀江:指流经巫山的长江。⑤堕兰:堕入水中的兰花。⑥云衫:神的衣衫。污:染。红脂花:指丹桂花。据李时珍《本草纲目》,桂花有三种,开白花的叫做银桂,开红花的叫做丹桂,开黄花的叫做金桂。一般是秋季开花,也有春季开花的,四季都开的,逐月开花的。

[评析]

这首诗想象女巫施行巫术结束后,神仙告别人间升天而去的情形。由于神仙的离去,兰花凋谢,桂树死去,大自然一片沉寂。诗人用渲染的手法表现出巫术结束后人间对神仙的依恋。

绿水词①

今宵好风月,阿侯在何处②?为有倾人色③,翻成足愁苦④。东湖采莲叶,南湖拔蒲根⑤。未持寄小姑,且持感愁魂。

[注释]

①绿水词:琴曲,蔡邕所制。吴正子注:"《琴历》云:'蔡邕有五弄:《游春》、《绿水》、《幽居》、《坐愁》、《秋思》。邕入青溪访鬼谷,南曲有涧焉,水冬夏不竭,常绿,故作《绿水词》。'"后遂演化为古乐府,齐江奂、李白均有诗。李白《绿水曲》:"绿水明秋日,南湖采白蘋。荷花娇欲语,愁杀荡舟人。"李贺诗内容风格与此相近。②阿侯:梁武帝《河中之水歌》有"十五嫁为卢郎妇,十六生儿似阿侯"句,或即莫愁之女。诗中的阿侯是一位江南美女,是男子思念的对象。③倾人色:用李延年"北方有佳人,绝世而独立。一顾倾人城,再顾倾人国"歌,言其美色可人,爱而不见,使人平添烦恼。④翻成:反而促成。⑤"东湖"二句:这二句化用了古乐府《采莲童歌》:"东湖扶菰童,西湖采菱枝。不持歌作乐,为持解愁思。"承接"阿侯在何处"句,写阿侯行踪,或在东湖采莲,或在南湖采蒲。

[评析]

这首诗采用乐府古诗的写法,表现明朗月夜男子思念恋人的情景，语言质朴，感情真挚。

沙路曲①

柳脸半眠丞相树②，佩马钉铃踏沙路③。断烬遗香袅翠烟，烛骑蹄鸣上天去④。帝家玉龙开九关⑤，帝前动笏移南山⑥。独垂重印押千官⑦，金窠篆字红屈盘⑧。沙路归来闻好语，旱火不光天下雨⑨。

[注释]

①作于元和五年至八年（810~813）李贺在长安为奉礼郎时期。沙路：沙堤。唐制，凡拜相，有司从其私第至城东街筑沙路，参见李肇《唐国史补》卷下。②半眠：柳条垂覆。《三辅故事》："汉苑中有柳状如人形，一日三眠三起。"丞相树：沙路两边柳树，因丞相经行，故名。③钉铃：拟声词，马行时銮铃玉佩的撞击声。④烛骑：打着火炬的骑兵。上天：上朝。⑤玉龙：皇宫门前塑饰。九关：帝宫门有九重。⑥笏：朝臣所执之手板。动笏是说开始奏事。移南山：夸张说话的分量。⑦押千官：宰相位居百官之首。⑧金窠：金印。红屈盘：指笔画盘曲的印，因为是用篆书写成的朱印，故称。⑨旱火不光：无旱灾。此句比喻政通人和，风调雨顺，即"好语"的内容。

[评析]

这首诗咏宰相早朝，写其位高权重，表达了诗人对国家社稷的祈福和希望宰相以天下社稷为系的期盼。

上之回①

上之回，大旗喜。悬红云②，挞凤尾③。剑匣破④，舞蛟龙。

蚩尤死⑤，鼓逢逢⑥。天高庆，雷齐坠地⑦。地无惊烟，海千里⑧。

[注释]

①元和元年（806）正月，朝廷讨伐刘辟，十月斩之。这首诗歌颂平叛战争的胜利，约作于元和元年、二年间。上之回：乐府古题，古辞写天子返回京师，海内升平，颂美汉武帝功业。李贺外集有《白门前》："白门前，大旗喜。悬红云，挞龙尾。剑匣破，鼓蛟龙。蚩尤死，鼓逢逢。天齐庆，雷堕地。无惊飞，海千里。"②红云：指大旗。③挞（tà）：往来翻击。凤尾：旗上的凤凰形羽饰。④剑匣破：指剑破匣而飞，如同蛟龙飞舞。《拾遗记·颛顼》载，颛顼有曳影剑，声若龙虎吟，若有战乱，剑就腾空而飞，朝那个方向飞去。⑤蚩尤：黄帝时诸侯，作乱，黄帝与之战于涿鹿之野，败之，事见司马迁《史记·五帝本纪》，这里比喻叛臣。⑥逢（péng）逢：拟声词，鼓声。⑦坠地：《山海经》郭璞注引《周书》，谓天狗星坠落地面，声如雷鸣，这里喻叛军失败。⑧惊烟：指烽火。海千里：指大海无风波，比喻天下太平。

[评析]

这首诗运用神话传说，歌颂朝廷讨伐战乱成功，将藩镇割据局面中人民普遍的欣喜和希望海内统一的美好愿望表达出来。

高轩过①

韩员外愈、皇甫侍御湜见过，因而命作②。

华裾织翠青如葱③，金环压辔摇玲珑④。马蹄隐耳声隆隆⑤，入门下马气如虹。云是东京才子，文章巨公⑥。二十八宿罗心胸⑦，元精照耀贯当中⑧。殿前作赋声摩空，笔补造化天无功。庞眉书客感秋蓬⑨，谁知死草生华风。我今垂翅附冥鸿⑩，他日不羞蛇作龙⑪。

[注释]

①元和四年（809）秋末，李贺到洛阳，时韩愈任都官员外郎分司洛阳，

与皇甫湜（shí）过访，诗人作此篇。高轩：高大华贵的轩车。②皇甫湜：字持正，新安人。元和中擢进士第，为陆浑尉，仕至工部郎中，裴度辟为判官。有集三卷，今存诗三首。王定保《唐摭言》卷一〇载："贺年七岁，以长短之制，名动京华。时韩文公与皇甫湜览贺所业，奇之，而未知其人。……二公因连骑造门……既而总角荷衣而出，二公不之信。贺就试一篇，承命欣然，操觚染翰，旁若无人，仍目曰《高轩过》。"以为此诗作于七岁时，误。③华裾：华美官服。翠：绿。④玲珑：玉声，清越的声音。班固《东都赋》："凤盖棽丽，和銮玲珑。"⑤隐：通"殷"，振动。⑥巨公：巨子，有重大成就的人。⑦二十八宿：二十八星宿，即东方苍龙七宿，北方玄武七宿，西方白虎七宿，南方朱雀七宿。⑧元精：天之精气。⑨庞眉书客：作者自指。秋蓬：秋天枯萎的蓬草。⑩冥鸿：高飞的鸿雁。扬雄《法言》："鸿飞冥冥。"⑪蛇作龙：比喻自己将来会飞黄腾达。

[评析]

这首诗赞颂了韩愈、皇甫湜文章才华久负盛名，表达了在逆境中的诗人对二人枉驾来访的感激，并用枯草再荣、展翅雄飞的飞鸿作比喻，表现了诗人因二人到访而产生了信心，从而对惨淡的前程充满了希望。

贝宫夫人①

丁丁海女弄金环②，雀钗翘揭双翅关③。六宫不语一生闲④，高悬银牓照青山⑤。长眉凝绿几千年，清凉堪老镜中鸾⑥。秋肌稍觉玉衣寒⑦，空光贴妥水如天⑧。

[注释]

①贝宫夫人：神女，身份不明，吴正子、曾益认为是龙女，姚文燮以为是海神。任昉《述异记》中有贝宫夫人庙，在太乙山下。②丁丁：环佩相击的声音。③雀钗：雀形金钗。翘揭：高翘。双翅关：双翅收而不开。④六宫：

古代天子居住的地方，正寝一，燕寝五，此指贝宫夫人居处。不语一生闲：因为是泥塑，故不语。⑤银牓（bǎng）：宫门上的银匾。⑥镜中鸾：据刘敬叔《异苑》记载，罽宾国鸾鸟视其影子而死，而贝宫夫人以清净为心，鸾影可以常存，而不致有老期。⑦玉衣：言衣服华丽。⑧空光：深秋季节空明澄澈的天空。贴妥：妥当。

[评析]

这首诗从贝宫夫人的服饰、情态、神庙的场景写起，将一个静态的泥塑像写得栩栩如生。

兰香神女庙①

古春年年在，闲绿摇暖云。松香飞晚华，柳渚含日昏。沙炮落红满②，石泉生水芹。幽篁画新粉，蛾绿横晓门③。弱蕙不胜露，山秀愁空春。舞佩剪鸾翼，帐带涂轻银。兰桂吹浓香，菱藕长莘莘④。看雨逢瑶姬⑤，乘船值江君⑥。吹箫饮酒醉，结绶金丝裙。走天呵白鹿⑦，游水鞭锦鳞⑧。密发虚鬟飞⑨，腻颊凝花匀。团鬓分珠巢⑩，浓眉笼小唇。弄蝶和轻妍⑪，风光怯腰身。深帏金鸭冷⑫，奁镜幽凤尘⑬。踏雾乘风归，撼玉山上闻⑭。

[注释]

①作于元和八年（813）三月，诗题下诗人原注："三月中作。"兰香神女庙：在昌谷女几山上。杜光庭《墉城集仙录》有仙女杜兰香。江总《东飞伯劳歌》："南飞乌鹊北飞鸿，弄玉兰香时会同。"②沙炮：沙堆。③蛾绿：古代妇女画眉时用的颜料，呈青黛色，似蛾绿，这里说庙前远山，色如蛾绿之眉。《大业拾遗记》载："宫人以蛾绿画眉。"④莘莘：众多。⑤瑶姬：指巫山神女。⑥江君：即湘君，湘水之神。⑦呵白鹿：指以白鹿为坐骑。刘向《列仙传》载神仙卫叔卿乘白鹿游。⑧鞭锦鳞：指乘鱼，暗用琴高骑赤鲤典故。刘向《列仙传·琴高》："琴高者，赵人也……果乘赤鲤来，出坐祠中。"⑨虚

鬟：中空的髻鬟。⑩珠巢：鬓发缀珠甚多。⑪轻妍：指神女身段纤细姣美。⑫金鸭：金屑制的鸭形烧香器。⑬幽凤：奁镜周围的凤形花纹。⑭撼玉：玉佩振动。

[评析]

这首诗描绘诗人家乡兰香神女庙周遭的静谧景色，庙中神像的衣饰、情状，想象神仙往来情景，以及神仙的寂寞，赋予神仙以人的色彩。诗歌用词新奇别致，如"古春年年在，闲绿摇暖云"，描写绿色用"古春"、"闲绿"，突出神庙周围绿色苍碧的同时，又蕴含着因为是神庙而春色永驻的神秘色彩。

送韦仁实兄弟入关①

送客饮别酒，千觞无赭颜②。何物最伤心？马首鸣金环③。野色浩无主，秋明空旷间。坐来壮胆破④，断目不能看⑤。行槐引西道⑥，青梢长攒攒⑦。韦郎好兄弟，叠玉生文翰⑧。我在山上舍，一亩蒿硗田⑨。夜雨叫租吏，春声暗交关⑩。谁解念劳劳⑪？苍突唯南山⑫。

[注释]

①作于元和四年（809）秋。韦仁实：诗人好友，为人刚正，据《旧唐书·王播传》记载曾任补阙，长庆四年（824）抗疏，论王播厚赂权贵、求领盐铁使。②赭（zhě）颜：面孔发红，指酒醉脸透出红色。③金环：马络头上的铜环。鸣金环，指友人启程。④坐来：顿时。张相《诗词曲语词汇释》卷四："此为自然义，言对悲凉之景色，自然胆破也。"⑤断目：目断。⑥行槐：道旁行行槐树。⑦攒攒：簇聚纷披的样子。此句下《文苑英华》多"君子送秦水，小人巢洛烟"两句。⑧叠玉：形容其文笔之妙，字字皆如精金美玉；一说比喻兄弟二人。文翰：文笔。⑨蒿硗（qiāo）田：贫瘠多石的田地。⑩春：蒙古本作"春"。交关：交杂。⑪劳劳：忧怆的心情。⑫苍突：苍黑

突兀。

[评析]

这首诗表达了依依惜别的深情,称颂友人文采出众,同时写出自己的困顿境遇。"孤帆远影碧空尽,唯见长江天际流"(李白《送孟浩然之广陵》),友人远行,一般是骋目远望,李贺却是更进一层,"坐来壮胆破,断目不能看",连远眺也不能了,可见感情深厚、别离黯然。"谁解念劳劳?苍突唯南山",在写法上如同"相看两不厌,唯有敬亭山"(李白《敬亭山》)写出友人别后无人挂念的孤寂,以景语结尾,含蓄隽永,韵味无穷。

洛阳城外别皇甫湜[①]

洛阳吹别风,龙门起断烟[②]。冬树束生涩,晚紫凝华天。单身野霜上,疲马飞蓬间。凭轩一双泪,奉坠绿衣前[③]。

[注释]

①诗作于元和四年(809)冬。②龙门:在洛阳城南二十五里,两山对峙,东面为香山,西面为龙门山,伊水中流。③绿衣:唐代六品官服深绿,七品官服浅绿,此处指皇甫湜。

[评析]

皇甫湜对李贺有知遇之恩,李贺在困苦与迷茫中得到他与韩愈的鼓励,因而感激不尽。这首诗充分地表达了诗人由于恩人离去而产生的浓郁的离愁别绪。"一切景语皆情语"(王国维《人间词话删稿》),在诗人眼里,一切景象都沾惹上了别离的意味:无论是"风"、"烟",还是"树"、"天",都显得迷茫、飘渺、零乱。"单身野霜上,疲马飞蓬间"是诗人挂念皇甫湜旅途中的孤单、寂寞与疲惫,"霜"写出天气寒冷,"飞蓬"点明孤苦无依,念及此处,诗人再也抑制不住留下泪来。前四句写秋景，写别离场面，渲染气氛；五、六两句为设想之词，为虚写，挂念之心可见；最后两句写实，直抒胸臆。

溪晚凉

白狐向月号山风①，秋寒扫云留碧空。玉烟青湿白如幢②，银湾晓转流天东③。溪汀眠鹭梦征鸿，轻涟不语细游溶④。层岫回岑复叠龙⑤，苦篁对客吟歌筒⑥。

[注释]

①白狐：一种狐狸，分布于亚洲北部。②玉烟：指炊烟。幢：旗，这里指白旗。白旗，古代帝王秋季用白色旗帜，如《礼记·月令》记载："（孟秋之月）天子居总章左个，乘戎路，驾白骆，载白旗。"《淮南子·时则训》载："（孟秋之月）天子衣白衣，乘白骆，服白玉，建白旗。"唐张秀明《西郊迎秋赋》："乘白骆而启行，载白旗而扈从。"③银湾：银河。晓转：银河渐东，转至天晓；一说是指光明如晓。④游溶：水缓慢流动的样子。用拟人手法，写出小溪似乎是因为群鸟休息而不忍说话干扰。⑤岫（xiù）：山有穴者。叠龙：山势层叠，起伏如龙。⑥苦篁：苦竹，竹子的一种，矮小，节长，四月生笋，味苦难吃。吟歌筒：风吹竹，声如歌吟。

[评析]

这是一首写景诗，写出秋天月夜山中的静谧、幽邃景象，表达了诗人对自然由衷的热爱。诗人用拟人手法，将溪水的流淌写成是小溪因为众鸟休息而特意轻缓流动，不忍出声，生怕干扰众鸟，赋予溪水以人的情态，显示出自然界的和谐情景；"秋寒扫云留碧空"将碧空如洗写成大自然特意扫除阴霾，呈现出美好情状，充溢着活力。这种视自然为友好、和善、和谐景象的心理体现了诗人内心的澄澈、友善与和谐。

官不来题皇甫湜先辈厅[①]

官不来，官庭秋，老桐错干青龙愁[②]。书司曹佐走如牛[③]，叠声问佐官来不[④]？官不来，门幽幽。

[注释]

①作于元和四年（809），时诗人尚未登第，而皇甫湜已经是进士，故称为先辈。叶葱奇以为诗题应该是"官不来"，"题皇甫湜先辈厅"，所言极是。②老桐错干：指老桐枝干盘结，有如青龙盘绕。③书司曹佐：唐朝制度，州县均设诸司诸曹，为基层官吏。《新唐书·百官志》："凡县有司功佐、司仓佐、司户佐、司兵佐、司法佐、司士佐，畿县减司兵，上县有司户、司法而已。"④叠声：连声。

[评析]

诗人前往陆浑尉皇甫湜官邸拜访而适逢皇甫湜不在，因而于大厅墙壁上写下这首诗。通过描写官舍冷寂，含蓄地表明皇甫湜清雅淡泊，不以俗务为重。

长平箭头歌[①]

漆灰骨末丹水沙[②]，凄凄古血生铜花[③]。白翎金簳雨中尽[④]，直余三脊残狼牙[⑤]。我寻平原乘两马，驿东石田蒿坞下[⑥]。风长日短星萧萧，黑旗云湿悬空夜[⑦]。左魂右魄啼肌瘦，酪瓶倒尽将羊炙[⑧]。虫栖雁病芦笋红[⑨]，回风送客吹阴火[⑩]。访古汍澜收断镞[⑪]，折锋赤鼹曾封肉[⑫]。南陌东城马上儿，劝我将金换簝竹[⑬]。

[注释]

①作于元和九年(814)秋诗人前往潞州途中。长平:战国赵邑,故城在今山西高平市西北,秦将白起破赵国四十万众于此,尽坑杀之。②漆灰:箭头埋在地下,时间久远,颜色发黑。骨末:骨之粉末。③铜花:箭头上的铜绿。④白翎:箭羽。金簳(gǎn):箭竿。⑤三脊:箭头为三棱形,锋利如狼牙,俗称狼牙箭。⑥坞:四面高而中央低的地方。此即指洼地。⑦黑旗云湿:谓黑云如旗。⑧"酪瓶"句:奉上乳酪、羊炙祭奠将士亡灵。⑨芦笋红:长久干旱,芦笋带红色。⑩阴火:磷火。⑪汍(wán)澜:涕泣貌。⑫璺(wèn):裂痕。刲(kuī):割。⑬金:指箭镞。簝(liáo):宗庙里竹制的盛肉的器皿。

[评析]

这首诗描写了长平古战场的寂寥、荒凉、阴森恐怖,诗人凭吊亡灵,表现了诗人对和平的热爱、对战争的厌恶,于怀古中体现反战思想。

江楼曲

楼前流水江陵道①,鲤鱼风起芙蓉老②。晓钗催鬓语南风,抽帆归来一日功③。鼍吟浦口飞梅雨④,竿头酒旗换青芒。萧骚浪白云差池⑤,黄粉油衫寄郎主⑥。新槽酒声苦无力⑦,南湖一顷菱花白⑧。眼前便有千里愁,小玉开屏见山色⑨。

[注释]

①江陵:唐升荆州为江陵府。辖境相当于今湖北枝江以东潜江以西,荆门、当阳以南地区。②鲤鱼风:春夏之交的风;一说是九月风,与诗中提到的梅雨不符。梁简文帝《艳歌篇十八韵》:"镫生阳燧火,尘散鲤鱼风。"芙蓉:荷花。③抽帆:引帆。功:功夫,时间。④鼍(tuó):即扬子鳄,俗名猪婆龙。李时珍《本草纲目》卷四十三:"鼍龙,其声如鼓,夜鸣应更,谓之鼍

鼓。又曰鼕更,俾人听之以占雨。"浦口:小河入江口。梅雨:江南梅子熟时节下的连阴雨,江东称黄梅雨。⑤萧骚:水波扰动貌。差池:不齐。⑥黄粉油衫:油布雨衣。郎主:唐代门生家奴对主人的称呼。⑦新槽:制新酒的槽床。⑧一顷:百亩。菱花:菱花镜。《尔雅翼》载:"昔人取菱花六觚之象以为镜。"⑨小玉:泛指侍女。

[评析]

这首诗通过种种情形表现侍女思念主人,期盼他早日还家。语言清新流利,含蓄隽永,摇曳多姿。前四句写女子早晨盼归,自言自语,说主人回家只需一天日程,满是期盼之心。中间四句写不料梅雨来临,所念差池,无奈之下将衣衫寄给主人,以表相思。最后写新酿好了酒,等候主人来品尝,无奈主人不归,"眼前便有千里愁,小玉开屏见山色",美丽的山水景色也只能是让人徒生愁绪。

塞下曲①

胡角引北风②,蓟门白于水③。天含青海道④,城头月千里。露下旗蒙蒙,寒金鸣夜刻⑤。蕃甲锁蛇鳞⑥,马嘶青冢白⑦。秋静见旄头⑧,沙远席箕愁⑨。帐北天应尽⑩,河声出塞流⑪。

[注释]

①塞下曲:唐代乐府新辞,出于汉魏乐府《出塞曲》、《入塞曲》。塞下,边塞附近,泛指北方边境地区。②胡角:胡人的吹乐器。吴兢《乐府古题要解》卷上:"又有胡角者,本以应胡笳之声,后渐用之,有双角,即胡乐也。"王灼《碧鸡漫志》卷一:"汉代胡角《摩诃兜勒》一曲,张骞得自西域。"引北风:胡角声随北风而来。③蓟(jì)门:蓟州,治所在今天津市蓟县。白于水:旷野风沙弥漫,一片白色。④青海:地名,今青海省境内,唐代为吐谷浑所据。⑤寒金:寒夜刁斗,白天用于做饭,晚上用来报时。夜刻:夜间时刻。⑥蕃甲:吐蕃兵甲。锁(suǒ)蛇鳞:锁衔细密,状如蛇鳞。锁,通"锁"。

⑦青冢白：王昭君墓地上面的青草，为马食尽，故而发白。⑧旄（máo）头：即昴星，星宿名，二十八宿之一，白虎七宿的第四宿，又名髦头。有亮星七颗，传说汉相萧何为昴星精转世，后因借为颂人之辞。又有传说观察昴星位置可以断定胡兵动向。司马迁《史记·天官书》载："昴曰旄头，胡星也。"李白《幽州胡马客歌》："旄头四光芒，争战若蜂攒。"⑨席箕：草名，一名塞芦，生于北方草地，可用来编织器物。⑩帐北：这里指汉军帐幕以北。⑪河：黄河。

[评析]

这是首边塞诗，描写边塞荒凉苦寒，反映了戍边之苦，表现了反对战争的主题，景象阔大，格调悲壮苍凉。边塞诗一般写某个地点景象，诗人却用如椽巨笔，从东北写到西北，似一幅泼墨山水图画，展示出整个边疆情况。诗用语精练，比如写道路延伸，用了"天含"二字，生动传神地描绘出边塞辽远空旷、渺无人烟的景色特征；"帐北天应尽"也形象地写出边塞旷远荒凉。

染丝上春机

玉罂汲水桐花井①，蒨丝沉水如云影②。美人懒态燕脂愁，春梭抛掷鸣高楼。彩线结茸背复叠③，白袷玉郎寄桃叶④。为君挑鸾作腰绶⑤，愿君处处宜春酒⑥。

[注释]

①玉罂（yīng）：玉瓶。罂，小口大肚的陶制盛水器。桐花井：旁边种有桐树的井。②蒨（qiàn）：通"茜"，茜草，多年生草本植物，可做红色染料。这句写染丝。③"彩线"句：用彩丝绣成的织品，线头均在背面，故称"背复叠"，这是玉郎所赠之物。④白袷（jié）：白色夹衣。玉郎：对男子的美称，这里是女子对丈夫或情人的爱称。《敦煌曲子词·鱼歌子》："雅奴卜，玉郎至，扶不（下）骅骝沉醉。"桃叶：原为晋朝王献之妾，此句泛指美女。⑤挑

鸾：谓缀凤鸟于带上以为彩饰。腰绶：腰带。⑥处处宜春酒：祝颂无处不宜，健康长寿。《诗经·豳风·七月》："为此春酒，以介眉寿。"

[评析]

这首诗描写独处女子的相思情状，表现了女子的欣喜、哀愁、期盼，以及对男子的美好祝福。诗由两部分组成，采用倒叙写法。前四句写汲水染丝，上楼织物。后四句写男子赠送白色夹衣，女子织绶带相赠。"懒态燕脂愁"，写出美丽女子的慵懒落寞，面带愁容。

五粒小松歌 并序①

前谢秀才、杜云卿命予作《五粒小松歌》，予以选书多事，不治曲辞；经十日，聊道八句，以当命意。

蛇子蛇孙鳞蜿蜒②，新香几粒洪崖饭③。绿波浸叶满浓光，细束龙髯铰刀剪④。主人壁上铺州图⑤，主人堂前多俗儒。月明白露秋泪滴，石笋溪云肯寄书⑥？

[注释]

①五粒小松：华山松，每枝松穗有五股，称五鬣（liè）松，鬣、粒音近，故称五粒松。周密《癸辛杂志》前集载："凡松叶皆双股，故世以为松钗。独栝松每穗三须。而高丽所产每穗有五鬣，今所谓华山松是也。李贺有《五粒小松歌》。"②蛇子蛇孙：喻小松枝干，松枝弯曲，皮有鳞，形如蛇。一般用蛟龙比喻松树，这里用蛇，点明其小。蜿蜒：蛇爬行貌。③洪崖：刘向《列仙传》中的仙人名。据说神仙不食烟火，服松脂松子，故称松子为洪崖饭。④细束龙髯：松叶细小整齐如同剪刀修剪过的，好似龙须一样。⑤主人：谢、杜二人。州图：州府地图，上面绘有山水林泉、道路驿站等。⑥石笋：瘦峭挺拔的石头，形如笋，故称。石笋、溪云指华山与松树相处的事物。

[评析]

这首诗托物言志,用拟人的手法,通过描写一棵远离山林、来到官舍的松树思念山中景象,表达了诗人对中唐官场生活的厌倦和对隐逸生活的向往,这也是当时社会黑暗、诗人不得志的体现。诗前四句描写松树形态,表现其高洁葱郁,后四句写它的不满与怀念山林故土。

塘上行①

藕花凉露湿,花缺藕根涩②。飞下雌鸳鸯③,塘水声溘溘④。

[注释]

①塘上行:乐府旧题,属相和歌清调六曲之一,又名《塘上辛苦行》,古辞写妇人衰老失宠之悲。②藕根涩:藕根老而味涩。③鸳鸯:鸟名,似野鸭,体形较小。嘴扁,颈长,趾间有蹼,善游泳,翼长,能飞。雄性羽色绚丽,头后有铜赤、紫、绿等色羽冠;嘴红色,脚黄色。雌性体稍小,羽毛苍褐色,嘴灰黑色。栖息于内陆湖泊和溪流边。在我国内蒙古和东北北部繁殖,越冬时在长江以南直到华南一带。为我国著名特产珍禽之一。旧传雌雄偶居不离,古称"匹鸟"。崔豹《古今注·鸟兽》:"鸳鸯,水鸟,凫类也。雌雄未尝相离,人得其一,则一思而死,故曰匹鸟。"雌鸳鸯以失偶的鸳鸯比喻离居女子。④溘(kè)溘:象声词,形容水声。

[评析]

这是首拟古诗,也是首代言体诗,以藕花凋零、失偶鸳鸯比喻哀怨女子,写其凄楚无依。"藕"、"偶"谐音双关,受凉露侵扰,比喻女子经受打击,根已经苦涩,难以重获眷恋。鸳鸯雌雄相依,如今失偶,凄苦难言。

吕将军歌[1]

吕将军,骑赤兔[2]。独携大胆出秦门[3],金粟堆边哭陵树[4]。北方逆气污青天[5],剑龙夜叫将军闲[6]。将军振袖拂剑锷[7],玉阙朱城有门阁[8]。榼榼银龟摇白马[9],傅粉女郎火旗下[10]。恒山铁骑请金枪[11],遥闻箙中花箭香[12]。西郊寒蓬叶如刺[13],皇天新栽养神骥[14]。厩中高桁排塞蹄[15],饱食青刍饮白水[16]。圆苍低迷盖张地[17],九州人事皆如此[18]。赤山秀铤御时英[19],绿眼将军会天意[20]。

[注释]

[1]诗作于元和四年(809)秋。元和四年九月,成德军节度使王承宗叛乱,十月唐宪宗以宦官、左神策军中尉吐突承璀为招讨使出征讨伐,朝臣吕元膺、穆质等八人反对,后改任承璀为镇州招讨宣慰使,仍总握兵权,久无战功。诗人作此诗,讽刺时事。[2]赤兔:吕布坐骑,这里泛指骏马。陈寿《三国志·吕布传》:"布有良马曰赤兔。"[3]携:怀。大胆:陈寿《三国志·蜀志·姜维传》裴松之注引《世说新语》载:"姜维死时见剖,胆如斗大。"秦门:长安城门。[4]金粟堆:金粟山,在今陕西蒲城东北三十里,是玄宗墓地泰陵所在地。陵树:帝王陵墓边种的树。在陵墓前哭泣表现吕将军忠心耿耿又报国无门,只好对着先帝陵墓哭诉。[5]北方逆气:北方叛逆藩镇的气焰。[6]剑龙:古代有剑化为龙的传说,这里指宝剑,见《晋书·张华传》。[7]锷(è):剑刃。[8]朱城:指皇城。有门阁:宫禁森严,有层层阻隔。[9]榼(kē)榼:方方正正。银龟:上有龟纽的银印。《汉官仪》:"王公侯金印,二千石银印,皆龟纽。"摇白马:身骑白马来来回回,十分神气的样子。[10]傅粉女郎:涂脂抹粉的女子,这里指朝中派出的宦官将军。火旗:红旗。杜甫《奉送卿二翁统节度镇军还江陵》:"火旗还锦缆,白马出江城。"[11]恒山:唐郡名,战国时赵地,在今河北省境。汉置恒山郡,后以文帝讳,改曰常山郡。

唐时改为恒州，又改恒山郡，又改平山郡。元和四年，成德军节度使王承宗据郡叛，帝遣宦官吐突承璀率诸道兵讨伐，王师屡挫。铁骑：劲旅，指王承宗叛军。请金枪：挑战。⑫箙（fú）：盛箭器。花箭：杆上有花纹的箭。⑬寒蓬：干枯的蓬草。⑭神骥：良马。⑮桁（héng）：木架，用以系马者。蹇（jiǎn）蹄：劣马。⑯刍（chú）：喂牲口的干草。⑰圆苍：天空，古人认为天圆地方。低迷：低沉昏暗。盖张地：覆盖大地。⑱九州：中国。⑲赤山：赤堇山，在今浙江绍兴东南。《越绝书》："当造此剑之时，赤堇之山，破而出锡；若耶之溪，涸而出铜。"铤（dìng）：铜铁坯。张景阳《七命》："耶溪之铤，赤山之精。"即金属毛坯。赤山秀铤：出自赤山的矿石，这里指宝剑。御时英：命世英才。⑳绿眼将军：三国时吴帝孙权碧眼紫髯，这里指吕将军。会：领会、理解。

[评析]

这首诗歌咏时事，讽刺了软弱无能的吐突承璀被任命为主将，丑态百出，而一心为国的良将吕将军却被弃置不用，只能在先帝灵前伤悼。诗人运用对比和比喻的手法，通过写不同马匹的饲养方式，沉痛地揭露了人才被弃置、无能鼠辈得宠的社会现实，并进一步写到"圆苍低迷盖张地，九州人事皆如此"，整个社会都是如此，暗无天日，流露出诗人的无比愤激和对国家命运的忧虑。

休洗红①

休洗红，洗多红色浅。卿卿骋少年②，昨日殷桥见③。封侯早归来，莫作弦上箭④。

[注释]

①休洗红：题目本于晋朝无名氏古诗《休洗红》二首："休洗红，洗多红色淡。不惜故缝衣，记得初按茜。人寿百年能几何？后来新妇今为婆！"（其一）"休洗红，洗多红在水。新红裁作衣，旧红番作里。回黄转绿无定期，

世事返复君所知。"(其二)②卿卿:晋唐时候女子对男子的昵称。骋:矜夸。③殷桥:地名。④弦上箭:谓一去不返。

[评析]

这是首拟古诗,拟古而自出新意。原诗感叹岁月易失、青春易老,这首诗用比兴手法,写男子外出求功名,女子临别告慰,期盼男子早日封侯还家,不要一去不返;情殷殷,意切切,质朴自然,感情真挚,称得上一首送别佳作。

野 歌①

鸦翎羽箭山桑弓②,仰天射落衔芦鸿③。麻衣黑肥冲北风④,带酒日晚歌田中。男儿屈穷心不穷,枯荣不等嗔天公⑤。寒风又变为春柳,条条看即烟蒙蒙⑥。

[注释]

①野歌:户外纵情高歌,一解释作野外射猎的歌曲。野猎是唐代北方社会盛行的一种青少年娱乐活动。②鸦翎:乌鸦羽毛。羽箭:箭,因尾部缀鸟羽,故称。杜甫《丹青引赠曹将军霸》:"良相头上进贤冠,猛将腰间大羽箭。"山桑:桑树的一种,叶可饲蚕,内皮可造纸,木可制弓。③衔芦鸿:大雁,衔芦草以保护自己。《淮南子·修务训》载:"雁衔芦而翔,以备矰弋。"崔豹《古今注》卷中:"雁自河北渡江南,瘦瘠能高飞,不畏矰缴。江南沃饶,每至还河北,体肥不能高飞,恐为虞人所获,常衔芦数寸,以防矰缴。"④麻衣:旧时举子所穿的麻织衣服。黑肥:衣上腻垢;一说黑肥应该是黑帕,指平民戴的黑色头巾,见林同济《李贺诗歌集需要校勘》(《光明日报》1978年12月12日)。⑤枯荣:比喻人的贫富穷达。嗔:发怒。天公:老天爷。⑥看即:转眼,随即。烟蒙蒙:柳树初生,远望如烟,蒙蒙一片。

[评析]

这首诗通过描写失意之人野外射猎遣兴和柳树逢春发芽的比

喻，告诫困顿中的人们不应该心灰意冷，怨天嗟人，表现了诗人的达观，一说是诗人排解烦忧的自我安慰。诗歌由两部分组成：前四句写野外遣兴。一、二句写其射箭技术高超；三、四句言其田野中饮酒作乐，很晚才回家，兴致极高。麻衣点明他的身份，是位文武全才的举人。如此人才理应得到朝廷重用，可是从衣服沾满尘垢这一个细节含蓄地说明他目前处于困境。如此人才而受挫折，一般人会怨天尤人、愁苦不迭，然而他却很开心，"带酒日晚歌田中"。第一部分写景叙事，刻画出一个逆境中的乐观者形象。第二部分说理。五、六句写大丈夫志向远大，看到社会不公平就会心生愤慨。七、八句写柳树转眼间就枯木逢春，一派生机勃勃的样子，从而生动地说明天道无私，人应该乐观向上。全诗事、理、景结合，节奏明快，催人向上。

将进酒[①]

琉璃钟[②]，琥珀浓[③]，小槽酒滴真珠红[④]。烹龙炮凤玉脂泣[⑤]，罗帏绣幕围香风。吹龙笛[⑥]，击鼍鼓[⑦]。皓齿歌[⑧]，细腰舞[⑨]。况是青春日将暮，桃花乱落如红雨。劝君终日酩酊醉[⑩]，酒不到刘伶坟上土[⑪]！

[注释]

①将进酒：乐府古题，汉鼓吹铙歌十八曲之一，古辞有"将进酒，乘大白"句，大抵劝人饮酒放歌、豁达开怀。②琉璃钟：琉璃制成的酒杯，清亮如玉。琉璃，一种有色半透明的玉石。③琥珀：古代松柏树脂的化石，色淡黄、褐或红褐，此指美酒。④小槽：小巧的酒槽。真珠红：红酒，酒滴状如珍珠。⑤烹龙炮凤：烹制珍奇的食物。玉脂泣：化用曹植《七步诗》"萁在釜下燃，豆在釜中泣"诗句，形容炮煮食物发出的声音。⑥龙笛：笛名，以其声

似龙吟而得名。虞世南《琵琶赋》："凤箫辍吹,龙笛韬吟。"⑦鼍(tuó)鼓:以鼍(扬子鳄)皮蒙成的鼓,鼓声嘭嘭似鼍鸣。陆玑《诗疏》:"鼍形似蜥蜴,四足,长丈余,生卵大如鹅卵,甲如铠,其皮坚厚,可以冒鼓。"⑧皓齿:牙齿洁白,形容貌美女子。⑨细腰:腰肢纤细的女子。⑩酩(mǐng)酊(dǐng):大醉的样子。韩愈《归彭城》:"遇酒即酩酊,君知我为谁?"⑪刘伶:西晋沛国(今安徽宿州)人,字伯伦,容貌丑陋,沉默寡言,而放情嗣志,为"竹林七贤"之一,嗜酒,作《酒德颂》。陶渊明《拟挽歌辞》(其三):"但恨在世时,饮酒不得足。"

[评析]

人的生命只有一次,而人生是一个不可逆转的过程,因而享受生活是人类的一个普遍主题。这首诗用华丽的语言描写酒的美好、酒具的华贵、食物的珍异、歌女的美丽以及场面的热烈,表现了及时行乐的思想。不过,这种近乎疯狂的炽烈情感里面,有一种失意落魄后的愤激与自暴自弃成分。这与诗人仕途受挫、生活失意、惯看社会黑暗的独特经历有关。诗由两部分组成:前几句写景,渲染欢乐氛围;后四句说理。"况是青春日将暮,桃花乱落如红雨",通过青春凋零的凄惨景象,表现了诗人浓郁的惜春感情。

美人梳头歌

西施晓梦绡帐寒①,香鬟堕髻半沉檀②。辘轳咿哑转鸣玉③,惊起芙蓉睡新足④。双鸾开镜秋水光⑤,解鬟临镜立象床⑥。一编香丝云撒地⑦,玉钗落处无声腻。纤手却盘老鸦色⑧,翠滑宝钗簪不得。春风烂熳恼娇慵⑨,十八鬟多无气力。妆成鬟鬓欹不斜⑩,云裾数步踏雁沙⑪。背人不语向何处?下阶自折樱桃花。

[注释]

①西施：春秋时期越国美女，或称先施，别名夷光，又称西子。姓施，春秋末年越国苎罗（今浙江诸暨）人。越王勾践败于会稽，范蠡将西施献给吴王夫差，使其迷惑忘政。越国灭掉吴后，西施嫁给范蠡，同泛五湖。事见赵晔《吴越春秋·勾践阴谋外传》。一说，吴亡后，越沉西施于江。绡（xiāo）帐：生丝做成的帐子。②鬟（huán）：古代妇女的环形发髻。堕髻：即倭堕髻，式样斜而不堕。檀：指檀木枕。③辘轳：井上汲水的装置。咿哑：拟声词。转鸣玉：辘轳旋转，声如鸣玉。④芙蓉：比喻美人。白居易《长恨歌》："芙蓉如面柳如眉，对此如何不泪垂。"⑤双鸾开镜：镜盖上绣有双鸾。⑥象床：象牙床。因发长，故立于象牙床上梳头。⑦香丝云撒地：秀发垂地，如云撒地。⑧老鸦色：乌黑色。⑨娇慵：娇懒貌。⑩婑（wǒ）髲（duǒ）：一种美丽的发饰。⑪云裾：像云一样轻薄绚丽的裙子。踏雁沙：比喻美人行步轻巧匀缓，如雁足踏沙。

[评析]

这首诗写美人晓起对镜梳头、插上各式头饰以及梳妆后缓步轻挪的情状，表现女子的慵懒与春愁，用字绮丽，描写细腻，比喻新奇，将闺房女子淡淡的哀愁写得艳丽哀婉而又含蓄隽永。这种哀而不伤、美而不骄的慵懒美女，似乎是传统文人心目中美女的典范。所以清人黄周星称赞道："描写美人梳头，可谓曲尽其致，但不知白玉楼中亦有此美女否？若无此一物，何以见天上之乐？"

月漉漉篇①

月漉漉，波烟玉②。莎青桂花繁，芙蓉别江木③。粉态夹罗寒④，雁羽铺烟湿。谁能看石帆⑤？乘船镜中入⑥。秋白鲜红死⑦，水香莲子齐⑧。挽菱隔歌袖⑨，绿刺罥银泥⑩。

[注释]

①月漉漉篇：古乐府有《独漉篇》，题目由此而来。漉漉，犹湿淋淋，形容月光莹润。②波烟玉：形容江上起烟波，月出其间，晶莹如玉。③芙蓉：水芙蓉，即荷花。别：离别。本句说荷花已谢，告别江中枝干。④夹罗：罗质夹衣。⑤石帆：山名，在今浙江绍兴南湖边。山高二十余丈，远望如帆，故称。⑥镜中入：绍兴有镜湖（南湖），船入湖，如入镜中。⑦秋白：泛白的秋水。鲜红：指荷花。⑧莲子齐：莲蓬里长满莲子。⑨挼菱：采菱。⑩绿刺：菱角。银泥：有银饰的衣裙。杜光庭《仙传拾遗》："有黄罗银泥裙，五晕罗银泥衫子，单丝罗红地银泥帔子。"

[评析]

诗人通过月夜女子游赏时衣角被菱角所挂这一细节，表现江南女子秋夜游赏之乐。前四句写月色朦胧。中间四句写女子乘舟游赏，"谁能看石帆？乘船镜中入"，表现出女子的山水雅兴，意象清丽。最后四句写醉心于美好景色，衣服被挂。诗歌画面清幽，描写细腻，比喻贴切。月光如水是个常见比喻，诗人进一步想象月光流淌的情形，用拟声词"漉漉"，更加具体形象，继而用"波烟玉"的比喻，既写出月的颜色、质感，又写出江上月亮的烟波浩渺情形。

京　城①

驱马出门意②，牢落长安心③。两事向谁道④？自作秋风吟。

[注释]

①诗作于元和五年至八年（810～813）李贺在长安任奉礼郎时期。②"驱马"句：指离开家乡求取功名。魏徵《书怀》："驱马出关门，投笔事戎轩。"③牢落：孤寂。④两事：指上文"出门意"和"长安心"。

[评析]

这首诗抒写诗人长安为官的牢骚不平。清人王琦说:"始也驱马出门之时,意气方壮,以为取富贵如拾草芥。乃羁旅长安,牢落无味,非复前日之心矣。"壮志消磨,薄宦乏味,无可诉说,只好作诗遣怀,聊以解忧。

官街鼓①

晓声隆隆催转日,暮声隆隆催月出。汉城黄柳映新帘②,柏陵飞燕埋香骨③。碾碎千年日长白④,孝武秦皇听不得⑤。从君翠发芦花色⑥,独共南山守中国⑦。几回天上葬神仙,漏声相将无断绝⑧。

[注释]

①诗作于元和五年至八年(810~813)李贺在长安任奉礼郎时期。官街鼓:据刘肃《大唐新语》,唐朝采纳马周建议,在京城重要街道挂鼓,每日晨暮用鼓声警众,作为坊门关启的信号,时人称冬冬鼓。②汉城:指长安。③柏陵:皇家陵墓,多植柏树。飞燕:赵飞燕,汉成帝皇后,泛指妃嫔。④碓(duī):撞击。⑤孝武秦皇:汉武帝、秦始皇。⑥君:汉武帝、秦始皇。翠发:黑发。芦花:白发。⑦共南山:与南山共寿。⑧相将:相随。

[评析]

诗用奇特的形象,写时光流逝,人生有限;秦皇汉武也会死亡,甚至是神仙也不例外,从而有力地讽刺了求仙求长生的虚妄与无济于事。开头"晓声隆隆催转日,暮声隆隆催月出"将鼓声与日月轮转联系起来,声势浩荡,气象雄伟,精警动人。

许公子郑姬歌 郑园中请贺作①

许史世家外亲贵②,宫锦千端买沉醉③。铜驼酒熟烘明胶④,古堤大柳烟中翠。桂开客花名郑袖⑤,入洛闻香鼎门口⑥。先将芍药献妆台,后解黄金大如斗⑦。莫愁帘中许合欢,清弦五十为君弹。弹声咽春弄君骨⑧,骨兴牵人马上鞍⑨。两马八蹄踏兰苑,情如合竹谁能见⑩?夜光玉枕栖凤凰⑪,袷罗当门刺纯线⑫。长翻蜀纸卷明君⑬,转角含商破碧云⑭。自从小靥来东道⑮,曲里长眉少见人⑯。相如冢上生秋柏⑰,三秦谁是言情客⑱?蛾鬟醉眼拜诸宗⑲,为谒皇孙请曹植⑳。

[注释]

①诗作于元和四年(809)李贺落第后。②许史世家:汉代贵戚之家。许,许伯,汉宣帝皇后之父;史,史高,汉宣帝母家。两家都是显贵门第。许公子当为唐朝皇室外戚。班固《汉书·盖宽饶传》:"上无许史之属,下无金张之托。"③宫锦:宫中锦缎。端:长度单位,古代二丈为一端,二端为一匹;唐朝四丈为一匹,六丈为一端。沉醉:大醉。④铜驼:指洛阳铜驼街,这里借指繁华市区。烘明胶:形容酒莹澈、醇厚。⑤桂:桂花,喻郑姬清雅。客花:郑姬自外地来洛,故云。郑袖:本为楚怀王夫人,这里借指郑姬。⑥鼎门:洛阳东城门。⑦大如斗:形容黄金之多。⑧弄君骨:犹言入骨,形容郑姬弹奏艺术高妙,乐声动人。⑨"骨兴"句:听乐后乘兴与郑姬乘马偕行。⑩合竹:两情相洽如符竹之相合。⑪夜光玉枕:形容枕头珍贵美好。郑处诲《明皇杂录》卷下:"虢国夫人夜光枕,希代之宝,莫能计其值。"栖凤凰:比喻两人双栖。⑫袷罗:夹罗制成的门帷。纯线:丝线。⑬蜀纸:出自蜀地的纸。卷:卷动画卷。明君:汉王昭君,蜀纸上画着昭君出塞的事迹。此句描写演唱变文时翻动画卷的情景。⑭角、商:古曲五音中的两音,乐声宛转高亢。破碧云:响遏行云之意。⑮小靥:两颊点胭脂,多用来借指美女,此指郑姬。张正见

《艳歌行》："裁金作小扇，散麝起微黄。"来东道：东来洛阳。⑯曲：东里曲，为妓女聚居地。曲里长眉：妓女。少见人：指其他妓女被人冷落。⑰相如：司马相如。⑱三秦：秦灭亡后，项羽三分关中，合称三秦，后用来代指陕西一带。这里指京洛一带。言情客：擅长抒写情性的文人。⑲拜：拜请。宗：宗人，李唐王室同宗之人。⑳皇孙：李贺自称。曹植：李贺自喻，表明自己是皇室出身。

[评析]

这首诗称颂许公子与郑姬情谊相洽。前六句写许公子出身华贵，郑姬貌美如花。七至十四句写两人欢会。十五至十八句写情意缠绵。十九、二十句写郑姬来后，其他妓女少人过问。最后四句写郑姬邀请诗人作诗。"长翻蜀纸卷明君，转角含商破碧云"，表明郑姬演唱技艺高超，是唐代变文讲唱盛行的珍贵文字材料。诗中通过郑姬之口，流露出诗人作为皇室宗人的自豪与对自己才华的自信。

新夏歌

晓木千笼真蜡彩①，落蕊枯香数分在②。阴枝拳芽卷缥茸③，长风回气扶葱茏④。野家麦畦上新垄⑤，长畛徘徊桑柘重⑥。刺香满地菖蒲草⑦，雨梁燕语悲身老⑧。三月摇扬入河道⑨，天浓地浓柳梳扫⑩。

[注释]

①千笼：犹千丛。笼，谓叶密如罩笼。蜡彩：色彩光滑鲜明，如同涂蜡一样。②枯香：指残花余香。③阴枝：日光照不到的枝条。缥（piāo）茸：青白色的茸毛。④长风：夏季风。周处《风土记》："仲夏长风扇暑。"扶葱茏：催促树木长得枝叶茂盛，郁郁葱葱。⑤野家：田家。⑥长畛：长长的田间小路。⑦刺香：菖蒲叶尖，有浓重的气味，故云。⑧雨梁燕语：雨天燕子聚集梁间，呢喃作语。⑨摇扬：飘扬。⑩"天浓"句：意思是说浓浓的柳色充溢天

地间,仿佛要梳天扫地。

[评析]

这首诗描写初夏乡村草木葱郁、烟柳满天的美丽景象。状物细腻,描摹如绘。如"阴枝拳芽卷缥茸",写出夏季多雨、树枝背阴面枝杈处生出嫩芽,清白细腻。不过此诗字、意有重复处,似乎是作者少年时期的作品。

题归梦①

长安风雨夜,书客梦昌谷②。怡怡中堂笑③,小弟裁涧荬④。家门厚重意,望我饱饥腹。劳劳一寸心⑤,灯花照鱼目⑥。

[注释]

①作于元和五年至八年(810~813)诗人于长安任奉礼郎期间。②书客:诗人自指。③怡怡:欢快的样子。《论语·子路》:"朋友切切偲偲,兄弟怡怡。"中堂:母亲。④裁:采。荬(㠯):又名王刍、绿竹、黄草,俗称淡竹叶。⑤劳劳:忧伤的样子。⑥鱼目:泪珠晶莹如鱼目,一说鱼目不瞑,形容劳思不寐。

[评析]

这是一首纪梦的短章。诗分三层来写:前两句写风雨之夕梦还故乡;三、四句写梦中景象,母亲欢笑,弟弟河畔采荬;最后四句写梦醒后的感受。全诗表达了对亲人浓郁的思念之情。家人殷切期盼的只是希望诗人能解决基本温饱问题,诗人一念及此便潸然泪下,从中可以看出家人的淳朴,家境的困顿,以及诗人的宦途不顺。语言质朴,感情真挚,章法井然。

经沙苑①

野水泛长澜,宫牙开小蒨②。无人柳自春,草渚鸳鸯暖。晴嘶卧沙马,老去悲啼展③。今春还不归,塞嘤折翅雁④。

[注释]

①作于元和五年至八年(810~813)诗人于长安任奉礼郎期间。沙苑:唐于同州置沙苑监,养马,在今陕西大荔南,又名沙海、沙阜。沙苑北为奉先县,有睿宗、玄宗诸陵,本诗当为诗人任奉礼郎参加祭陵时路过沙苑时作。②宫牙:宫之牙门。沙苑南有兴德宫,已废残。牙,通"衙"。小蒨(qiàn):幼小的茜草。③悲啼展:长嘶悲鸣。④塞嘤:塞雁折翅不能高飞,故悲鸣。嘤,鸟鸣声。

[评析]

此诗描绘边塞荒凉的春日景象,以折翅大雁自喻,抒发了顿挫不得志的郁闷和思念家乡的愁苦。清人姚文燮以为此诗哀叹马政。元和七年,大水泛滥,沙苑经水荒芜,水鸟栖息而马无粮草,诗人经过沙苑,感慨而作。

出城别张又新酬李汉①

李子别上国②,南山崆峒春③。不闻今夕鼓④,差慰煎情人⑤。赵壹赋命薄⑥,马卿家业贫⑦。乡书何所报?紫蕨生石云⑧。长安玉桂国⑨,戟带披侯门⑩。惨阴地自光,宝马踏晓昏⑪。腊春戏草苑,玉挽鸣隐辚⑫。绿网缒金铃⑬,霞卷清池湣⑭。开贯泻蚨母⑮,买冰防夏蝇⑯。时宜裂大被⑰,剑客车盘茵⑱。小人如死灰⑲,心切生秋榛⑳。皇图跨四海,百姓施长绅㉑。光明霭不发㉒,腰龟徒㲄银㉓。吾将噪礼乐㉔,声调摩清新。欲使十千岁,帝道如飞神㉕。华实自苍老㉖,流来长倾盆㉗。没没暗齰舌㉘,涕血不敢论㉙。今将下东道,祭酒而别秦㉚。六郡无剿儿㉛,长刀谁拭尘?地理阳无正㉜,快马逐服辕㉝。二子美年少,调道讲清浑㉞。讥笑断冬夜㉟,家庭疏篠穿㊱。曙风起四方,秋月当东悬。赋诗面投掷㊲,悲哉不遇人㊳。此别定沾臆㊴,越布先裁巾㊵。

[注释]

①作于元和八年(813)诗人辞去奉礼郎东归昌谷时。张又新:字孔昭,工部侍郎张荐之子,深州陆泽(今河北深州)人,元和进士,官左司郎中。李汉:字南纪,唐宗室,元和七年进士及第,韩愈门生、女婿,历仕屯田员外郎、兵部员外郎、御史中丞、礼部侍郎、吏部侍郎。②李子:诗人自谓。上国:京师长安。③南山:终南山。崆峒:洛阳。④鼓:京城街鼓。⑤煎情人:被恶劣情怀煎熬着的人。⑥赵壹:字元叔,东汉辞赋家,作《穷鸟赋》、《刺世疾邪赋》,自称命薄人。⑦马卿:司马相如。班固《汉书》本传称其家贫,"家徒四壁立"。⑧蕨(jué):多年生草本植物,生在山野。嫩叶可食,俗称蕨菜;根茎含淀粉,俗称蕨粉。亦泛指蕨类植物。⑨玉桂国:指物价昂贵的地方,这里指长安。《战国策·楚策》载:"楚国之食贵于玉,薪贵于桂。"⑩戟带:戟上饰带。唐制,高官家门前列戟。⑪"惨阴"二句:这两句是说长安即使是惨阴之地,也自有光彩;不论朝夕,总有人马驰驱不绝。⑫玉挽:玉轮。隐辚(lín):车马声。⑬绿网:绿色护花网。绐:系挂。据王仁裕《开元天宝遗事》载,宫中结红丝为网,密缀金铃,张于花上,每有鸟雀,则拉铃绳以惊飞之,用以护花。⑭霞卷:形容彩色帷幕。唐代贵族士女游春时,常张帷幕,用以宴饮、休憩。漘(chún):水边。⑮蚨母:钱的别名。干宝《搜神记》载,以青蚨(虫名)母子之血分别涂在钱币上,购物或用母钱,或用子钱,其钱能自还。⑯买冰:蝇蚊怕冰,故买冰驱除它们。这句写长安生活费用高。⑰时宜:当时的风尚。裂大被:指兄弟同乐。郑启《开元传信记》记载,开元年间,唐玄宗与诸弟友爱,制成大被长枕,兄弟同卧。一说大被典故是指招揽贤士,典出《列女传》。《艺文类聚》卷七十引《列女传》:"江夏孟宗少游学,与同学共处,母为作十二幅被。其邻妇怪,问之,母曰:'小儿无异操,惧朋类之不顾,故大其被,以招贫生之卧。'"萧统《锦带书十二月启·黄

钟十一月》:"命长袂而留客,施大被以招贤。"⑱茵:垫褥。以茵褥盘曲车上当做坐垫。⑲小人:嫉贤妒能的人;吴正子解释作诗人自指,也说得通。⑳心切:处心积虑,一说急切。棘:叶尖有齿,能刺人。心如秋棘比喻中伤贤者。㉑施长绅:指百姓安乐,易于治理。绅,大带。㉒霭不发:国家文明被蔽塞,不能发扬光大。霭,云多的样子,引申为遮蔽。㉓腰龟:高官腰间佩带龟钮银印。《北史·董征传》:"腰龟返国,昔人称荣。"鞣(zhòu):系结。㉔噪:喧闹,引申为高声歌唱。㉕帝道:帝王之道。飞神:天神。㉖华实:花与果。㉗长倾盆:形容文教润泽丰美。㉘没没:埋没。《南史·王僧达传》:"大丈夫宁当玉碎,安可没没求活?"齚(zé)舌:忍气吞声。齚,咬。㉙涕血:泣血。㉚祭酒:古时人们远行,祭奠路神,后用于饯别酒。秦:指长安。㉛六郡:汉代指陇西、天水、安定、北地、上党、西河六郡。这里泛指北方。剽儿:犹健儿。㉜地理:吴闿生《评注李长吉诗集》以为"理"当作"埋",近是。阳无正:孙阳(伯乐)和邮无正(王良)的合称,均为善相马者。㉝快马:良马,千里马。《战国策·楚策》载:"夫骥之齿至矣,服盐车而上太行,蹄申膝折,尾湛胕溃,漉汁洒地,白汗交流,中阪迁延,负辕不能上。伯乐遭之,下车攀而哭之,解纻衣以幂之。"这里是说善于相马的人都死了,千里马无人赏识,只好去拉盐车。㉞调道:修养道德。清浑:犹清浊。㉟断:尽。㊱篠(xiǎo):小竹。㊲赋诗:当面作诗赠别,是古人交往的一种方式。㊳不遇人:不被赏识的人,长吉自谓。《孟子·梁惠王》:"吾之不遇鲁侯,天也。"㊴沾臆:泪落胸前。㊵"越布"句:王琦注:"未别之先,预知定有此泪,故先裁越布巾,以为拭之用矣。"越布,越地所出产的布。巾,手帕。徐淑《与夫秦嘉书》:"今奉越布手巾一枚。"

[评析]

诗人长安三年,本欲一展宏图,无奈官小位卑,遭人谣诼,愤而弃官。这首诗是离开长安的抒怀诗篇。前八句写家境贫寒,命运不济,无以报答家人,只好还家告慰家人。九至二十六句写长安生活昂贵,达官贵人奢靡,小人嫉妒贤才。二十七至三十八句抒写自己志向远大,意图弘扬文教,但受人迫害,才不获聘,心怀郁郁,感慨贤人沉居下僚,悲愤伯乐难觅。最后写自己与张、李情深意厚,赋诗相赠。这是诗人三年生活的写照,感情沉痛,语带愤激。

外 集

南 园[①]

方领蕙带折角巾[②],杜若已老兰苕春[③]。南山削秀蓝玉合[④],小雨归去飞凉云。熟杏暖香梨叶老,草梢竹栅锁池痕[⑤]。郑公乡老开酒樽[⑥],坐泛楚奏吟招魂[⑦]。

[注释]

①一说与《南园》十三首为一组,见卷一。诗作于元和八年(813)李贺回昌谷后。②方领:直领,两汉以来为儒者服装。折角巾:东汉名士郭泰遇雨,其巾一角沾湿,乃折之,其他学士著巾仿而折角,因郭泰字林宗,故时称林宗巾。见《艺文类聚》引《郭林宗别传》。③杜若:一种香草,一般春季开花。兰苕(tiáo):兰花的茎。④蓝玉:青玉,形容南山如青玉。⑤锁池痕:倒影池塘中,泛起波痕。⑥郑公:东汉经学家郑玄,高密人,孔融非常敬服,建议高密知县特立一乡为郑公乡。郑公乡:儒术昌明的地方。郑公乡老,诗人自谓。⑦泛:演奏乐曲时为谐和节奏,配衬虚声,称泛声,这里指演奏。楚奏:楚地音乐。招魂:《楚辞》中的一篇,传为宋玉作,哀悼屈原忠而放逐。

[评析]

这首诗是诗人从长安返回昌谷后的生活写照。诗人为郑王后裔，所居之地儒学氛围浓郁，自己又少有才华，志向远大，"吾将噪礼乐，声调摩清新"，想振兴文教，谁料却志不获伸，反遭奸人陷害，无奈之下只好辞官返乡。诗人闲居穿儒者衣冠，表明他虽然受挫，仍然不改初衷，不过无情的社会现实以及自己的生活经历使他的心情非常沉重，连歌咏也带有凄楚的意味。

假龙吟歌①

石轧铜杯，吟咏枯瘁②。苍鹰摆血③，白凤下肺④。桂子自落，云弄车盖⑤。木死沙崩恶溪岛，阿母得仙今不老⑥。窞中跳汰截清涎⑦，隈堧卧水埋金爪⑧。崖蹬苍苔吊石发⑨，江君掩帐筼筜折⑩。莲花去国一千年⑪，雨后闻腥犹带铁⑫。

[注释]

①假龙吟：敲击铜杯模仿龙吟。皎然《〈戛铜椀为龙吟歌〉序》载："故太尉房公琯早岁尝隐终南山峻壁之下，往往闻龙吟，声清而静，涤人邪想。时有好事僧，潜戛之，以五金写之，唯铜声酷似。他日，房公偶至山寺，闻林岭间有此声，乃曰龙吟复迁于兹矣。僧因出其器以告。公命戛之，惊曰：'真龙吟也。'"②枯瘁（cuì）：形容声音极度清净、悲伤。③摆：击。击苍鹰取血，其声哀，以形容假龙吟。④下肺：取下白凤之肺，其声凄，以形容假龙吟。⑤"桂子"二句：形容龙吟激荡，风起云涌，桂子坠落，车盖作声。⑥阿母：龙母。⑦窞（dàn）：坎中的小坎。跳汰：洗濯。截清涎：龙的清涎已被洗尽。⑧堧（ruán）：水边地。金爪：指龙爪。⑨石发：水边石上青苔。⑩江君：江娥。筼（yún）筜（dāng）：水边大竹。⑪莲花：指龙。《孔雀经》有青莲花龙王、白莲花龙王之名。⑫"雨后"句：蔡卞《毛诗名物解》载："铁味辛，害目，鱼龙护目，故畏铁。"相传镇服毒龙多以铁物沉水中。这句诗意思是说龙去已久，犹闻铁之腥味。

[评析]

这是一首诡异的诗歌。前六句用繁复的意象,写出敲击铜杯模拟龙吟的以假乱真。后八句写真龙被驱走,觅之不得。叶公好龙,见真龙而逃遁。真龙见逐,而世人徒好作龙吟。诗歌虽然只是歌咏假龙吟,而蕴含深远。或世间真假莫辨,诗人借以发兴;或皮里阳秋,风人感而起叹。清人王琦说:"此篇因假龙吟而思其真龙,笑人于真龙则驱去之,好事者却又写其声以娱人之听闻。真者不好,而好者不真,寄慨之意深矣!"

感讽六首[①]

一

人闲春荡荡[②],帐暖香扬扬。飞光染幽红[③],夸娇来洞房[④]。舞席泥金蛇[⑤],桐竹罗花床[⑥]。眼逐春瞑醉[⑦],粉随泪色黄。王子下马来[⑧],曲沼鸣鸳鸯。焉知肠车转[⑨],一夕巡九方[⑩]。

[注释]

①据汲古阁校刻本鲍钦止本跋语,这组诗为卷二所脱落,当是元和五年至八年(810~813)所作。②荡荡:广大的样子。③飞光:太阳。幽红:幽艳的红花,一说形容日初升的样子。④洞房:新婚夫妇的卧室。⑤舞席:跳舞时用的地毯。金蛇:地毯上有金龙的图纹。⑥桐竹:梧桐与竹,这里指代管弦乐器。罗:列。⑦春瞑醉:春夜小睡,眼睑似开似合,让人陶醉。⑧王子:泛指贵公子。⑨肠车转:人有心思,如肠中有车轮转动。古乐府:"心思不能言,肠中车轮转。"⑩九方:四面八方。

[评析]

这首诗运用衬托和拟人手法,写新婚女子娇艳无比,连太阳也来夸耀。虽然她居室华丽，而男子却久久不来，空惹得泪眼迷离。男子归来后二人表面上情意相契，然而她想不到对方却别有打算，"一夕巡九方"。诗歌讽刺了贵家子弟的荒淫。一说富家郎自以为与女子相悦，却不料女子心中却想着别处。

二

苦风吹朔寒①，沙惊秦木折②。舞影逐空天，画鼓余清节③。蜀书秋信断④，黑水朝波咽⑤。娇魂从回风⑥，死处悬乡月。

[注释]

①苦风：边塞苦寒的风。②沙惊：沙被强风突然吹起，故称"惊"。③清节：清劲的鼓点。④蜀书：写给南方的书信。⑤黑水：众说不一，此指甘肃张掖河。郦道元《水经注》卷四十："黑水出张掖鸡山。"⑥娇魂：女子梦魂。回风：飘风。

[评析]

这是首描写和亲公主悲愤的诗。唐代自天宝至贞元、元和年间，边疆战火屡起，朝廷积弱不振，多有和亲之举。诗通过描写朔漠气候酷寒，音乐匮乏，乡音隔绝，和亲公主客死他乡，反映了朝廷国力衰弱，抒发了对和亲公主的同情，对国家命运的忧虑。

三

杂杂胡马尘①，森森边士戟②。天教胡马战，晓云皆血色。妇人携汉卒③，箭箙囊巾帼④。不惭金印重⑤，踉跄腰鞬力⑥。恂恂乡门老⑦，昨夜试锋镝⑧。走马遗书勋⑨，谁能分粉墨⑩？

[注释]

①杂杂：众多混乱的样子。②森森：众多的样子。③妇人：指统兵宦官。④箭箙：箭囊。巾帼：妇人头巾。⑤金印重：帅印重，比喻肩负重任。⑥踉（làng）跄（qiāng）：形容跌跌撞撞、走路不稳。韩愈《赠张籍》："君来好呼

出,跟锵越门限。"腰鞬(jiān):腰挂弓箭。鞬,弓袋。许慎《说文解字》:"鞬,所以戢弓矢。"⑦恂(xún)恂:恭顺本分。⑧镝(dí):箭头。⑨遣书勋:报送军功。⑩粉墨:黑白。这里是说混淆是非,真假难辨。

[评析]

元和四年(809)十月,朝廷命吐突承璀统兵讨伐王承宗叛军。这首诗写吐突承璀监军,懦弱不堪重任,父老乡亲被迫上战场杀敌,而监军胡乱记功,博取功名,讽刺其无能与无耻。前四句写叛军声势浩荡。中间四句写监军一副妇人模样,难堪重任。九、十两句写父老上阵作战。最后两句写监军骗取功名,据为己有。诗作于元和四年或其后不久。

四

青门放弹去①,马色连空郊。何年帝家物,玉装鞍上摇②。去去走犬归,来来坐烹羔。千金不了馔③,貉肉称盘臊④。试问谁家子,乃老能佩刀⑤?西山白盖下⑥,贤隽寒萧萧⑦。

[注释]

①青门:长安城门之一。《三辅黄图》卷一载:"长安城东出南头第一门,曰霸城门。民见门青色,名曰青城门,或曰青门。"放弹:放猎。②玉装:马鞍上的玉饰。③不了:不足。馔(zhuàn):食品。这句话是说一顿饭千金也不够。④貉(hé):又名狢,兽名。外形似狐,毛棕灰色。穴居于河谷、山边和田野间,昼伏夜出,食鱼、鼠、蛙、虾、蟹和野果等。张自烈《正字通》:"貉似狸,锐头尖鼻,斑色毛深厚温滑,可为裘。"称:称道。这句意思是说喜欢野味,盘中盛的全是珍贵野味。⑤乃老:乃翁,其父。这里是说他因为父亲佩刀立功,得以荫封官。⑥白盖:白屋,茅屋。《尔雅》:"白盖谓之苫。"苫,草编成之覆盖物。⑦隽:同"俊"。

[评析]

这首诗用对比手法,反映了社会不公,才俊沉潜落魄,无能鼠辈春风得意,而诗人自己也是才高位卑,沉居下僚,所以诗中也寄寓了自己郁郁不得志的愤慨。长安贵介公子因为祖上功德，使用皇家宝物，饱食终日，无所事事，日日打猎作乐，寻求野味，满足于口腹欲望。而才俊之士却贫寒交迫，无法施展抱负。

五

晓菊泫寒露①，似悲团扇风②。秋凉经汉殿，班子泣衰红③。本无辞辇意④，岂见入空宫？腰衱佩珠断⑤，灰蝶生阴松⑥。

[注释]

①泫：露珠下垂。②团扇风：用班婕妤语。班婕妤《怨歌行》："新裂齐纨素，鲜洁如霜雪。裁为合欢扇，团团似明月。出入君怀袖，动摇微风发。常恐秋节至，凉飙夺炎热。弃捐箧笥中，恩情中道绝。"③班子：班婕妤。班婕妤先曾得到成帝宠爱，其后赵飞燕得宠，她被冷落。衰红：红颜衰老。④辞辇意：汉成帝游于后庭，欲与班婕妤同辇，婕妤辞，并向成帝进谏，谓贤君当有名臣在侧。成帝善其言而止。事见班固《汉书·孝成班婕妤传》。⑤腰衱(jié)：裙带。⑥灰蝶：祭祀烧纸钱，纸灰飞舞似蝶。阴松：墓边之松。

[评析]

这是首咏史诗，借以歌咏宫女失宠，描写其哀怨与悲凉凄惨，讽刺君王之心难测，君恩难持。诗人用悲凉的秋景，营就一种凄楚氛围，表现宫女内心的哀怨，增强了感染力。一般写宫怨的诗歌只是写失宠后的不幸生活而止，诗人却将其死后结局全盘写出，可见其境遇永无改变机会，真是让人难以卒读。清人姚文燮以为这首诗是写王叔文变法失败，王叔文等人尽遭贬谪。陈本礼认为是借宫怨感慨人才沉没。

六

蝶飞红粉台①，柳扫吹笙道②。十日悬户庭③，九秋无衰草④。调歌送风转⑤，杯池白鱼小⑥。水宴截香腴⑦，菱科映青罩⑧。薑蘴梨花满⁹,春昏弄长啸⁰。惟愁苦花落,不悟世衰到。抚旧惟销魂⑪,南山坐悲峭⑫。

[注释]

①红粉台:台榭上满是红妆女子。②吹笙道:笙管奏鸣的道路。③十日:《山海经·海外东经》载,汤谷有十个太阳,又传说尧时天上有十日。此指户庭内灯烛很多。④九秋:秋季九十天。⑤调歌:歌声。送风转:随风飘扬。⑥杯池:比喻小池。⑦香腴:水中鱼、虾、蟹之类。⑧青罩:捕鱼的竹罩。⑨蘴(fēng)蒙:繁盛貌。⑩春昏:春夜。⑪抚旧:追思往事。⑫悲峭:悲伤忧愁。

[评析]

这首诗写人事盛衰转化迅速,讥讽富贵人家只知道纵情享乐,却不知道乐极生悲、由盛转衰的道理,最终只落得追忆往昔,浩然长叹。王国维《人间词话》论写诗之道有两种:"有造境,有写境,此理想与写实二派之所由分。"写境侧重于描摹抒情主体眼中景物,造境则是为了一个主旨虚构景象。"十日悬户庭,九秋无衰草",用极度夸张的手法写出家庭富贵时处处生春,是为突出诗歌主旨而"造境";最后两句写衰败后的落魄不堪情状,也是"造境"。

莫愁曲①

草生龙陂下②,鸦噪城堞头③。何人此城里④?城角栽石榴⑤。青丝系五马⑥,黄金络双牛。白鱼驾莲船⑦,夜作十里游。归来无人识,暗上沉香楼⑧。罗床倚瑶瑟⑨,残月倾帘钩。今日槿花落⑩,明朝桐树秋⑪。莫负平生意,何名作莫愁?

[注释]

①作于元和二年(807)李贺南行吴越,途经安陆之后不久。②龙陂:

在今湖北省江陵。郦道元《水经注》卷二十八："江陵西北有纪南城，城西南有赤坂冈，冈下有渎水，东北流入城，又东北出城，西南注于龙陂。陂，古天井水也，广圆二百余步，在灵溪东江堤内，水至渊深，有龙见于其中，故曰龙陂。"③城堞：城垛，即女墙。④何人：暗指莫愁。⑤栽石榴：石榴成熟后多子，栽石榴暗寓希望子孙满堂的意思。典出《北齐书·魏收传》："后帝（文宣帝）幸李宅宴，而妃母宋氏荐二石榴于帝前。问诸人莫知其意，帝投之。收曰：'石榴房中多子，王新婚，妃母欲子孙众多。'帝大喜，诏收'卿还将来'，仍赐收美锦二匹。"⑥青丝：乐府《陌上桑》："青丝系马尾，黄金络马头。"五马：暗指来客中有太守。古乐府《日出东南隅》："使君从南来，五马立踟蹰。"⑦白鱼：船身所画鱼形。莲船：采莲小舟。⑧沉香楼：楼名，一说是沉香木所建楼房。⑨"罗床"句：言列坐床上，倚瑟而歌。瑶瑟，上面有玉饰的瑟。⑩槿花：落叶灌木或小乔木。叶卵形，夏秋开花，花钟形，有白、红、紫等色，朝开暮落，常用来比喻青春短暂。⑪桐树：《尔雅翼》："梧叶春晚乃生，望秋辄槁。"

[评析]

　　这首乐府诗描写莫愁虽然美丽年少，却无人赏识，独处落寞，通过劝慰莫愁青春易逝、理应及时行乐，抒发了人才不受重视的感慨与对美好时光的珍惜。

夜来乐

　　红罗复帐金流苏①，华灯九枝悬鲤鱼②。丽人映月开铜铺③，春水滴酒猩猩沽④。价重一箧香十株⑤，赤金瓜子兼杂麸⑥。五色丝封青玉鳬⑦，阿侯此笑千万余⑧。南轩汉转帘影疏⑨，桐林哑哑挟子乌⑩。剑崖鞭节青石珠⑪，白骗吹湍凝霜须⑫。漏长送珮承明庐⑬，倡楼嵯峨明月孤⑭。续客下马故客去，绿蝉秀黛重拂梳⑮。

[注释]

①流苏：用五彩羽毛或者丝线制成的球状装饰物，缀上丝缕，使它垂下。②鲤鱼：鲤鱼形状的灯。③开铜铺：开门迎客。铜铺，门环、门锁，这里指有衔环铜兽的门。④春水滴酒：比喻酒多如春水。猩猩沽：沽酒器，器上镂有猩猩形。⑤价重：身价高贵。⑥瓜子、杂麸：据周密《癸辛杂识》续集，两者都是黄金，形如瓜子者，名"瓜子金"；碎如麸片者，名"麸子金"。⑦青玉龟：刻有龟形的青玉珍玩。⑧阿侯：相传为古代美女莫愁的女儿，此代指妓女。南朝梁武帝《河中之水歌》："河中之水向东流，洛阳女儿名莫愁。莫愁十三能织绮，十四采桑南陌头。十五嫁为卢家妇，十六生儿字阿侯。"此笑千万余：是一笑千金的夸大说法。⑨汉：银汉，天河。⑩哑哑：乌鸦啼叫声。⑪剑崖：剑柄上刻着山形。鞭节：有类似竹节纹的马鞭。青石珠：马鞍上的珠饰。⑫白騧（guā）：白鼻子。騧，一种白鼻黑喙的黄马。凝霜须：马口喷沫，凝冰若须。⑬送珮：送客，因客珮印回承明庐，故云。⑭嵯峨：高峻的样子。⑮绿蝉：指发髻，形如蝉。秀黛：秀眉。黛，画眉用的化妆品。

[评析]

这首诗描写宿娼。前四句写室内华丽，灯月辉映，妓女接客。五至八句写嫖客为博取妓女欢心，不惜重金。九至十二句写嫖客留宿，平明离去。最后四句写旧客甫去新客来。诗粗俗浅露。

嘲 雪

昨日发葱岭①，今朝下兰渚②。喜从千里来③，乱笑含春语④。龙沙湿汉旗⑤，凤扇迎秦素⑥。久别辽城鹤⑦，毛衣已应故。

[注释]

①葱岭：山名，古代对帕米尔高原、昆仑山、天山西段的统称，在今新疆疏勒南、和田西。该地区地势极高，古人以为是寒风冰雪的发源地。②兰

渚：兰草丛生的小洲。③千里来：雪从西北边地而来。④乱笑：比喻雪花随风呼啸。⑤龙沙：古地名，我国西部、西北部边远山地和沙漠地区。班固《后汉书·班超传赞》："坦步葱雪，咫尺龙沙。"汉旗：旗，以汉喻唐是唐人常用手法。⑥凤扇：白凤扇，富贵人家所用。秦素：秦地白雪。⑦辽城鹤：旧题陶潜《搜神后记》卷一载，东汉人丁令威学道成仙，化作白鹤回到辽城，停留在城门华表柱上，有少年欲射之，鹤飞去。此处以鹤仙白羽毛比喻雪片。

[评析]

这是首咏雪之作。前四句写雪从千里之外的葱岭而来，后四句写沾湿旗帜，使凤扇变白。用语活泼生动。"喜从千里来，乱笑含春语"，用拟人手法写出白雪漫天飞舞令人欣喜的情形，严寒之中孕育着春的气息，富于哲理。最后两句写虽然是大雪，但并不严寒，与此相呼应。

春怀引

芳蹊密影成花洞①，柳结浓烟花带重。蟾蜍碾玉挂明弓②，捍拨装金打仙凤③。宝枕垂云选春梦④，钿合碧寒龙脑冻⑤。阿侯系锦觅周郎⑥，凭仗东风好相送。

[注释]

①芳蹊（qī）：芳径，开满鲜花的小道。花洞：开花的树枝繁叶茂，覆盖着小路，看上去好似深邃的花洞。②蟾蜍碾玉：月亮穿过云层，与《梦天》"玉轮轧露湿团光"艺术意象相仿佛。明弓：弯月。③捍拨：拨动琵琶弦丝的工具。打：弹拨。仙凤：凤形捍拨。④垂云：垂发如云。选春梦：期盼做个好梦。⑤钿合：嵌金花的小盒子，用以盛放首饰。碧寒：指钿合颜色。龙脑：香名，即冰片。⑥阿侯：代指妓女。系锦：束带、披衣。周郎：三国时吴中人呼周瑜为周郎，这里比喻女子所思念的美少年。

[评析]

这首诗用华丽的语言、艳丽的色彩描写春日怀人的少女,表现了少女的哀怨和期盼,美丽的景象、富丽的居处与独处落寞的空虚形成鲜明的对比。前四句写女子所居之地花团锦绣,皓月当空,正是良辰美景,然而女子却独自奏乐排解杂乱心绪。后四句写春心动荡,希望梦中与思念的人相聚。首饰盒的"寒"和龙脑的"冻"暗示她心绪的低沉与幽怨。

白虎行

火乌日暗崩腾云①,秦皇虎视苍生群②。烧书灭国无暇日③,铸剑佩玦呼将军④。玉坛设醮思冲天⑤,一世二世当万年⑥。烧丹未得不死药⑦,拿舟海上寻神仙⑧。鲸鱼张鬣海波沸⑨,耕人半作征人鬼。雄豪猛焰烈烧空,无人为决天河水。谁最苦兮谁最苦?报人义士深相许⑩。渐离击筑荆卿歌⑪,荆卿把酒燕丹语⑫。剑如霜兮胆如铁,出燕城兮望秦月。天授秦封祚未终,衮龙衣点荆卿血⑬。朱旗卓地白虎死⑭,汉皇知是真天子。

[注释]

①火乌:司马迁《史记·周本纪》记载:"武王渡河,中流,白鱼跃入王舟中,武王俯取以祭。既渡,有火自上复于下,至于王屋,流为乌,其色赤。"这里指周朝衰落,诸侯纷争。一说云彩赤黑,日色昏暗,预示暴君出现。②虎视:比喻残暴。班固《西都赋》:"周以龙兴,秦以虎视。"③烧书:指秦始皇焚书坑儒。灭国:指秦始皇灭六国事。④铸剑:秦始皇喜好凶威之器,不修文治。佩玦:言其独断专行。《白虎通·德论》:"君子能决断则佩玦。"呼将军:只重用好杀伐之人。⑤玉坛:平地上筑起的祭祀场所。设醮:道士设坛祈祷。思冲天:想成仙。⑥"一世"句:据司马迁《史记·秦始皇

本纪》,秦始皇欲使帝位传之无穷,故以世计,自称始皇帝。⑦烧丹:烧炼丹药。司马迁《史记·秦始皇本纪》载:"使韩终、侯公、石生求仙人不死之药。"⑧"拿舟"句:指秦始皇求长生药不可得,就派遣徐市率童男女数千人入海求仙。事见司马迁《史记·秦始皇本纪》。⑨"鲸鱼"句:徐市入海求仙药,数岁不能得,恐遭谴责,乃诈称为大鱼所阻,秦始皇乃自以连弩射鲸鱼。事见司马迁《史记·秦始皇本纪》。⑩报人:报恩。义士:指荆轲。⑪渐离:高渐离。司马迁《史记·刺客列传》载:"高渐离击筑,荆轲和而歌于市中。"⑫燕丹:燕太子丹,派荆轲刺秦王。⑬衮龙衣:帝王礼服,上面绣有龙图案。本句说荆轲刺秦王不中而被杀。事见司马迁《史记·刺客列传》。⑭朱旗:红旗,传说汉高祖刘邦为赤帝子,所以旗帜尚赤色。卓地:特立。白虎:秦为虎狼之国,地在中原之西部,西方主白色,故以白虎喻秦。

[评析]

这首诗揭露秦始皇的专横跋扈、妄求神仙与残暴统治,叙述浅直,语意冗沓,尤其是"谁最苦兮谁最苦?报人义士深相许"以下尤其庸俗,"玉坛设醮思冲天"写道教设醮也与历史不符。李贺讲究炼句,虽然也有率直的句子,但没有拖沓的现象。吴正子说:"此篇及后《嘲少年》显然非长吉之笔。"

有所思①

去年陌上歌离曲,今日君书远游蜀。帘外花开二月风,台前泪滴千行竹②。琴心与妾肠③,此夜断还续。想君白马悬雕弓,世间何处无春风?君心未肯镇如石,妾颜不久如花红。夜残高碧横长河④,河上无梁空白波。西风未起悲龙梭⑤,年年织素攒双蛾。江山迢递无休绝⑥,泪眼看灯乍明灭。自从孤馆深锁窗,桂花几度圆还缺⑦。鸦鸦向晓鸣森木,风过池塘响丛玉⑧。白日萧条梦不成,桥南更问仙人卜⑨。

[注释]

①有所思:乐府旧题,汉鼓吹铙歌十八曲之一,以首句名篇,抒写女子与情人决绝时的悲思,后人多借以歌咏离别之苦。②泪滴千行竹:暗用湘妃泪泣斑竹的典故。③琴心:寄托心思于琴声。司马迁《史记·司马相如列传》载,司马相如爱慕卓文君,又苦于无法接近,于是弹琴挑逗。④高碧:天空。长河:银河。⑤龙梭:织布梭子。刘敬叔《异苑》:"陶佩常钓于山下,得一织梭,还挂壁上。有顷雷雨,梭变成赤龙,从空而去。"银河无梁,西风未起,不到七夕,天河无鹊桥,牛女不能相会,故见梭而悲。⑥逴递:路远貌。⑦桂花:月中桂树,指代月亮。⑧丛玉:丛竹。⑨卜:占卜,问所思念的人何日归来。

[评析]

这首诗描写女子的相思之苦。诗歌起篇不凡,写去岁分别,眼看归期将至,谁料男子又要远游,从而将女子由期盼、欢喜到失望、焦虑的情感变化逐渐展现出来。一般闺怨诗篇都是写男子远在他处即将归来,这首诗却写远行之人又要远行,将离别相思又向前推进了一步,女子心情更为沉重。三、四句用反衬手法,明媚的春光与凄苦的心情形成巨大反差,突出了这种离愁别恨。无奈之下,女子只好依靠音乐来聊释心怀。可是心绪难平,疑窦丛生。诗人用对比手法,写女子想象中男子春风得意与自己容颜将老。天上牛郎织女年年七夕相会,自己却连他们也不如,只能孤灯相对,空数月圆月缺!可恨的是梦中也不能相会,只好占卜归期聊以告慰自己。诗歌用景物烘托、反衬、对比、典故、比喻与层进等多种手法,将女子的思念、青春的哀叹、心绪的不宁形象地表现出来。

嘲少年

青骢马肥金鞍光①,龙脑如缕罗衫香②。美人狭坐飞琼觞③,

贫人唤云天上郎。别起高楼临碧筱,丝曳红鳞出深沼④。有时半醉百花前,背把金丸落飞鸟⑤。自说生来未为客,一身美妾过三百。岂知斸地种田家⑥,官税频催没人织。长金积玉夸豪毅⑦,每揖闲人多意气⑧。生来不读半行书⑨,只把黄金买身贵。少年安得长少年?海波尚变为桑田⑩。荣枯递转急如箭⑪,天公岂肯于公偏。莫道韶华镇长在⑫,发白面皱专相待⑬。

[注释]

①青骢马:毛色如青骢的马。②龙脑:冰片。③狭坐:迫近而坐。张衡《西京赋》:"促中堂之狭坐,玉觞行而无算。"琼觞:精美的酒杯。④红鳞:鱼。⑤金丸:用黄金作弹丸,写其奢侈。葛洪《西京杂记》卷四:"韩嫣好弹,常以金为丸,所失者日有十余。长安为之语曰:'苦饥寒,逐金丸。'京师儿童每闻嫣出弹,辄随之,望丸之所落,辄拾焉。"⑥斸(zhú)地:掘地,刨地。⑦长金积玉:积攒财富。长,增长。豪毅:豪放不羁。⑧揖(yī):拱手礼,古代人们相见时的礼节。意气:意气扬扬,形容自负得意。⑨生来不读半行书:轻视儒术,不事文字,专事游猎,夸饰武力,这是汉唐北方社会游侠狂少的一般特征。如崔颢《古游侠呈军中诸将军》:"少年富胆气,好勇复知几。仗剑出门去,孤城逢合围。杀人辽水上,走马还渔阳。"⑩"海波"句:这句诗用沧海桑田的典故。⑪荣枯递转:指政治上的升沉得失相互转化。⑫韶华:美好时光。镇:常。⑬发白面皱:形容年迈。《法华经》:"众生衰老,年过八十,发白面皱,将死不久。"

[评析]

这首诗讽刺富贵子弟终日骄奢豪纵,挥霍无度,不读诗书,无德无才,然而时事转变,富贵不长,青春不会永驻。诗意浅豁,层次混乱,尤其是"岂知斸地种田家,官税频催没人织"两句,"自说生来未为客"、"少年安得长少年"等句毫无诗意。方扶南认为"伪之至,鄙陋心情,佻达口吻",是他人仿效作品。

高平县东私路[①]

侵侵槲叶香[②],木花滞寒雨。今夕山上秋,永谢无人处[③]。石溪远荒涩,棠实悬辛苦[④]。古者定幽寻[⑤],呼君作私路[⑥]。

[注释]

①诗作于元和九年(814)秋,诗人奔赴潞州幕府途中。高平县:唐时属泽州,今山西高平市。私路:指行人稀少的古道,与官道相对而言。②侵侵:树叶稠密的样子。槲(hú):即柞栎,落叶乔木,叶互生。③谢:指花落。④棠实:棠梨树的果实。⑤幽寻:犹寻幽,探幽。⑥君:你,代指道路。

[评析]

这首诗描绘山间小径的幽寂荒凉,人烟罕至,称颂它是个寻幽访胜的好地方。前六句描写野花寂寞开放,无人知晓,石头小路、溪流远离尘世,紧扣小道的偏僻荒凉;最后两句写小径给人的感受,一片寒冷萧瑟。

神仙曲

碧峰海面藏灵书[①],上帝拣作神仙居。清明笑语闻空虚[②],斗乘巨浪骑鲸鱼。春罗书字邀王母[③],共宴红楼最深处。鹤羽冲风过海迟,不如却使青龙去[④]。犹疑王母不相许,垂雾妖鬟更传语[⑤]。

[注释]

①碧峰:指海上三神山蓬莱、方丈、瀛洲。灵书:传授求仙养生之术的仙经、秘笈。②清明:天气晴朗的时候。空虚:空灵仙界。③春罗:一种丝

罗。书字：写请柬。王母：指西王母，古代传说中的神仙。④青龙：仙人侍者。⑤垂雾：垂发。妖鬟（huán）：妖艳的侍女，王母近侍。

[评析]

这首诗描写诗人心目中的仙人生活情形。前两句写仙人生活在烟波浩渺的大海上。三、四句写晴朗日子，可以听到空中传来他们的欢声笑语，他们骑鲸遨游，自由惬意。仙境和人间一样，充满人情味，也有宴请。为了能够邀请到西王母，仙人们派遣青龙送帖子，还让王母近侍传话。这首描写仙境的诗篇是诗人理想生活的描述和美好追求的寄托。诗歌想象丰富，构思奇特，语言生动活泼。

龙夜吟①

鬈发胡儿眼晴绿，高楼夜静吹横竹②。一声似向天上来，月下美人望乡哭③。直排七点星藏指④，暗合清风调宫徵⑤。蜀道秋深云满林⑥，湘江半夜龙惊起⑦。玉堂美人边塞情，碧窗皓月愁中听。寒砧能捣百尺练，粉泪凝珠滴红线。胡儿莫作陇头吟⑧，隔窗暗结愁人心。

[注释]

①古人以为笛声似龙吟，本篇咏夜间吹笛，故题作"龙夜吟"。马融《长笛赋》载："近世双笛从羌起，羌人伐竹未及已。龙吟水中不见已，伐竹吹之声相似。"②横竹：笛，竹制，横吹，故云。③美人：吴汝纶注："疑此美人当为羌人之误。"此处应该为羌人，美、羌二字形体相近致误。④七点：笛七孔。星藏指：指手指按笛孔。⑤宫徵：指宫、商、角、徵、羽五音。⑥"蜀道"句：喻笛声萧森，如秋行蜀道，萧条冷寂。⑦"湘江"句：形容笛声激越，如湘江龙惊，顿起暴风骤雨。⑧陇头吟：乐府横吹曲，一名《陇头水》，情辞悲咽。

[评析]

这首诗用铺叙、烘托的手法,突出表现笛声哀怨凄美,美妙动人。无论是自然界的山水,仙界神龙,还是玉堂佳丽,捣衣女子,无不凄怆哀泣。最后诗人劝诫吹笛人,千万不要再吹《陇头吟》之类哀怨的曲调,这样的曲调让人愁肠寸断!结句含蓄隽永,耐人寻味。

昆仑使者[①]

昆仑使者无消息,茂陵烟树生愁色[②]。金盘玉露自淋漓[③],元气茫茫收不得[④]。麒麟背上石文裂[⑤],虬龙鳞下红肢折[⑥]。何处偏伤万国心[⑦]?中天夜久高明月[⑧]。

[注释]

①作于元和五年至八年(810~813)诗人任奉礼郎期间。昆仑使者:神话中的神鸟,为西王母的侍者。《山海经·海内北经》载:"西王母梯几而戴胜杖。有三青鸟为西王母取食,在昆仑虚北。"《汉武故事》载:"七月七日忽有青鸟飞集殿前,东方朔曰:'此西王母欲来。'有顷,王母至,三青鸟夹侍王母旁。"②茂陵:汉武帝墓地。③金盘玉露:汉武帝所建造的梁台、铜柱、承露盘、仙人掌及所承玉露。④元气:元始之气,道家以为服食元气可以长生。⑤麒麟:古代传说中的珍异之兽,此处指陵前石麒麟。封演《封氏闻见记》卷六记载:"秦汉以来,帝王陵前有石麒麟、石辟邪、石象、石马之属。"⑥虬龙:有角龙,这里指墓地前的石龙。红肢:指虬龙肢爪染有红色。⑦万国:天下。⑧中天:天中。

[评析]

这首诗借汉武帝事讽喻唐宪宗求仙之事。武帝好神仙长生之术,期盼与王母相会,然而久无王母音信,空留下墓前烟树生愁,麒麟断裂,虬龙残破。诗人描写了武帝陵墓前的种种荒凉景象,巧妙地讽刺了求仙得道的徒劳无益。诗歌起句不凡,"昆仑使者无消息,茂陵烟树生愁色",首句写武帝期盼,次句陡然直下,写其坟墓。虽然是赋笔直陈,然而如急湍飞流,简明有力。

汉唐姬饮酒歌①

御服沾霜露②,天衢长蓁棘③。金隐秋尘姿④,无人为带饰⑤。玉堂歌声寝⑥,芳林烟树隔⑦。云阳台上歌⑧,鬼哭复何益?仗剑明秋水⑨,凶威屡胁逼。强枭噬母心⑩,犇厉索人魄⑪。相看两相泣,泪下如波激。宁用清酒为⑫?欲作黄泉客⑬。不说玉山颓⑭,且无饮中色。勉从天帝诉,天上寡沉厄⑮。无处张穗帷⑯,如何望松柏?妾身昼团团⑰,君魂夜寂寂。蛾眉自觉长,颈粉谁怜白?矜持昭阳意⑱,不肯看南陌。

[注释]

①唐姬:东汉少帝刘辩之妃。董卓废少帝为弘农王,次年,天下兴兵讨伐,董卓令人进鸩酒。弘农王与唐姬及众宫人饮宴作别。酒行,王悲歌,令姬起舞,姬抚袖而歌,泣下呜咽。王对唐姬说:"卿王者妃,势不复为吏民妻,自爱,从此长辞。"遂饮药死。唐姬被遣归乡里后,誓不再嫁。事见范晔《后汉书·皇后纪》及《少帝纪》。②御服:帝王服装。沾霜露:比喻少帝刘辩失位。③天衢:宫中道路。长蓁棘:国家多难,宫中荒芜。司马迁《史记·淮南衡山列传》载伍被谏淮南王语:"今臣亦见宫中生荆棘,露沾衣也。"④金隐:说唐姬如精金蒙上秋尘,隐没无光。⑤带饰:束带,装饰。⑥寝:息。⑦芳林:借指皇家园林。东汉有芳林园,南齐有芳林苑。⑧云阳:古代行刑之地,此指董卓逼死少帝的地方。⑨"仗剑"句:指董卓派人仗剑逼迫少帝,凌辱皇帝。⑩枭(xiāo):一种猛禽,传说长大后啄去母鸟双目而飞走。张华《禽经注》:"枭在巢,母哺之。羽翼成,啄母目而去也。"⑪犇(bēn):奔跑。厉:恶鬼。此以枭、厉比董卓等人。⑫清酒:清醇的酒。⑬黄泉客:死人。⑭玉山颓:醉后身体斜倒貌,典出刘义庆《世说新语·容止》。这两句说此时不仅不可能酣醉,连把脸喝得有酒色也办不到。⑮沉厄:沉沦,冤厄。⑯穗帷:灵座前帷幔。这里暗用曹操典故。曹操临死时遗令姬妾在铜雀台张穗帐,

令其子等时登台望陵墓。⑰囝囝：绕行不安貌。少帝被害，无所傍依，故而惶惶不安。⑱矜持：庄重持守。昭阳：汉后宫名，汉成帝妃赵飞燕曾经住在这里，故以昭阳比喻帝王对妃的宠爱。本句及下句说唐姬固守帝妃的身份，不肯改嫁。

[评析]

这是首代言体咏史诗，歌咏东汉末年董卓迫害少帝及唐姬故事，表达了对奸邪乱臣的痛恨，对少帝悲惨境遇的同情、哀悼，表现了唐姬的悲愤、哀怨与忠贞自守。诗歌用白描的手法，直抒胸臆，情感炽烈沉痛。如"相看两相泣，泪下如波激"，写出少帝饮鸩酒前和唐姬生死离别的悲痛、无奈与愤激。

听颖师琴歌①

别浦云归桂花渚②，蜀国弦中双凤语③。芙蓉叶落秋鸾离，越王夜起游天姥④。暗佩清臣敲水玉⑤，渡海蛾眉牵白鹿⑥。谁看挟剑赴长桥⑦？谁看浸发题春竹⑧？竺僧前立当吾门⑨，梵宫真相眉棱尊⑩。古琴大轸长八尺⑪，峄阳老树非桐孙⑫。凉馆闻弦惊病客⑬，药囊暂别龙须席⑭。请歌直请卿相歌，奉礼官卑复何益。

[注释]

①作于元和五年至八年（810~813）诗人在长安任奉礼郎时期。颖师：一位来自天竺的和尚，工于弹琴，韩愈也有《听颖师弹琴》诗。②别浦：天河。桂花渚：月亮。③蜀国弦：指琴，用蜀地出产之琴材制成。双凤语：琴声如双凤和鸣。④天姥：天姥山，唐时属于越州，在今浙江嵊州、新昌之间，以高俊秀丽著名，传说登山顶者能听到天姥歌声。⑤暗佩：饰品佩带于衣服里面，不露于外。清臣：志行清廉的官员。水玉：水晶。此句喻琴声清雅。⑥"渡海"句：写琴声清远缥缈。⑦"谁看"句：用周处长桥斩蛟故事，比喻琴声雄武激越。⑧浸发：《宣和书谱》记载，唐代书法家张旭用头发浸墨来书写，这里喻琴声酣畅淋漓，纵横跌宕。⑨竺僧：佛教出于印度天竺，故称和尚为竺僧，也称来自天竺的僧人，此指颖师。⑩梵宫真相：如佛寺中所供罗汉之

相,此指颖师。眉棱尊:眉角分明,很庄严。⑪大轸:琴上转弦的木柱子。⑫峄(yì)阳:山东峄山之阳。峄阳之桐可制琴。见《尚书·禹贡》传。桐孙:即孙枝,桐树新生的旁枝。⑬病客:李贺自指。⑭龙须席:用龙须草织成的席。

[评析]

这是诗人在京师任奉礼郎时期,听天竺僧颖师弹琴后应颖师邀请而作的诗。诗人用丰富的想象、鲜明的形象,及通感、比喻等手法,精致典雅的语言,生动地描摹出琴声的高低起伏、美妙动听、精妙绝伦。诗歌采用先声夺人的手法,前八句描写琴声给人的种种联想,清丽缥缈,虚实相生,引人陶醉。如"别浦云归桂花渚"用精妙的语言营造一个清雅静谧境界,让人分不清是写眼前景致,还是描摹琴声的轻柔。次四句点明颖师弹琴,写颖师面相不凡,乐器精美。最后四句写自己虽然在病中,但是听到琴声就应声而起,并且谦称自己官职小,不配为颖师做歌。

谣 俗

上林胡蝶小①,试伴汉家君②。飞向南城去③,误落石榴裙④。脉脉花满树⑤,翾翾燕绕云⑥。出门不识路,羞问陌头人。

[注释]

①上林:秦汉时苑名,在长安,这里指唐代宫苑。胡蝶:比喻宫女。小:指她身份卑微。②"试伴"句:写她小心侍奉君王。③南城去:说她被遣出宫门。④石榴裙:红裙。这句意思是说嫁给平民。⑤脉脉:含悲不语的样子。⑥翾(xuān)翾:小飞。

[评析]

元和四年(809)十二月,李绛、白居易上书蠲免租税、出宫女。贞元、元和年间有出宫女事情。这首诗描述了宫女出宫的情形,反映了宫女所嫁非人的悲哀。诗歌通篇用比喻、拟人手法,写出宫女出宫后的不适与羞涩。

补 遗

静女春曙曲[1]

嫩蝶怜芳抱新蕊,泣露枝枝滴天泪。粉窗香咽頹晓云[2],锦堆花密藏春睡[3]。恋屏孔雀摇金尾[4],莺舌分明呼婢子[5]。冰洞寒龙半匣水[6],一双商鸾逐烟起[7]。

[注释]

[1]这是诗人自拟的乐府诗题,诗歌描绘美女春晓睡姿。静女:美女。《诗经·邶风·静女》:"静女其姝。"此诗原集无,录自郭茂倩《乐府诗集》。王琦以为是伪作:"诗见郭茂倩所编《乐府诗集》,而元人所选《唐音遗响》亦载其《少年乐》一首,皆似后人拟作,非长吉锦囊中所有。至《锦绣万花谷》、《海录碎事》所引断句数则,尤不类,故弃而不录。"故而王琦本《李贺诗歌集注》本收录李贺诗作止于《少年乐》。[2]頹晓云:指女子散乱的头发。[3]"锦堆"句:写女子在锦被中睡眠。[4]恋屏孔雀:屏风上绘的孔雀图案。[5]莺:屏风上绘的黄莺图案。[6]"冰洞"句:形容女子心绪冷寂。[7]商鸾:商地(今陕西商州一带)的鸾鸟,还是屏风上的图案。

少年乐[1]

芳草落花如锦地,二十长游醉乡里。红缨不动白马骄,垂柳金丝香拂水。吴娥未笑花不开[2],绿鬟耸堕兰云起[3]。陆郎倚醉牵罗袂,夺得宝钗金翡翠。

[注释]

[1]此诗原集无,录自郭茂倩《乐府诗集》。[2]吴娥:吴地美女。[3]绿鬟耸堕:头发蓬松。兰云:秀发。

杪秋登江楼[1]

平楚超寒色[2],长沙犹未还[3]。世情何处淡,湘水向人闲[4]。空翠隐高鸟[5],夕阳归远山。孤云万余里[6],惆怅洞庭间[7]。

[注释]

[1]此诗李贺诗集未收,见于《新修岳麓书院志》卷六(康熙二十六年刻本、咸丰十一年重刻本,藏湖南图书馆)。诗意浅直,风格与李贺他诗迥异,刘衍认为"诗的笔调不类,疑为刘长卿所作,因句法颇似长卿《杪秋江亭有作》"(《李贺诗校笺证异》)。杪(miǎo)秋:暮秋,农历九月。梁元帝《纂要》:"九月季秋,亦曰暮秋、末秋、暮商、季商、杪秋。"江楼:即望江楼,在今湖南长沙市郊,因在湘江沿岸,故称。[2]平楚:楚指丛木,登高远望,见树梢齐平,故称平楚。谢朓《郡内登望》:"寒城一以眺,平楚正苍然。"[3]长沙:地名,在今湖南长沙一带,秦时因有"万里沙祠"而得名。长,一作"龙"。[4]湘水:又名湘江,在今湖南省境内。[5]空翠:空碧,指清澈蔚蓝的天空。[6]孤云:比喻客居他乡的人,这里是李贺自谓。[7]洞庭:湖名,在湖南省北部,长江南岸,是我国第三大湖。

残句三则①

一

不见山巅树,摧杌下为薪②。日睹井中泥,上出作埃尘。

二

情知一丘趣,不谢千里印。

三

倚剑登高台,悠悠送春目③。

[注释]

①这三则见于《全唐诗》卷三百九十四。原编者注:"以上并见《海录碎事》。"第一则《全唐诗》原注:"题作《箜篌谣》,末二句亦作'岂甘井中泥,时至出作尘'。"②摧杌(wù):摧折砍伐。③此二句见于李白《古风》。